KB157462

김석환 시 깊이 읽기

공간 그리고 시

김석환 시 깊이 읽기

공간 그리고 시

박은선

국학자료원

서문

시의 공간은 언제나 불온한, 봄

공간의식으로 시를 연구하는 일은 시인이 걸었던 삶의 길 전부를 다 걸어가 보는 일이어서 흥미롭다. 봄이 오는 오후 무렵의 강가에서 강물 위로 햇빛이 무수히 부서져 내리는 것을 바라보는 것만큼이나 매우 특별하다. 에드워드 렐프(Edward Relph, 1944~)에 의하면 "실존 공간은 단순히 누군가가 경험하기를 기다리는 수동적 공간이 아니라, 인간의 활동에 의해서 지속적으로 창조되고 다시 만들어진다."고 본다. 우리가 찬 공기 가득한 강가를 떠나지 않고 더할 나위 없이 황홀한 그 순간을, 그 특별한 경험을 오래 기억하고자 하는 것은 어쩌면 우리가 지속적으로 창조되고 새로 만들어지기를 원했기 때문은 아니었을까.

김석환 시에서 공간은 시적 주체가 거주 공간의 실존 속에서 체득하는 감각들과 무의식, 기억들이 한데 섞여 규정되는 삶의 자리이다. 시인에게 늘 창조적으로 변화하기를 요구하였던 고독한 '꿈'의 자리이기도 하다. 시에서 공간은 '고유함'으로 규정되는 '고향'과 '낯선 것'으로 규정되는 '도시'의 의미 안에서 사유 된다.

김석환이 버려지고 황폐된 '폐허' 공간에 대한 관심을 자신만의 독특한 공간의식으로 드러내고 있는 시원 공간은 선대(先代)의 것에서 새로움을 찾는 과정이다. 이러한 시적 태도는 선인들의 불꽃 같은 생의 열정, 집념, 사상, 용기 등이 깃든 공간에서 생의 기획과 원칙을 재정립하는 것을 뜻한다. 이것은

'지금'을 살아내고 '지금'을 넘어서려는 자기 초월의 계기가 된다. 김수영의 초월의식과 유사한 특징을 지니고 있다.

시의 공간에서 특히 주목할 점은 도시와 도시 문명에 대한 시선이다. 시는 환경오염과 거기서 오는 폐해에 주목한 것이 아니라 환경의 피해를 본 피해자를 자처함으로써 환경에 대한 관심 범위를 확대하고 있다. 이처럼 시인의 시에서 생태계에 대한 관심은 늘 공동체를 향하고 있는 특색을 지니고 있다. 이타(利他)를 실천하는 어머니를 통해 우리가 실천해나가야 할 사회의 모습을 제시한다.

시에서 공간의식은 '고향'은 인간에게 영향을 미치는 무의식, 의식, 경험, 의도와 긴밀하게 연관을 맺으며 우리 인간의 보편적인 애착의 정서로 작용하고 있음을 알 수 있다. 시인의 공간의식은 공간에 대한 이론적 근거를 시라는 시인의 체험적 정서를 통해 구체적으로 보여주고 있다는 점에서 그 의의가 있다.

가끔은 아주 광활한 들판의 모습을 찾을 수 있는, 그러면서 한편으로 우리가 늘 머물렀던 안온한 집의 모습도 볼 수 있는 김석환의 시를 공간의식으로 연구하여 책을 낸다. 시인의 시는 시마다 상징적인 여러 기표를 치밀하게 배치하고 있는 특징을 지니고 있다. 시인의 시가 시 연구의 여러 길을 무한히 열어놓고 있음도 알 수 있다. 처음으로 시인의 시를 연구하는 것이라 어려움도 많았다. 그러나 공간의식으로 시를 살피는 일은 시인의 시 의식을 깊이 분석하는 일이어서 늘 새롭고 새로웠다.

그래서 시인의 시는 늘 불온한, 봄이었다. 저렇게 먼 산과 들이 벌써 푸르러지고 있는 것처럼……. 그러면서 그 봄도 또 어딘가로 가고 있는 것처럼…….

이 책을 통해 시에서 공간의식을 살피고자 하는 연구자들에게 부족하나마 도움이 되었으면 한다. 그리고 앞으로 김석환 시의 다양한 연구를 기대한다.

이 책이 나오기까지 자유로운 연구의 장을 마련해주시고 많은 지도와 조언을 아끼지 않으셨던 김홍진 교수님께 머리 숙여 깊이 감사를 드린다. 그리고 책에 대한 많은 지도와 조언을 아끼지 않으셨던 이형권 교수님, 정기철 교수님, 이찬 교수님, 이은하 교수님께도 깊이 감사를 드린다. 늘 아내를 칭찬해주는 나의 사랑하는 남편 공선영 씨에게, 늘 폭풍 응원을 아끼지 않는 가족들에게도 정말 고맙다는 인사를 전한다. (*)

2018년 봄

박은선

차 례

1부
공간 그리고 시

공간 그리고 시

1. 인간과 공간, 그 사이

아리스토텔레스는 『시학』에서 "시인의 임무는 실제로 일어난 일을 이야기하는 데 있는 것이 아니라 일어날 수 있는 일, 즉 개연성 또는 필연성의 법칙에 따라 가능한 일을 이야기하는 데 있다."[1]고 하였다. 말하자면 예술 행위는 근본적으로 인간의 자연에 대한 모방, 즉 미메시스(mimesis)에서 시작되는 것임을 의미한다. 이때의 '자연'이란 무궁한 진리의 물질적 표현으로써 우리의 경험 대상 전체뿐만 아니라 비가시적인 세계에 내재한 우주의 질서, 즉 로고스(logos)의 세계를 포괄한다. 그러면 이 '자연'의 모방은 무엇을 의미하는가. 그것은 인간 존재를 해명하고, 실존에서 존재 가능한 진리를 표현해 내기 위하여 선택된 공간의 질서를 의미한다. 이를테면 "시간의 근원에 있고 모든 인간의 밑바닥에 있는 어떤 것, 시간 그 자체와 혼동되고 우리 자신과

1) Aristoteles, 천병희 역, 『시학』, 문예출판사, 2002, 62쪽.

혼동되는, 그리고 인간 모두의 것이면서 동시에 유일하고 독특한 어떤 것을 부활시키고 재창조하는 것"2)을 뜻한다.

시는 인간의 생의 진지함과 수고 가운데 완성된 수많은 경험을 반영하는 것이어서 인간이 치열하게 살았던 공간에 그 시적 바탕을 둔다. 이처럼 시적 창조는 공간의 범주에서 시작된다. 공간은 시인의 시를 구성하는 주요 의미를 이루고 있다는 점에서 시인의 시세계를 이해할 수 있는 기본 요소이다. 공간에 대한 논의는 공간이 시인의 시의식과 어떠한 관련을 맺고 있으며, 어떤 시적 방법으로 새로운 시적 차원을 성취하였나를 탐색하는 데서 비롯된다. 공간은 시인의 내면 의식이 시작되는 상징적인 자리로, 공간에 대한 이해는 시인의 실존에 대한 자유, 의식, 정서, 지향을 파악할 수 있는 중요한 준거가 된다. 따라서 시 작품에 있어 공간에 대한 연구는 시인과 작품과의 관계를 통하여 시인의 내면 의식을 깊이 있게 탐색할 수 있는 요소이다.

인간이 공간에 의미를 부여할 수 있는 것은 인간이 한 곳에 머무르는 속성으로서 정주(定住)3)에 의해서이다. 인간이 공간에 대한 애착을 가지면서 그 곳은 인간 의식 속에서 하나의 생의 의미로 규정된다. 공간은 인간의 유일한 실재이거나 혹은 적어도 인간의 실재를 표현하는 유일한 증거가 된다는 점에서 인간 정신의 한 핵심을 이룬다. 공간 없이 사유는 존재할 수 없으며 앎의 대상 역시 존재할 수 없다. 그것은 진리를 말하는 것 이상의 또 다른 진리의 창조이며 인간이 잊고 있는 진실한 인간을 기억하게 한다. "공간은 비어

---

2) Octavio Paz, 김홍근·김은중 역, 『활과 리라』, 솔, 2001, 84쪽.
Octavio Paz는 아리스토텔레스의 모방론을 '모방적 재생산'으로 이해한다. 이 모방적 재생산은 시인이 원형을 재창조하는 것이다. 자신의 경험을 재창조할 때 서정 시인이라 할지라도 미래에 다가올 과거를 소환한다고 보고 있다.

3) 정주(定住)는 인간이 위협적인 외부 세계로부터 안정한 영역을 확보하고자 하는 인간의 공간에 대한 본질적인 의식을 말한다. 일정한 곳, 또는 같은 곳에 머무르고자 하는 속성을 가진다.

있는 것이 아니라 인간의 의도와 상상, 그리고 공간 자체의 특성, 이 양쪽에서 비롯된 내용과 실체"[4]이다.

공간이 인간에게 그곳으로의 동화와 적응을 완성하도록 하는 과정은 거의 무의식적이다. 공간에서의 인간의 경험은 단순히 그곳을 바라보는 것만이 아니라 그곳을 구성하는 본질적인 것들을 만나고 이해하는 것이어서 공간에 대해 깊은 유대를 형성하게 한다. 인간이 그 공간의 일부가 되며 공간 역시 그의 일부가 되는 것이다. 그래서 인간에게 가장 큰 영향을 끼쳤던 유년 시절의 공간은 가장 아늑하고 따뜻한 모성의 공간, 자아를 찾아가도록 추동하는 원형의 공간이 된다. 이때부터 공간은 본질적으로 신성해지기 시작한다.

공간은 인간의 실존의 근거이면서 실재를 포착하는 근거이다. 공간은 그 자체로 무한한 의미를 간직하고 있지만, 시에 들어가 활성화될 때, 즉 새로운 의미로 변화될 때 시인의 진리에 가득 찬 생을 대변한다. 공간은 인간의 감성 속에 가두지 않는 여러 이치를 살필 수 있는 중요한 단서여서 시를 심화시켜주는 중요한 요소이다. "한 공간을 물들이는 감성이 어떤 것이든, 슬픈 것이든, 무서운 것이든, 그것이 표현을, 시적 표현을 얻게 되자마자, 슬픔은 바래지고 무거움은 가벼워진다. 그것이 표현되었기 때문에 팽창(expansion)의 가치"[5]를 얻기 때문이다. 인간은 시를 창조할 때 또 다른 자신을 창조하는 것이다.

공간은 경험하는 행위와 창조하는 행위 간의 밀접한 관계로 하여 한 사회의 모습을 대리한다. 공간은 사회의 표현이고 동시에 그 사회를 세우는 실존이며 그 사회의 실존적 조건이다. 그러나 시의 공간은 인간에게 여러 경험을 제공하면서 동시에 여러 경험을 제한한다. 폐쇄적이면서 개방적인, 언제나 정주(定住)와 방랑을 예비하고 있는 이 대립의 공간은 인간으로 하여금 먼

---

4) Edward Relph, 김덕현 · 김현주 역, 『장소와 장소상실』, 논형, 2005, 44쪽.
5) Gaston Bachelard, 곽광수 역, 『공간의 시학』, 동문선, 2003, 341쪽.

곳으로의 탈주를 감행하게 한다. 인간의 최종적인 꿈의 조건, 내일을 찾아가게 하는 것이다. 이때 인간이 체험하는 모든 공간은 시의 의미를 형성하는 궁극의 요소인 까닭에 창조적인 시의 긴장과 가치를 발견하는 중요한 단서가 된다. 그러므로 시에서 공간을 살피는 일은 우주와 자연과 공동체 속에서 상처 입은 인간 존재의 이면을 엿보는 것이기도 하다. 새로운 진리를 비추는 시를 통해 실존에 앞서는 인간의 조건, 뜨거운 인간의 자유를 계시 받는 것이다.

이 책은 이러한 관점에서 김석환(1953~2018) 시에 나타난 공간에 대한 의식 양상을 고찰하는 데 목적을 둔다. 김석환 시인은 1981년 ≪충청일보≫에 시 「深川에서」가 당선되고, 1986년 『시문학』지(紙)에 추천을 받아 작품 활동을 시작했다. 그 후 최근까지 활발하게 시작(詩作) 활동을 펼쳐오고 있었으나 2018년 봄 급환으로 타계했다. 김석환은 인간 근원에 대한 근본적인 물음을 묻는 시, 민족의 신화·설화 등 우리 것에 대한 강한 집착이 없이는 써질 수 없는 시라는 자신만의 독자적인 시세계를 만들어내기 위해 지속적인 고투를 벌여왔다. 그리하여 "자연이든 현실이든 정지된 세계의 순수한 의미보다 운동하는 삶의 진실을 해명하려는 의욕이 두드러진 시"[6]라는 평가와 "기원과 천상 이미지 추구는 불완전한 존재로서 실존의 인식을 바탕으로 하는 것이며, 숙명적인 불완전성이 상대적으로 완전성을 지향하는 시"[7]로 그 만의 독자적인 시세계를 구축하였다는 평가를 받고 있다.

김석환은 1987년 첫 시집 『深川에서』를 시작으로 2016년 『돌의 연가』까지 6권[8]의 창작 시집을 냈다. 그의 첫 시집 『深川에서』(1987)와 두 번째 시

---

6) 홍문표, 「정겨운 지방의 언어」, 『深川에서』, 시온출판사, 1987, 3쪽.
7) 임승빈, 「자아 찾기, 혹은 향수의 시학」, 『서울 민들레』, 푸른숲, 1995, 125쪽.
8) 김석환 시인이 최근까지 상재한 시집을 순서대로 정리하면 다음과 같다. 『深川에서』(시온출판사, 1987), 『서울 민들레』(푸른숲, 1995), 『참나무의 영가』(도서출판 도움이, 1999), 『어느 클라리넷 주자의 오후』(문학과경계사, 2004), 『어둠의 얼굴』(푸른사상, 2011), 『돌의 연가』(푸른사상, 2016) 등이다.

집 『서울 민들레』(1995), 세 번째 시집 『참나무의 영가』(1999)까지 시세계를 형성하는 핵심에는 잃어버린 존재의 근원을 찾아 원형의 공간으로 회귀하는 시적 주체의 의식이 주류를 이룬다. 삶의 허기와 정주(定住)할 곳을 찾아 헤매는 불안은 이 시기의 시를 지탱하는 지배적인 정서로 작용한다. 이러한 시도는 일상화·세속화된 도시 공간에서 실존을 와해시키려는 고도의 전략으로 보인다. 그의 네 번째 시집 『어느 클라리넷 주자의 오후』(2004)와 최근의 다섯 번째 시집 『어둠의 얼굴』(2011)에서는 시적 주체가 초월적인 신화 공간과 환상 공간에서 실존의 맹목과 허위를 뒤집어버림으로써 새로운 시적 성취를 획득하는 변화된 양상을 보이고 있다. 삶의 근원적인 진실을 찾기 위한 이러한 투쟁 의식은 그의 시 전반을 통해 지속적으로 나타난다.

이처럼 김석환의 시에는 공간 이미지가 시적 표현의 동기가 된 시인의 중심 사상이나 의식, 정서 등을 제시하여 준다는 점에서 공간의식을 고찰하는 방법은 타당하다. 지금까지 그의 시는 생의 궁핍과 불안에도 불구하고 자신의 운명의 구조를 정직하게 바라보게 하는 공간으로부터 다양한 변모를 해왔다. 그의 시의 공간은 시적 주체가 독립적으로 존재하기 위한 실천의 중심이 되는 경험 공간이다. 이러한 지리적 실재에서 느껴지는 공간의 물질적 친밀감은 공간을 특별하고 사적인 의미의 중심이 되도록 기능한다. 그래서 그의 시의 공간적 배경들은 무엇보다 시의 의식과 밀접하게 연관되어 있다. 이러한 특성은 '안주(安住)'를 위해 '떠남'을 실천하는 시적 주체의 무수한 '방랑'에서 찾을 수 있다. 이 '방랑'은 시적 주체에게 가해지고 있는 실존의 고통스러운 억압에 의해 구성되는 것이어서 슬픔이라는 정서적 질감을 동반한다. 그러나 그의 시의 시적 공간에는 어떤 경우에도 시적 주체의 좌절과 체념의 양상이 나타나지 않는다. 어둡지만 좌절하지 않는 것, 고독하지만 쓸쓸해하지 않는 것이 그의 시의 공간의식에 나타나는 시의 미학이다.

문학 연구가 선행 연구에 대한 건전한 비판적 수용과 문제의식을 제기하면서 새로운 문학적 질문과 탐구적 의의를 제시하는 것이어야 한다면, 이 책은 김석환 시의 전체적인 미학적 특성을 재조명하고 평가하여 그 시사적 위치를 새로이 부여하는 데에 또 다른 목적을 두고 있다. 김석환의 시는 시단(詩壇)에 잘 알려져 있지 않은 약점에도 불구하고 일정한 미적 가치를 토대로 독자적인 시세계를 구축하고 있다. 그의 시의 어법은 모던(modern)하면서도 때로 파격적이기까지 하지만 시를 구성하고 있는 여러 상징과 메타포(metaphor)는 우리 일상의 획일적인 세계와 결별시키는 뛰어난 시적 통찰을 지니고 있다. 특히 그의 시는 생소한 거주 환경과 공간에 적응, 그 공간에 빠르게 동화되어 가면서도 그 의식은 집요할 만큼 자신의 고향을 향하고 있다. 그런 점에서 인간이 나고 자란 최초의 공간이 인간 의식의 중심적 근거점이 된다는 하나의 공간 이론을 규정 짓게 한다.

시의 공간 의식은 시인에게 세계와 그 자신을 해명하는 방식 그리고 그에게 주어진 존재의 한계를 위반하는 방식을 제시하는 것이다. 그래서 시에서 공간의식의 미학적 특성을 밝히는 작업은 시인의 치열한 내면의 의식 세계를 깊이 있게 탐구하여 전체적인 시세계를 조명하는 효과적인 방법 가운데 하나이다. 이 책은 이러한 관점에서 김석환 시를 전체적으로 새롭게 조망하되 공간의식이라는 분석 방법을 적용하려고 한다. 김석환의 시가 지닌 진정한 미학적 특수성은 공간의식이라는 측면에서 살펴보아야 자세히 드러날 수 있을 것이다. 그의 시의 공간의식은 유폐된 개인을 형상화하는 비유적 상징에 그치는 것이 아니라 실제로 고통의 끝에서 얻어지는 하나의 반향이기에 현대시의 길 찾기와도 맞물리는 것이다. 그것은 삶의 새로운 가치를 부여하는 치열한 시 정신을 인간의 의식에 깊이 각인시키는 것과 무관하지 않기 때문이다.

2. 김석환 시 살펴보기

김석환 시에 대한 연구는 그리 활발하게 이루어진 편이 아니어서 연구의 초기 단계를 보인다. 아직 석사나 박사학위 논문은 집필되지 않은 상태이며 주로 소논문이나 평론, 단평을 통해서 그의 시세계에 대한 평가가 이루어지고 있는 실정이다. 김석환 시에 대한 최초의 언급은 그의 첫 시집 『深川에서』의 서문을 썼던 홍문표로부터 시작하고 있다. 그는 김석환 "시인의 시는 바로 '深川'이라는 고향에 깊이 뿌리를 내리고" 있으며, "거기서 태어났고 거기서 자라던 삶의 원초적인 본향을 확실히 밝히면서 자아의 참된 모습을 드러내려는 의욕"[9]이 이 시집의 밑변을 이룬다고 말한다. 환언하면 이 시집은 '심천'에서 발견되는 자연의 영원한 모습들 속에서 우주의 섭리와 진리를 발견해내고 있으며, 이로부터 시 창작의 의지가 치열하게 발생한다는 점을 밝혔다.

한편 유창근은 "김석환의 시에서 중심이 되는 주제는 현대 문명 속에 파괴되고 있는 질서와 원초적 자연을 상실당한 안타까움에서 오는 한(恨)"[10]이 중심을 이루고 있다고 주장한다. 그는 김석환 시에 나타난 고향 의식, 방랑 의식 등을 중심으로 시에 내재된 존재의 고독을 주목한다. 하지만 '슬픔'이 가진 미학의 깊이를 지나치게 실존의 외양으로만 밝히는 편향성으로 말미암아 일정한 한계를 노정하고 있는 점이 아쉽다. 이와 비슷한 관점에서 임승빈은 "김석환의 시는 언제나 고향에 머리를 두고 있"으며 이것은 "문명 속의 삶은 본래적일 수 없다는 인식"[11]에서 비롯되는 것이라고 설명한다. 이를테

---

9) 홍문표, 앞의 글, 11쪽.

10) 유창근, 「상실과 공허와 이별의 미」, 『深川에서』, 시온출판사, 1987, 99~100쪽.

11) 임승빈은 "김석환의 시는 또 문명에 대한 비판과 모든 문명인의 꿈을 대변한다는 측면에서 보다 큰 보편성을 갖는다. 문명 속에서 상실할 수밖에 없었던 본래적 자아를 집요하게 지향한다는 점에서, 그 지향의 시공이 곧 자연과 함께 하는 건강한 삶의 현장인 고향이라는 점에서 그 주제가 보다 본질적이다."고 하고 있다(임승빈,

면 그는 김석환이 일반적인 고향이 아닌 시인 자신만의 고향을 표상하면서, 문명 속에서 상실할 수밖에 없었던 본래적 자아를 찾아가는 집요한 탐색을 밀도 있게 제시하고 있다는 점을 주목한다.

이은봉은 『어느 클라리넷 주자』를 평하면서 기존의 논자들과 달리 시의 생태학적 상상력에 주목한다. 그는 "김석환의 시는 격한 어조의 치기가 만드는 죽음의 정서보다는 탁마된 어조의 윤기가 만드는 생명의 정서를 주로 환기하고 있다."[12]고 해석한다. 소외되고 버려진 것들에 대한 연민, 측은지심은 시의 생태학적 이상을 실천하는 방편으로 파악하고 있다. 그러나 이와 같은 논의는 보다 더 타당하고 깊이 있는 연구가 필요해 보인다.

한편 신경림은 "김석환의 시에는 현실의 모순과 부조리를 냉철한 눈으로 바라보는 것이 모티프가 된 시가 있는가 하면 인간 존재에 대한 근본적인 물음의 느낌이 강한 시도 적지 않고 또 민족 설화 등 우리 것에 대한 강한 집착이 없이는 써질 수 없는 시도 많이 눈에 띈다. 더 중요한 것은 이런 다양성에도 불구하고 어느 한 편 쓸데없이 모양새를 갖추면서 적당히 얼버무린 시가 없다는 점이다. 형식이며 말에 대한 세심한 배려와 함께, 끝까지 가서 끝장을 보고 말겠다는 치열한 마음가짐으로 시 한 편 한 편을 썼다는 느낌을 준다."[13]고 평가한다. 말하자면 진정성은 시의 모든 미적 완성을 이루는 핵심적 요소라는 문제의식을 동반한 평가로 주목할 만하다.

그 후 김석환 시의 위치를 알 수 있는 단편적인 자료로 이영지, 나소정, 천수호, 이규배, 천영숙의 시평이 있다. 이영지는 "김석환의 시세계는 시의 원천이 되는 모든 물질의 원형과 에너지로 꽉 찬 공간을 찾는 의식구조들로,

---

앞의 글, 128쪽.).

12) 이은봉, 「고독한 자아, 진정한 生을 찾아서」, 『어느 클라리넷 주자의 오후』, 문학과경계사, 2004, 112쪽.

13) 신경림, 『어느 클라리넷 주자의 오후』, 문학과경계사, 2004, 표4.

물질들과 에너지가 아직 서로 분리되어 있지 않은 향수이기도 하다."[14]고 해석한다. 그는 김석환의 시를 카오스 세계와 연결된 '밤이 주는 이미지'와 연계, 시의 의식적 변주의 과정을 제시하고 있다. 그러나 지나친 그리스 신화의 인물 제시로 시인의 시 의식을 살피는 데 있어서 그 구체성을 획득하지 못하는 한계를 드러내고 있다.

다음으로 나소정은 "김석환의 시에서 고향은 시인 내면의 섬세한 결들을 보여주는 공간기호로, 일상의 틈새에 매장되어 있는 광맥 같은 삶의 진실을 드러내주는 한편 그 진실로부터 멀어져 가는 시인의 현 위치를 확인해주는 양의적 공간"[15]으로 해석한다. 그는 김석환의 시가 희구하는 저편 세계의 가치의 공간을 '심천'으로 파악함으로써 실존을 치열하게 초월해 나가려는 시적 주체의 운명의 형식을 재조명한다. 이러한 평가에는 공간의식적 연구와 관계 지을 수 있는 논의가 발견되고 있어 주목할 만하다.

또한 천수호는 "김석환의 시는 새로움 앞에서 비약을 찾는 것이고 또 다른 하나는 존재의 근원에 파고 들어가 원초적인 것과 영원적인 것을 동시에 존재 속에서 찾아"내는 과정에서 생성된다고 밝힌다. 그는 "바슐라르의 말에 기댄다면 시인은 낯익은 것에서 새로움을 찾고 충격적인 것보다는 강박적인 것에 더 관심을 두어 보이지 않는 세계로 들어가 삶의 원천을 생각한다."[16]고 평가하고 있다. 다시 말하면 천수호는 김석환의 시가 일관되게 지켜온 것들은 어둠이며, 존재의 소멸이자 생성인 어둠과의 합일이 시의 궁극이라는 것이다. 그러나 김석환 시의 전반을 심도 있게 다루고 있는 것이 아니어서 시의식의 전체적 고찰에 다소 미흡함을 드러낸다.

---

14) 이영지, 「김석환 시의 친화력」, 『창조문학』, 2002 봄, 119쪽.
15) 나소정, 「김석환 초기 시의 기호학적 연구」, 『 문학비평연구』제3집, 2008, 131쪽.
16) 천수호, 「어둠과 합일하는 시정신과 '듣는 자연'의 정서」, 『시에티카』2012 상반기, 260쪽.

아울러 이규배는 "김석환 시인은 재지(才智)를 앞세워 번다하게 치장하여 눈이 부신 현란함으로 정채를 가장하기보다, 그리고 실은 별다른 내용이 있는 것도 아니면서 짧고 간결하게 함으로써 대단히 응축된 의기가 있는 듯 위장하기보다 시가 왔다가 가는 과정을, 근본 의식을 울리는 원형의 언어로써 가급적 외식(外飾)을 제어해가며 시를 드러내고자 한다."[17]고 해석한다. 이규배는 김석환이 가진 체험의 감성을 존재의 원형의식, 생의 의지 속에서 무화되는 죽음의식으로 해석한다. 그러나 단평에 그친 것이어서 시 고찰에 만족할 만한 성과를 얻어내지 못하고 있다. 이와 유사한 관점에서 천영숙은 "김석환의 시적 근저에는 생명에 대한 근원적 경이와 애정이 내포"되어 있으며, "그의 삶의 바탕소엔 세계 질서를 이루는 핵심, 곧 절대자에 대한 신뢰와 인간에게 주어진 신성한 노동의 가치에 대한 성찰이 깃들어 있다."[18]고 해석한다. 이러한 평가는 김석환의 시적 사유는 생명에 대한 경이와 소중함 속에서 시작되는 것이며, 이것이 진정한 시의 정신으로 승화되고 있음을 밝힌 것이다.

지금까지 김석환 시에 대한 고찰은 선행 단평을 살펴본 바와 같이 단편적인 수준이나 개론적인 수준에서 이루어졌다. 김석환 시에 대한 선행 연구의 내용을 요약하면 다음과 같다. 첫째, '심천'이 시적 주체의 의식의 원형이며 추억의 운행이라는 논의이다. '심천'을 향한 지향의 바탕에는 불완전한 존재로서의 실존적 인식이 자리하고 있으며 이것은 더 나은 생의 모색임을 밝히고 있어 주목할 만하다. 그러나 김석환 시 전반을 다루지 않아서 논의의 깊이에서 한계를 노정한다. 둘째, 김석환의 시에 나타나는 '심천'은 시적 주체의 유년의 허기와 상실에서 오는 것이며 이는 곧 한(恨)으로 이어지고 있다는 지적이다. 그러나 이것은 '슬픔'에 내재한, 고독한 삶 가운데서도 본래적

17) 이규배, 「멀리 두고 온 우물」, 『문학과 의식』, 2013 여름, 304~305쪽.
18) 천영숙, 「도시 너머에서 발견한 생명과 사유」, 『시와정신』2012 봄호, 시와정신사, 2012, 252~253쪽.

자아를 찾아가는 시적 성취를 간과한 채 시의 외양으로만 살핀 것이어서 논의의 성과를 얻지 못하고 있다. 셋째, 자연에 대한 의미 있는 관심이 시적 자아의 생태학적 실천을 위한 방편이라고 보는 관점이다. 김석환의 시에 나타나는 생명 있는 개체의 본래의 모습에서 생명의 경이와 생태적 실천의식을 발견한 점은 특기할 만하다. 그러나 이 논의도 시 전반에 대한 논의가 아니어서 시인의 시 전체를 규정짓기에는 무리가 따른다. 이상의 고찰들은 김석환의 시세계를 시에 나타난 시의식을 중심으로 다양한 논의를 이끌어냈다는 점에서 의의가 있다. 하지만 시를 매우 단편적인 서정적 측면으로 밝히고 있는 것이나, 소박한 시적 의미들로 시세계를 규정짓는 것이어서 시인의 깊은 시세계를 깊이 들여다보기에는 그 한계를 보인다. 평가의 범위가 초기 시, 일부 시로 한정되어 주로 김석환의 시세계 전반을 밝히는 데는 다소 소홀하게 다루어진 감이 있다.

본 연구 주제와 연관하여 그동안 한국 현대시에 나타나는 공간의식, 공간상징, 공간인식 등을 조명한 선행 연구를 살펴보면 다음과 같다. 먼저 공간을 생의 본질을 탐색하는 존재 인식론적 관점에서 바라본 견해로 김재홍, 신종호, 조형호의 연구가 있다. 김재홍은 「대지적 사랑과 우주적 조응」에서 "서정주의 시는 생명의 하늘에서 대지와 우주의 조응을 획득하여 싯적 긴장체계를 형성함으로써 生과 예술의 이데아에 근접하게 된 것"[19]이라고 분석

---

19) 김재홍, 「대지적 사랑과 우주적 조응」, 『현대문학』, 1975. 5, 333쪽.
김재홍은 "서정주의 원죄적 절망과 부르짖음은 젊음의 관능적 꿈틀거림과 아울러 식민지치하 인텔리겐챠가 겪던 지식인적 고뇌와 방황과 그 문학사적 의미망을 형성한다."고 하고 있다. 아울러 이 공간에서 "이 「문둥이」와 「대낮」 등에서 단편적으로 나타나던 서정주의 이러한 대지성적 절망과 신음의 제스츄어는 바로 식민지치하 이 땅의 모든 지식인이 겪던 정신적 육체적 절망의 대표적 표징"으로 보았다. 원죄(原罪)를 안고 살아가는 대지 안의 불우한 군상과 차가운 하늘을 날아가는 새를 통해, 당시 암울한 시대의 절망 속에서도 무한의 우주적 세계로 나아가려는 공간 속에서의 인간의 초월적 의지를 포착하고 있는 점이 주목할 만하다(김재홍, 「대

하고 있다. 한편 신종호는 서정주 시의 성적 공간에 나타난 상징성을 『화사집』을 중심으로 시적 상징의 이중적 가치와 양면성을 파악하면서 그것이 존재의 강인한 생명성과 역동적 삶의 태도임을 분석한다.[20] 조형호는 월명사의 「제망매가」와 최치원의 「추야우중」 그리고 1970~1980년대 시 속 '바람'의 의미에 대해 주목한 점이 새롭다.[21]

다음으로 원형공간으로의 회귀를 통해 인간의 구원을 모색한 근원 탐색

지적 사랑과 우주적 조응」, 『현대문학』, 1975. 5, 322~332쪽 참조.).

20) 신종호는 「대낮」을 해석하면서 "이 공간은 靜的인 고요함이 지배하고 있으며, '따서 먹으면 자는 듯이 죽는' 듯한 황홀경의 상태를 암시하는 공간"으로 해석한다. 이어 "대낮이라는 시간과 자연이라는 개방된 공간은 윤리적이고 도덕적인 인간의 의식보다도 자연의 상태를 추구하는 자유스러운 생명체의 모습"임을 밝힌다. 신종호가 주목한 것은 「화사」의 '뒤안길'인데 이 공간은 '배암'이 "막힌 곳에서 열린 곳으로, 정적(靜的)인 곳에서 동적(동적)인 곳으로 확산되어 나아가는 곳"이며 "사랑을 이루는 구체적인 공간"이다. 그의 연구는 자연 공간에서의 인간은 '원초적인 자연으로서의 인간'이라는 결과를 도출, 관능적이고 쾌락적인 것으로만 치중되던 기존 『화사집』의 논의를 재해석하고 있다는 점에서 주목할 만하다. 그러나 이것은 기존 서정주 시의 생명성에 대한 논의를 크게 벗어나지 못하는 한계를 지닌다(신종호, 「서정주 시에 나타난 성적 공간의 상징성 연구」, 『숭실어문』제12집, 숭실대학교숭실어문연구회, 1995, 107~110쪽 참조.).

21) 조형호는 바람을 "삶의 근원적인 충동의 하나로서, 고대 우주론에서 '우주적 힘(cosmic power)'을 의미"한다고 해석한다. 그는 「제망매가」에서 "미적 공간을 이루는 공간적 계기를 공간소"라고 하면서 이러한 미적 공간을 "미학적 표상 공간(vorstel lungsraum)"으로 분석한다. 이를테면 공간에서 떨어지는 "잎새는 삶의 어느 한 순간, 곧 지금 여기에서의 '삶의 자리(sitz im leben)'를 표상"한다는 것이다. '바람'은 어디든 갈 수 있지만 어디에도 머무를 수 없는 것이어서 이것은 결국 인간의 역사와 사회와 생을 이끌어가는 궁극의 '자유'라고 선언하는 것이다. 그의 논의는 폭력적인 자연 공간 속 '바람'의 의미를 분석하면서 인간의 의지, 궁극의 '초월'을 재해석하였다는 점에서 가치가 크다. 또한 그는 「추야우중」을 분석하면서 "창은 밖을 안으로 끌어들이는 공간소로 기능하지 않고 밖과 안을 서로 넘나들 수 없게 가로막는 공간소로 기능"한다는 점을 밝힌다. 이어서 정현종의 「바람 病」과 황동규「新楚辭」등을 분석하면서 '바람'은 '우리 삶을 지탱하는 것은 무엇일까' 하는 "근원적인 충동에 대한 하나의 물음이며 대답"이라고 해명한다(조형호, 「바람의 공간 미의식 연구」, 『서강어문』8집, 서강어문학회, 1992, 101~128쪽 참조.).

론적인 관점에서 바라본 견해로 김종태, 류지연, 권혁재의 연구가 있다. 김종태는 정지용의 시의 공간 의식을 분석한다. 그는 정지용의 동시 속의 땅을 "순진무구한 세계관으로 인식하는 동심의 세계이며 세계의 불화와 갈등으로부터 자유로울 수 있는 공간"22)이라고 해석한다. 류지연은 백석 시를 시간과 공간의식으로 분석한다. 그는 우선 "고향회귀 의지는 본능의식이며 고향이라는 공간은 운명적"이라고 전제한다. "고향은 모성 회귀의 층위로 본질적 처소이며 도피의 공간"이고 "인간의 무의식 밑바탕에 닿으려는 본능적 공간이며 이는 모태의식"23)이라고 파악한다. 다른 한편 권혁재는 김명인 시를 공간 인식으로 고찰하고 있다. 시의 공간을 정적(靜的)과 동적(動的)으로 살피고 있는 것이 기존의 공간의식 연구와 차별적이다. 정적인 공간은 주로 자아를

---

22) 김종태, 「정지용 시 연구」, 고려대대학원박사학위논문, 2002, 16쪽.
김종태는 "정지용이 동심의 세계에서 이루어진 원형적이고 민속적 체험을 통하여 가닿고 싶은 것은 모성의 세계"라고 분석한다. 다음으로 중요한 공간은 '집'인데 그는 "인간은 집을 건축하고 거기에 거주함으로써 외부 세계의 위험성과 폭력성으로부터 자신의 안위를 보장받는다."고 분석한다. 그는 정지용이 "자연 공간 속에서 무시간성의 공간을 창출하고자 하였던 것은 결국 도시적 공간의 세속적 시간을 초월하여 자연의 시간에 다가서기 위함"이라고 하고 있다. 이를테면 이 공간에서 살아가는 이들이 사랑해야 하는 것은 가족이라는 것이다. 김종태가 정지용 시의 공간 속에서 찾은 것은 안정적이고 따뜻한 공간을 지향하는 고독한 인간의 모습이다. 공간에 대한 이러한 의도성은 세속 공간의 파괴적인 질서를 초월하려는 인간의 치열한 생의 모색임을 제시하고 있다(김종태, 「정지용 시 연구」, 고려대대학원박사학위논문, 2002, 16~82쪽 참조.).

23) 류지연, 「백석 시의 시간과 공간의식 연구」, 명지대대학원박사학위논문, 2002, 74쪽.
류지연은 백석의 시에서 현실의 구체적 공간인 '집'은 "집 밖의 추위·어둠과 대비하여 음식과 사람들 모든 것이 풍성하여 집 바깥과 좋은 대조를 이루면서 집 자체의 안온함을 드러낸다."고 분석한다. 또한 백석의 구석에 대한 집착은 "고독감에 쌓여 있는 현재를 정당화하기 위해 취할 수 있는 자기방어 기제의 한 양상"으로 보았다. 그의 연구는 실존의 억압을 극복하기 위한 인간의 진정하면서도 의식적인 모성의 공간, 즉 원형 공간으로의 회귀 과정을 살피는데, 기존의 공간 이론에 많이 의존한 한계를 노출시킨다(류지연, 「백석 시의 시간과 공간의식 연구」, 명지대대학원박사학위논문, 2002, 74~100쪽 참조.).

찾아가는 과정으로, 동적인 공간은 초월과 생성의 과정으로 분석하고 있다.[24)]

다음으로 시대나 도시 공간의 불안과 극복 양상을 주제론적 관점에서 바라본 견해로 서진영, 박소유, 김홍진의 연구가 있다. 서진영은 1960년대 모더니즘 시에서 도시의 개방적 공간이 어떻게 인식 되는지 살피고 있다.[25)] 박소유는 서정주 시의 공간 의식의 양상과 그 미학적 관계에 주목한다.[26)] 한편 김홍진은 거대

---

24) 권혁재는 정적인 공간을 "시적 화자의 시선은 '우리' 모두의 어두운 그림자로 이념적 대립이 아닌 한 시대의 궁핍하고 절망적인 현실을 응시하는 공간"에 닿아 있다고 해석한다. 동적인 공간을 "바다는 삶의 바다이자 생명의 바다이듯 죽음과 재생의 공간이다. 그래서 바다는 삶과 죽음을 순환이라는 구조를 거쳐 제자리로 돌려보내는 공간이자 만남과 재생이라는 화해의 지향점"이라고 해석한다. 권혁재는 "김명인의 시에서 공간은 하나의 사물이나 일개의 사유가 보여주는 관념이 아니라 그 자신이 체득한 고통의 결과물"이라고 해석한다. 또한 "김명인은 시간과 공간을 사용함으로써 현재의 공간에서 과거의 공간과 미래의 공간까지 시로 천착해 내는 시의식"을 갖추고 있음을 밝힌다. 시를 지배하는 공간의 의식 속에서 삶에 대한 자각과 자아를 추구해나가는 시적 주체의 사유의 과정을 심도 있게 고찰하는 성과를 거두고 있다(권혁재, 「김명인 시의 공간인식 연구」, 단국대대학원박사학위논문, 2011, 20쪽~95쪽 참조.).

25) 서진영은 "특정한 시대적 조건 하에서 개방적 공간은 개인을 자유롭게 만드는 공간이 아니라 오히려 누군가의 '시선'에 노출될 수밖에 없음으로 인해 항상 감시의 불안을 느낄 수밖에 없는 공간으로 제시"된다고 분석한다. 그의 연구는 혼란스러운 1960년대의 인간의 군상, 그들의 불안, 그리고 그들의 욕망을 살피고 있다는 점에서 주제가 새롭다. 서진영은 "진보와 발전의 논리가 당대의 지배적인 논리로서 거리나 광장을 휩쓸고 있다는 인식은 개방적 공간에 대한 부정적 형상화"로 이어지게 하는 것이라고 파악한다. 그는 이어 "방으로 상징되는 폐쇄적 공간, 내밀한 개인의 영역을 욕망하는 개인이 또 다른 의미에서 유폐"되지 않기 위해서 "또 다시 거기에서 탈출하지 않으면 안 되는 시도"를 하게 된다고 분석한다. 이를테면 이것은 혼잡한 도시의 개방 공간에서 느끼는 개인의 불안은 그들을 '방'이라는 공간으로 숨어들게 하지만, 그곳도 역시 개인에겐 감시의 공간으로 작용하고 있으므로 다시 탈주를 꿈꾸게 된다는 것을 말한다. 인간은 언제나 욕망을 욕망하기 때문이라는 것이다. 즉, 1960년대 우리 사회의 공간은 본질적으로 인간에게 불안을 야기하는 곳이지만 그런 불안 속에서도 인간은 늘 자유를 꿈꾸고 있음을 밝히고 있는 것이다(서진영, 「1960년대 모더니즘 시의 공간의식 연구」, 서울대대학원박사학위논문, 2005, 87~95쪽 참조.).

26) 박소유는 "서정주의 초기 시는 욕망이 주도하는 공간이며 그 욕망을 죄악시 하는

한 문명에 가려진 도시 공간을 관찰자이자 산책자의 시각으로 살피고 있다.[27]

공간에 대한 기존의 연구 내용을 요약하면 다음과 같다. 첫째, 공간은 인간 생명이 생성되고 소멸하는 '생명성'이 지배하는 영역으로 제시된다. 자연은 또 하나의 '생명체'여서 자연 속의 공간은 인간에게 강인한 생명과 삶을 제공한다. 윤리적이고 도덕적인 것을 벗어나 인간에게 최고의 자연이게 해주는 역동적인 자유의 영토이다. 둘째, 공간은 인간에게 특별한 내용과 애착

금기의 공간"이라고 해석하면서 "이러한 금기 문화는 시적 주체를 간섭하고 스스로 죄의식에 사로잡히게 하는 결과"를 가져 온다고 분석한다. 이때 시적 주체는 애욕의 육체에 함몰되지 않고 "끊임없이 그 공간을 벗어나려는 갈등과 일탈"을 보여준다는 것이다. 그의 연구는 인간이 실존의 공간에서 욕망을 주조하고 지배하는 인간의 모습을 공간의식으로 재해석하고 있어 주목된다. 그러나 그의 서정주 시의 욕망과 초월에 대한 논의 역시 기존의 논의를 크게 벗어나지 못하는 한계를 노정한다. 이어서 그는 "서정주의 신라 정신은 초기 시에서 보여 주었던 욕망에 의한 육체성의 소진으로 생겨난 결핍의 공간을 메우기 위한 정신"이며 이것은 "영원성의 지향"을 드러내는 것이라고 해석한다. 그러면서 "서정주는 불교의 윤회와 인연 사상을 바탕으로 고대적 공간을 재현시키는데 영원한 삶의 순환 구조를 따라 인간의 한계를 극복하기 위한 無공간, 無시간의 영원주의를 지향하게 된다. 그러한 영원주의의 정신을 '신라'라는 공간을 통해 구체적으로 실현"한다는 점을 조명한다(박소유, 「서정주 시의 공간의식 연구」, 대구카톨릭대대학원박사학위논문, 2006, 41~55쪽 참조.).

27) 김홍진은 "도시 공간의 관찰자이자 탐정으로서 산책자는 도시 공간이 지닌 욕망의 풍경에 도취되는 자이면서 동시에 이로부터 세속적 깨달음을 얻는 반성적 자아"라고 해석한다. "유하의 시에서 대도시 공간에 대한 부정적 지각은 도시문명에 대한 비판적 인식으로 발전하는 것이며, 반성적 자각을 통한 '아우라 경험의 재생'과 '비움의 미학' 내지는 '느림의 미학'이라는 새로운 형식을 얻는다고 한다. 그는 도시 공간이 주는 유혹에 매혹당하면서도 그 매혹을 비판적으로 인식하는 산책자를 제시, 무반성적인 도시의 물신화, 문명의 속도화에 대한 문제점을 전략적으로 분석해 내고 있어 주목할 만하다. 또한 "'하나대'라는 모성의 공간을 재신화하여 원초적 자연의 세계를 원형 그대로 복원하는 것"은 "도시적 문명 공간에서 벗어나고자 하는 현대인의 욕구와 관련되어 있다."고 본다. 이는 "탈주와 초월이라는 이탈 욕망인 동시에 도시 문명에서 받은 상처와 고통의 다른 표현"이라고 한다. 그래서 "'하나대'로 상징되는 원초적이며 신성한 질서의 공간은 도시 공간과 대비되는 반성적 사유의 거점"이라고 해석한다(김홍진, 「도시 산책자의 미적 체험과 의미범주」, 『현대시와 도시 체험의 미적 근대성』, 푸른사상, 2009, 171~187쪽 참조.).

의 의미를 부여해주는 원초적인 원형 공간이다. 이 공간은 어린 시절부터 경험과 감각을 쌓아가면서 무의식으로 구조화되었던 공간이므로 인간의 안녕과 안위를 보장해주는 모성 공간이다. 그래서 이 공간은 인간으로 하여금 그들의 새로운 생을 모색하게 하는, 인간 본래의 자아를 찾아주는 초월적 영역으로 나타난다. 셋째, 공간은 인간의 욕망이 들끓게 하고 도취와 야망이 상존하는 곳이다. 이 공간은 인간이 시대와 사회, 공동체의 세계를 구체적으로 경험하는 과정에서 생겨나는 영역이어서 인간에게 두려움과 불안을 안기기도 한다. 그러나 이곳은 이러한 불안 속에서도 인간에게 도취를 경험하게 하는 매혹과 거부가 공존하는 곳이다. 이를테면 공간의 특성은 때로 인간에게 그곳으로의 탈주를 감행하도록 비판적 의식을 고양시킨다. 앞서 살펴본 것처럼 현대시에서 공간은 절망과 희망이라는 서로 대립되는 것들의 필연적인 공존 속에서도 인간의 최종적인 초월을 보여주고 있다는 점에서 인간의 의지를 재발견하거나 검증하게 하는 꿈의 자리임을 알 수 있다.

김석환 시에 대한 연구는 아직 초기 단계여서 그 성과가 미진하다. 이 책은 기존의 연구를 비판적으로 수용하면서 연구를 진행하고자 한다. 김석환은 등단 이후 대략 37여 년의 시력을 가진 시인이었다. 이러한 점에서 김석환의 시세계를 깊이 있게 조명해보는 것은 우리 시사(詩史)에 매우 의미 있는 일이다. 김석환 시에서 나타나는 공간의식은 시의 주요 모티프를 이루고 있다는 점에서 시인의 시적 사유를 이해할 수 있는 기본적인 사항이다. 그의 시의 공간은 참담한 실존 가운데서도 희망을 폐기하지 않는 끈질긴 삶의 기획과 연결되면서 독특한 공간의식을 규정한다. 그러나 그가 나고 자란 고향 공간에서 도시 공간으로 다시 고향 공간으로 이동하면서 성취되는 공간의식은 단지 시인으로 하여금 현재의 중심 안에서 그 현재의 밖에 서도록 요구하는 치열하고 초월적인 자아의 투쟁만을 의미하지 않는다. 그의 공간의식은 우리에게 '고향'이라는 본질은 우리를 언제나 그곳에 거주하도록 이끄는 성스러운 의미를 제시하여 준다는 점에서 공간의 새로운 진리를 정립하고 있기 때문이다. 이러한 점을 고려하여 김석환의 시를 고찰하면 그의 시세계 전모를 깊이 있게 해명할 수 있을 것이다. 또한 이를 바탕으로 그의 시의 미학적 특성을 구명할 수 있을 것이다.

3. 공간과 시선

이 책은 공간 의식을 중심으로 김석환 시의 총체적인 의미를 규명하는 것을 목적으로 출발한다. 김석환 시에서 공간은 시적 주체의 실존의 행로에 대한 반성과 초월을 이끄는 언제나 새로운 '길'이다. 따라서 본 연구는 마르틴 하이데거(Martin Heidegger), 모리스 메를로 퐁티 (Maurice Merleau Ponty), 가스통 바슐라르(Gaston Bachelard), 에드워드 렐프(Edward Relph), 이-푸 투안(Yi-Fu Tuan) 등이 문학의 공간에 대해 주로 개진한 이론적 관점을 방법론으로 채택하여 김석환 시의 공간의식을 규명하고자 한다.

공간을 개념적으로 설명하려는 최초의 시도는 플라톤에 의해서였는데, 그는 공간을 "생성이라는 것을 가지고 있는 모든 것 위에 짐 지워져 있는 몰락(의 운명)을 따르지 않는 카테고리"[28]로 정의한다. 그에 따르면 공간은 감각을 통해 접근하는 것이 아니라 정신에 의해 겨우 파악될 수 있는 어떤 곳이다. 그리고 어떤 한 곳을 차지하고 있지만, 땅, 하늘, 우주의 어느 곳에도 전혀 존재하지 않는 곳이다. 이러한 논의를 토대로 문학에서 공간에 대한 논의는 아리스토텔레스(Aristoteles)에 의해서였다. 그는 "빈 칸(empty space)이

---

28) Markus Schroer, 정인모·배정희 역, 『공간, 장소, 경계』, 에코리브르, 2010, 33쪽.

공간(空間)이 아니라 자리 잡고 있는 칸이 공간"[29]이라고 설명한다. 공간은 형체가 없고 볼 수도 없고, 감각할 수도 없지만 언제나 어떤 것이 존재한다는 것이다. 그의 저서 『시학』에는 "모방한다는 것은 어렸을 적부터 인간 본성에 내재한 것으로서 인간이 다른 동물들과 다른 점도 인간이 가장 모방을 잘하며, 처음에는 모방에 의하여 지식을 습득한다는 점"[30]이라고 언급하는데 모방은 질서정연한 자연을 인식함으로써 성립하기 때문이다. 모방은 자연 공간의 질서와 의미가 반영되며 자연에서 표현 수단과 방법을 구하는 것을 말한다.

공간에 대한 사고는 임마누엘 칸트(Imanuel Kant)에 와서 다시 그 논의의 체계를 갖추게 된다. 인간이 어떤 대상을 인식하고 사유로 삼을 때 그는 먼저 대상이 그 자리에 있어야 가능하다고 여긴다. 그는 "공간이 단지 서로 다른 것으로 뿐만 아니라 다른 장소에 있는 것으로서 표상하기 위해서는, 공간이라는 표상이 이미 그 근저에 있지 않으면 안 된다."고 선언한다. 즉 "공간이라는 표상은 경험에 의해서 외적 현상의 관계들로부터 빌어온 것이 아니라 오히려 이 외적 경험이 그 자신, 위에서 말한 공간이라는 표상에 의해서 비로소 가능한 것"이다. 그에게 "공간은 모든 외적 직관의 근저에 있는 필연적인 선천적 표상"이다. 또한 "공간은 현상에 의존해서 규정되는 것이 아니라 현상을 가능케 하는 조건(條件)이며, 외적 현상의 근저에 필연적으로 존재하는 선천적인 표상"이다. 칸트는 공간을 하나의 순수 직관으로 본다. 순수 직관은 시간과 공간을 여건으로 하여 이루어지는 감성적 작용의 하나인 것이다. "공간의 다양함은 이렇게 유일한 공간을 제한함으로써 성립되며, 이때 공간은 주어진 무한의 양으로 표상"[31]된다. 이처럼 그의 공간에 대한 논

---

29) 한상연, 『시간과 공간』, 대완도서출판사, 1988, 16~17쪽.

30) Aristoteles, 천병희 역, 앞의 책, 37쪽.

31) Immanuel Kant, 이명성 역, 『순수이성비판』, 홍신문화사. 1987, 66~67쪽.
칸트는 인간의 선험적 인식을 매우 중요한 의식으로 다룬다. 인식이 대상에 관계하는 경우 양자의 직접적인 매개가 되고 또 모든 사유가 수단으로 삼는 것은 직관

의는 모두 선험적 감성론에 기대고 있다. 말하자면 '공간'이라는 것은 공간이라는 표상에 의해서 지각되는 것이며 이때 비로소 외적 경험이 가능해진다.

이후 공간에 대한 논의는 실존 철학자들이나 공간 이론가들에 의해서 이루어졌다. 마르틴 하이데거(Martin Heidegger)는 횔덜린의 송가「이스터」를 분석하면서 강물을 "방랑성(Wanderschaft)의 장소성(Ortschaft)"으로, "장소성의 방랑성"으로 설명한다. 이때 "장소는 공간에 대한 한 규정"으로 "모든 장소는 공간 안에 있는 자리이며, 방랑은 발걸음의 연속적인 이어짐"으로 해석한다. "강물들이 자신의 고유한 길로 예감에 가득 차 흘러가 사라지는 것은, 인간이 대지의 영역을 떠나는 것과 같으며, 인간이 대지에 대한 불충실함과 같을 것"으로 본다. 그래서 "강물 자체인 방랑성은 대지를 고향적인 것의 '근거'로 확립하는 규정 안에서 지배적으로 현존"[32]하는 것으로 해석한다. 이것은 하이데거에게 공간은 언제나 장소가 속해 있으며, 이 장소는 어떤 방랑을 근본적으로 내재하는 것을 의미한다. 방랑은 '예감에 가득 찬 다가올 것'으로 향한다. 방랑이라는 것은 인간에게 정주(定住)를 허락하지 않지만 정주를 향하여 끊임없이 방랑을 모색하게 하는 특성을 지닌다. 이러한 방랑이 인간이 장소를 떠나 그가 과거에 머물렀던 장소를 고향적인 것의 토대로 삼는 이유가 된다는 것이다.

이와 함께 모리스 메를로 퐁티(Maurice Merleau Ponty)에게 "공간은 사물들이 그 속에서 배치되는 (실재적 또는 논리적) 환경이 아니라 사물들의 위치가 가능해지는 수단"[33]이다. "공간은 모든 사물들이 잠겨 있는 일종의 에

(Anschauung)이다. 직관은 대상이 우리들에게 주어지는 한에서만, 적어도 우리들 인간에게 있어서는 대상이 어떤 방식으로 심의(心意, Gemüt)를 촉발함으로써만 가능하다. 우리들이 대상에 의해 촉발되는 방식을 통하여 표상을 얻게 되는 능력(Rezrptivität)은 감성(感性, Sinnlichkeit)이다.

32) Martin Heidegger, 최상욱 역,『횔덜린의 송가 <이스터>』, 동문선, 2005, 52~72쪽.
33) Maurice Merleau Ponty, 류의근 역,『지각의 현상학』, 문학과지성사, 2014, 371쪽.

테르로서, 상상 또는 사물들의 공통적인 특성으로서 추상적으로 인지하는 대신, 사물들의 관계들의 보편적 힘으로 생각"[34]해야 한다. 모리스 메를로 퐁티에게 공간은 사물들이 잠겨 있는 곳이며 우주의 영기(靈氣)가 넘치는 곳이다. 그는 반성[35]에 의해 공간이 지각되는 방식을 추적한다. 반성은 지각적 의식의 원초적 신념을 형성하고 있는 모습 그대로 재발견하는 것인데, 그것이 인간의 진정한 창조의 바탕이라고 여긴다. 주체와 관계하는 것들을 현실적으로 사고하고 그것을 파악하는 데서 인간은 살아있다는 것을 깨닫는다. 이때 인간은 공간화된 공간에서 공간화하는 공간으로 움직여서 자리를 바꾸어 간다는 것이다.

모리스 메를로 퐁티의 공간의 의미는 다음의 표로 제시할 수 있다.

반성하지 않고, 사물들 속에 살고 있을 때	반성하며, 공간을 그 근원에서 찾을 때
공간은 때로는 사물들의 환경으로, 때로는 사물들의 공통 속성으로 모호하게 간주한다.	그 말의 근저에 있는 관계들을 현실적으로 사고한다. 나는 그 관계들을 기술하고 보유하는 주체에 의해서만 살아있다는 것을 깨달으며 공간화 된 공간에서 공간화하는 공간으로 옮아가게 된다.
나의 신체 사물들, 그리고 상하, 좌우, 원근에 따른 그들 사이의 관계들은 나에게 환원 불가능한 다양성으로 보일 것이다.	나는 공간을 기술할 수 있는 유일하고도 분할 불가한 능력을 발견한다.
나는 달리 규정된 영역들의 물리적 공간과 관계한다.	나는 대체 가능한 차원들을 가지는 기하학적 공간과 관계한다. 동질적·등방적 공간성을 가지고 있다. 적어도 움직이는 동체에 아무런 변화도 가져오지 않는 장소의 순수 변화를 사고할 수 있다. 대상의 상황과 구별되는 순수 위치를 구체적 맥락에서 사고할 수 있다.

34) Maurice Merleau Ponty, 류의근 역, 『지각의 현상학』, 문학과지성사, 2014, 17쪽.
35) 반성-철학적 반성은 과학이 항상 전제하면서도 조명하지 못하는 지각적 의식의 원초적 신념을 형성되고 있는 모습 그대로 재발견시키는 것을 말한다. 또한 자기 자신을 잊어버리고 존재와 시간의 이편에 있는 건드릴 수 없는 주체성의 자리를 새롭게 차지하게 되는 것을 이른다(Maurice Merleau Ponty, 류의근 역, 『지각의 현상학』, 문학과지성사, 2014, 17쪽.).

가스통 바슐라르(Gaston Bachelard)는 공간을 상상력을 통한 특별한 체험으로 본다. 그는 우리가 공간 이미지를 연구하는 것은 인간적인 가치를 규명하는 것임을 전제하고 상상력에 의해 파악된 공간은 그 공간을 우리들이 체험(體驗)하는 것이라고 말한다. 이것은 우리가 시를 읽으면서 시인이고 싶은 유혹을 재체험(再體驗)하는 것과 같은 것이다. 시를 읽는 이의 이러한 시에로의 감정 전이는 시인이란 깨닫는 자, 즉 초월하는 자 그리고 그가 아는 것을 명명하는 자이며 절대적인 창조가 없다면 시란 존재하지 않는 것이라는 의미와 연결되어 있다. "시의 경우 드문 것, 예외적인 것이 통상적인 것을 규칙으로 확립하지 않고 반대로 그것을 반박하고 새로운 체제를 세우기 때문"[36]이라는 것이다. 이를테면 시는 우리 존재의 생성과 창조에 관여하는 불멸의 힘이어서 그것을 얻기 위해 독자는 시를 읽고 그 이치를 사는 것(體驗)이다. 그는 내부 공간의 내밀함의 가치들에 대한 연구를 위해서 '집'을 인간의 영혼을 살피는 분석 도구로 삼는다. 그는 인간이 거주하는 일체의 공간을 '집'이라는 본질로 이해한다. 그는 "우리들의 오랜 머무름(滯在)에 의해서 구체화된, 지속의 아름다움을 발견하는 것은, 공간에 의해서, 공간 가운데인 것"[37]이라고 한다. 그때야 인간은 끊임없이 그 원천을 넘어서며 멀리 더 자유롭게 있는 것이다.

에드워드 렐프(Edward Relph)에게 공간은 형상이 없고, 손으로 만져볼 수 없고 또 직접 그려보거나 분석할 수 있는 실체가 아니다. 그러나 우리가 어떻게 공간을 느끼고, 알고 또 설명하더라도, 거기에는 언제나 장소감이나 장소 개념이 연관되어 있다는 것이다. 장소는 인간이 세상을 경험하는 심오하고도 복잡한 측면으로 나타나기 때문이다. 그래서 그는 "일반적으로 공간이

---

36) Gaston Bachelard, 곽광수 역, 앞의 책, 62쪽.
37) Gaston Bachelard, 곽광수 역, 위의 책, 55~84쪽.

장소에 맥락을 주는 것처럼 보이지만, 공간은 그 의미를 특정한 장소들로부터 얻는다."[38] 공간 안에 장소가 있다는 에드워드 렐프의 견해는 기존의 논의와 그 의미를 같이 한다. 그러나 장소가 공간에 여러 의미를 부여해 준다는 견해는 기존의 논의와 다른 점이기도 하다. 그는 공간과 장소 간의 관계를 명확히 하기 위해, 장소를 개념적, 경험적 맥락에서 분리하여 공간을 경험 공간, 지각 공간, 인공 공간으로 구분하여 그 특성을 제시한다. 공간을 본능적이고 무의식적인 행위의 공간, 개인이 지각해서 받아들이는 자아 중심적인 공간, 신성하고 고대적인 종교 체험의 공간, 주관적인 의미로 가득 찬 공간 등으로 그 의미를 구체화한다.

인문 지리학에 대한 공간 이론가인 이-푸 투안(Yi-Fu Tuan)은 공간과 장소를 생활 세계의 기초적인 구성요소로 파악한다. 그의 공간 논의는 공간과 장소를 구분하여 그 의미를 달리 하고 있는 것이 큰 특징이다. "무차별적인 공간에서 출발하여 우리가 공간을 더 잘 알게 되고 공간에 가치를 부여하게 됨에 따라 공간은 장소가 된다." 그에게 장소는 '좁다'를 의미하므로 안전(安全)을 의미하며 공간은 '넓다'를 의미하므로 자유를 의미한다. 그래서 "우리는 장소에 고착되어 있으면서 공간을 열망"[39]하는 것이다. 이를테면 장소는 인간의 삶이 전개되는 곳이며 인간이 거주를 정하여 살아가면서 형성된 의미 깊은 곳을 의미한다. 반면에 공간은 장소보다 너른 의미를 지닌 곳이어서 무한한 자유를 추구할 수 있는 공간이다. 말하자면 인간은 자신이 경험하는 것들로 하여 공간과 공간적 특성에 대한 강렬한 느낌을 가지게 된다. 장소를 통해 인간은 안정성을 보장받으려고 하지만, 공간이 주는 개방성, 자유로 하여금 공간이 가할 위협을 잘 알고 있으면서도 어떤 초월을 향해 늘 다른 세

---

38) Edward Relph, 김덕현 · 김현주 역, 『장소와 장소상실』, 논형, 2005, 25~39쪽.
39) Yi-Fu Tuan, 구동회 · 심승희 역, 『공간과 장소』, 대윤, 2011, 15쪽.

계를 탐색하려는 의지를 가지려고 한다는 것이다.

공간을 인간 현존재의 공간적 구성 문제, 즉 인간이 살아가는 구체적인 문제로 제기한 것이 그라프 뒤르크하임(Graf Duerckheim)이다. 그는 공간의 균질성을 핵심 특성으로 가지고 있는 수학 공간과 차별된 '체험 공간'을 제시한다. 그는 우리가 "살아가는 공간은 자아에게 구체적인 실현의 매개체이고, 대항 형식이자 확장이며, 위협자이자 수호자이고, 통로이자 피난처이며, 타향이자 고향이며, 물질이고, 실현 장소이자 발전 가능성이며, 저항이자 한계이고, 자아가 존재하고 살아가는 짧은 현실에서 그의 신체 기관이자 적수"[40]로 규정한다. 공간은 인간에게 자유를 보장해주기도 방해하기도 하면서 때로 인간 그 자신이면서 타인으로 존재하는 익숙하거나 낯선 곳이라는 것을 의미한다.

한편 유한근에 따르면 시에 있어서 공간의 계기(契機)란 시적 공간을 형성케 하는 동인(moment)을 뜻한다. 그가 주목하는 것은 공간의 계기로 판명되는 상징이다. 그에 의하면 상징은 가시의 세계와 불가시(不可視)의 세계, 즉 물질세계와 정신세계를 일치시키는 표현 기호이다. 상징은 직접 대상을 표현하는 것이 아니고 다른 것을 매개로 해서 대상을 드러내는 표현양식이다. 상징은 "구체적인 영상에 의한 명중한 직유의 방법도 아닌, 설명하기 어려운 방법으로 독자의 마음속에 자리하고 있는 사상, 감정을 환기함으로써 표현의 주체가 무엇인가를 어느 한쪽에 암시하는 양식"[41]이기도 하다. 시에서 '공간'을 구축하는 것은 대상과 주체간의 상상력에 의해서며 주체와 주체가 표출해내는 작품 사이에는 상징이라는 표현 기호가 계기로 자리 잡게 된다고 본다. 유한근은 시를 연구함에 있어서 시적 주체가 서 있는 공간의 상징 그리고 상상력을 연구하는 것이 공간의식 연구의 중요한 요소라고 규정한

---

40) Otto Friedrich Bollnow, 이기숙 역, 『인간과 공간』, 에코리브르, 2011, 19~20쪽.
41) 신상성 · 유한근 공저, 『한국 문학의 공간 구조』, 양문출판사, 1986, 19~25쪽.

다. 경험의 소산으로 얻어진 시적 주체의 상징을 다시 사상으로 바꾸는 독자의 인식은 서로 다른 차이가 있다는 것이다. 이렇게 시인과 독자의 오독의 가능성을 열어놓고 있음에도 시인을 제2의 창조자라고 부르고 있다.

근대 자본주의의 양적 팽창은 도시화를 촉진시켰고, 이에 따라 도시 공간에 대한 새로운 탐구와 이해가 시도되고 있다. 도시 사회학자인 김왕배는 "도시는 사회적 실천을 통해 '생성(生成)'된 생활세계의 공간"[42]이라고 정의한다. 사회적 공간으로서 도시는 농촌과 대비되는 삶의 장소이다. 그래서 도시 공간은 정치, 경제, 문화 등의 전체적 과정의 산물인 의미들로 구성된 원전(原典)이다. 공간은 사회관계에 의해 변화되고 만들어지는 산물이다. 그는 다양한 사회적 실천을 통해 만들어진 공간은 사회행위의 영역으로서 사회공간으로 규정한다. 그래서 이 공간은 절대적 공간, 즉 물리적 공간 속에 존재하는 상대적 공간이다. "절대적이고 물리적인 공간을 자연의 공간, 또는 '제1의 자연(first nature)'이라 한다면 사회적 공간은 '제2의 자연(second nature)'인 것"[43]이다. 이처럼 김왕배는 도시공간을 인간이 만든 사회적 산물로 보고 그 역동성에 주목하고 있다. 도시 공간은 거시적 힘이 지배하는 미시적 힘이 합쳐진 공간이라는 것이다. 이 사회적 공간은 사회의 권력관계에 따라 주거의 공간 분할을 갖게 되고 다시 주거 공간 속에 하위 공간을 만든다. 이것이 사회공간의 속성이며 이러한 권력 관계에 따라 낮과 밤의 공간 또한 다른 양상으로 나타난다.

철학 및 경제학 관련 저술가이며 연구가인 이진경은 공간을 '기계'로서 혹은 '배치'로서 다룬다. 그에 의하면 "우리들이 접하는 구체적인 공간들은 사람들의 다양한 활동이나 실천의 흐름을 절단하고 채취하는 기계"[44]이다. 기

42) 김왕배, 『도시, 공간 생활세계』, 한울, 2000, 18쪽.
43) 김왕배, 위의 책, 41쪽.
44) 이진경, 『근대적 시·공간의 탄생』, ㈜그린비출판사, 2010, 118~120쪽.
집은 가족들의 활동의 흐름을 절단하고 채취하는 기계며, 감옥은 수인들의 행동을 절단하고 채취하는 기계이다. 또한 공장은 노동자의 활동의 흐름을 절단하고 채취

계는 주어진 재료를 다른 재료와 합해져서 새로운 질을 갖는 생산물로 형태를 바꾼다. 그리고 이러한 형태 바꿈의 양상은 기계 자체가 다른 것이 되지 않는 한 반복적이다. 그것은 특정한 생산물이 되풀이되어 생산되는 반복의 조건을 형성한다. 이것은 어떤 생산물이 반복하여 생산되지만 기계 자체가 불변적이고 고정성을 갖지 않는다는 특징을 지닌다. 왜냐하면 공간의 성격은 어떤 요소, 기계의 접속 방식, 다른 요소와의 관계에 의해서 결정되기 때문이다. 그런데 공간 안에서 기계가 배치가 되면 기계는 다른 것과의 관계 속에서 본질적인 개념이 달라진다. "어떤 공간적 건축물이 무엇인가는 그것이 어떻게 작동하고 어떻게 이용되는가에 따라 결정되며, 작동의 양상과 용법, 연관된 요소가 달라지면 다른 기계"[45]가 된다. 이런 양상을 '영토성', '탈영토화', '재영토화'라는 개념으로 이해할 수 있다. 말하자면 기계는 이웃관계에 의해 정의되는데 동일한 이웃관계는 자신을 영토화하면서 자신이 이웃관계에 매인다는 것이다. '나'는 이웃을 길들이게 하지만 '나' 또한 이웃관계에 길들여진다. 이진경의 공간론은 공간이 기계라는 것이며, 이 기계는 인간의 활동이나 실천의 흐름을 단절하고 채취하는 방향에 따라 기계적 의미가 달라진다는 것이다. 기계는 다른 기계들과 계열화되어 하나의 공간에 자신의 자리를 갖는 것을 의미한다. 이러한 기계적 요소들의 계열화를 통해 정의되는 사물의 상태는 배치(agencement)이다. 기계는 배치에 있어서도 계열화의 양상에 따라 의미가 다른 기계가 된다. 공간은 배치 상태가 안정적일 때 하나의 공간으로 작동한다.

이 책에서는 공간에 대해 보다 정확한 의미 규정을 위해 '장소성', '방랑성', '모성성', '생명성', '환상성', '초월성'이라는 여섯 가지 측면을 공간의 특징적 요소로 도입하고자 한다. 우선 공간의 특징적 요소로 장소성을 들 수 있다. 장

하는 기계이다. 따라서 기계라는 말은 단순한 메타포가 아니다. 그것은 정확하게 기계적으로 작동하는 것이고 나름의 물질적인 재료(material)를 대상으로 갖는다.

45) 이진경, 위의 책, 125쪽.

소성은 인간이 대지 위에서 자신들의 고유한 거주지를 규정하는 것을 뜻한다. 인간에게 있어 거주함은 하나의 체류함이며 특히 대지 위에서의 인간의 체류를 승낙함이다. 이 체류는 하나의 머무름이어서 일정 기간을 필요로 하는데, 이 기간은 인간의 안녕과 안위를 위한 시간이다. 이것은 인간에게 그들의 삶의 활동을 중단하는 것이 아니라 활동의 지속을 의미한다. 이렇게 인간은 공간에서 인간이 겪는 일로부터 배울 수 있는 모든 능력을 경험한다. 경험은 인간이 우주와 자연과 인간과 그리고 인간인 그 자신을 배우는 것이다. 즉, 이것은 인간이 의지와 목적에 따라 행동하고 그 주어진 것으로부터 새로운 창조를 실현하는 것을 의미한다. 공간에서의 인간의 머무름은 자신만의 의미의 공간을 만드는 것이다. 이때 공간은 인간의 "생물학적 필요(식량, 물, 휴식, 번식)가 충족되는 가치의 중심지"[46]가 된다. 그러나 이렇게 필요가 충족되어 있는 공간은 인간에게 구속을 안겨주는 이유를 제공하기도 한다.

둘째로 공간의 특징적인 주요 요소는 방랑성을 꼽을 수 있다. 방랑성은 공간이 인간을 그의 삶의 익숙한 장소로부터 끄집어내는 것을 말한다. 공간, 특히 특정 공간은 인간에게 안녕과 안위를 보장해주면서 인간으로 하여금 그 공간에 고착되게 한다. 인간을 일정한 상태에 머물러 있게 하는 이러한 반복적 일상은 인간으로 하여금 그가 체류하고 있는 공간을 벗어나려는 욕망을 갖게 한다. 즉 인간의 자유에 대한 근원적 갈망을 작동시킨다. 인간의 다른 공간으로의 탈주 모색은 그들에게 그들이 머물렀던 대지를 고향적인 것의 근거로 확립하게 하여 준다. 이것은 "공간이 인간의 감각과 정신의 특징을 반영"[47] 한다는 점에서 인간이 머물렀던 최초의 공간은 고향이 되는 것이다. 또한 공간은 인간이 고향을 멀리 벗어날수록 그들이 떠나왔던 반대 방향으로 심리적 방

46) Yi-Fu Tuan, 구동회·심승희 역, 앞의 책, 17쪽.
47) Yi-Fu Tuan, 구동회·심승희 역, 위의 책, 34쪽.

향을 돌리게 한다. 인간을 '대지의 어머니'의 고향으로 향하게 하는 것이다.

셋째는 모성성을 들 수 있다. 모성성은 공간을 안녕과 안정, 안전과 영원을 간직하고 있는, 언제든 그곳으로 달려가기만 하면 되는 '어머니 품'으로 여기는 것을 말한다. 인간은 어느 특정한 공간에서 나고 자란다. 이 공간은 인간이 수년에 걸쳐 점진적으로 그들의 정서를 증가시킨 곳이어서 그들에게 깊은 의미를 부여한다. 조상으로부터 물려받은 땅, 집, 가구, 또는 벽에 묻은 얼룩의 이야기도 간직하고 있다. "아이가 성장함에 따라 그는 중요한 사람들보다는 다른 대상들에게 애착을 가지게 되어 결국 장소에 애착을 가지게 된다."48) 어머니가 밥을 먹여주던 그 장소, 그 집, 그 집의 나무, 마당, 먼 하늘, 산, 길 등은 인간에게 어떤 만족감의 근원으로 자리한다. 그래서 인간은 필요할 때 안정과 영속을 보장해주는, 언제나 그 자리에 놓여있던 애착의 공간인 '어머니'를 찾아가는 것이다. 인간은 이런 '어머니' 품에 있으면 다른 어떤 것도 두렵지 않게 된다.

넷째는 생명성이다. 생명성은 인간이 어릴 때부터 신체의 운동과 감각을 통해 원초적 경험을 쌓아가던 과정에서 무의식적으로 생성된, 공간의 본래 그대로의 야생성을 이른다. 인간은 이 원형의 공간으로 돌아가 스스로를 원형의 공간에 내재하는 끌어당김과 밀어냄의 힘에 이끌리도록 내버려두자마자 합리주의적 사유의 법칙을 위반하고 땅의 울림과 교감의 분위기에 진입한다. 이것은 인간의 조상이 살았고 묻힌 토지가 있는 곳이자 또 그 자신이 살았던 공간에서 형성되는 가장 심오하고 경건한 힘이다. 그것은 인간에게 생명을 주는 우주와 자연의 무한한 힘이다. 이러한 힘이 인간으로 하여금 예감에 가득 찬 미래 속에 그 자신을 서 있게 하는 것이다. 인간에게 원형 공간으로의 회귀는 그들에게 생을 다시 시작하는 것과 같은 의미를 가지게 한다. 이것은 의식의 실질적인 재생이라서 인간에게 무한한 창조를 제공한다.

48) Yi-Fu Tuan, 구동회·심승희 역, 위의 책, 54~55쪽.

다섯째, 환상성 또한 공간의 특징적 요소 가운데 하나이다. 공간이 지닌 환상성은 인간이 거주했던 공간들에서 의미화되었던 여러 추억이 인간에게 꿈의 가치를 제공하는 것을 말한다. "인간이 어린 시절을 보냈던 공간은 그들에게 변함없는 아름다운 추억을 준다. 인간의 지난 고독들의 모든 공간들은, 인간이 고독을 즐거워하고 고독을 즐기고 고독을 바라고 고독을 위태롭게 했던 그 공간들은, 인간의 내부에서 지워지지 않는 법"49)이기 때문이다. 인간은 그것들을 지우고 싶어 하지 않는다. 그래서 추억이 있는 공간은 그들에게 기운을 되찾아주는 공간, 아직도 그곳에 소유되고 싶어 하는 공간이다. 인간의 추억은 그렇게 그들에게 그들의 안정의 근거나 또는 환상을 주는 이미지들의 집적체가 된다. 바슐라르가 집이라는 공간에서 수많은 몽상의 습관을 일으켰다고 언급하는 그 꿈을 몽상하게 하는 이유이다. 인간이 머물렀던 공간은 모두 하나하나 몽상의 장소여서 수많은 상상력을 인간에게 부여한다. 상상력은 인간이 홀로 있었던 산 속, 강가, 골목, 길, 집의 구석 등등의 은둔처들을 통해 환상의 무대를 제공한다. 상상력은 인간의 존재를 무의식의 거처 밖에서 살도록, 삶의 모험으로 들어가도록, 저 자신으로부터 빠져나오도록 이끈다. 인간에게 새로운 세계를 향해 나아가도록 그 의지와 야망을 부추기는 것이다.

여섯째는 공간이 갖는 초월성이다. 공간에 대한 초월성은 공간이 인간에게 그들의 한계나 표준을 넘어서게 하는 하나의 심리적 초월체로 작용하는 것을 말한다. 공간은 자유롭다는 감정과 연관되어 있다. 공간의 광활함은 인간에게 실존의 조건을 초월하려는 능력을 발견하게 하는 것이어서 그들이 머무르고 있는 공간을 축소시킨다. 공간의 무한한 광활함은 인간에게 우주와 자연에 대한 동경과 정복의 욕망을 준다. 인간의 힘이 미치지 못하는 거대한 자연이 두려우면 두려울수록 인간은 그들의 내부에서 이는 어떤 심리

---

49) Gaston Bachelard, 곽광수 역, 앞의 책, 85쪽.

적 동요를 발견하게 된다. 왜냐하면 이런 대상들은 인간의 정신력을 일상적인 평범함을 넘어서도록 고양시켜주기 때문이다. 또 "우리 내부에 있는 전혀 다른 종류의 저항 능력, 즉 절대적인 것처럼 보이는 자연의 엄청난 위력에 우리 자신을 견주어 볼 수 있는 용기를 마련해주는 저항 능력을 발견하도록 하기 때문"50)이다. 즉 인간으로 하여금 새로운 세계로 향하게 하는 것이다. 그러나 공간은 인간이 개척하지 않은 미지의 세계여서 그들에게 두려움과 공포와 위협을 주기도 한다.

김석환 시에 등장하는 공간은 인간의 근원적인 조건의 드러냄이다. 그의 시의 공간은 방랑과 정주(定住)로 존재하고, 생의 초월을 추구하고자 하는 치열성에 닿아 있다. 이때 방랑과 정주는 고유한 공간 안에서 서로 교차하면서 그 의미를 획득한다. 그러나 정주하고 있는 곳이 공간이라는 점에서 김석환의 시는 언제나 늘 정주할 수 없는 방랑을 품고 있다. 공간에 의해서, 공간 가운데서 발견하는 가치는 늘 인간의 끝없는 자유를 내포하는 것이다. 이와 같은 포괄적 의미망 안에서 획득되는 김석환 시의 공간의식을 규명하기 위해 이 책은 다음과 같은 순서에 따라 진행된다.

먼저 제2부에서는 김석환 시의 이주의 공간과 불안 의식 양상을 분석한다. 도시 공간은 시인의 이식(移植)을 쉽게 허용하지 않는 불안이 엄습하는 공간이다. 그곳은 "인간이 세상으로 들어가기 위한, 삶을 위한 투쟁의 장소"51)이다. 여기에는 인간이 경험하는 행위와 창조하는 행위 사이의 밀접한 의식이 포함되어 있다. 이러한 의식에는 도시라는 공간에 정주(定住)하여 살지 않으면 안 되는, 욕망의 피안을 지향하는 의식이 스며있다. 그러나 시인에게 도시는 "그곳을 가능한 완벽히 경험하려 한다고 해서 실존적으로 내부자가 되는

---

50) Immanuel Kant, 김상현 역, 『판단력 비판』, 책세상, 2006, 108쪽.
51) Edward Relph, 김덕현 · 김현주 역, 앞의 책, 56쪽.

공간이 아닌"52) 곳이다. 즉 단절된 공간에 스스로를 유폐시킴으로써 오는 심리적 불안의 공간인 것이다. 따라서 이렇게 의식의 주체로서 시인이 이주 공간이라는 세계와 맺고 있는 관계를 살핌으로써 시적 자아의 불안을 밝힐 것이다. 아울러 도시 공간에서의 시적 자아의 근원 상실과 부재를 검토하고, 경험적 구체에 의해 매개된 실존의 허기를 집중적으로 논의할 것이다.

제3부에서는 도시에 정주(定住)하지 못한 시인이 찾아가는 원형 공간의 시 의식을 규명한다. 그가 실존에서 체험한 원형 공간은 크게 고향·강·방(房) 등으로 나뉜다. 고향은 "원형적인 공간으로 유아기부터 신체의 운동과 감각을 통해 원초적 경험을 쌓아가는 과정에서 무의식적으로 구조화된 곳"53)이다. 시인이 그곳을 구성하는 본질적인 요소들을 만나고 깨닫는 지각의 영역으로 기능하고 있다. 특히 강이 있는 공간은 '과거'라는 의미를 규정하고 있어서 정(靜)의 뜻을 내재하고 있지만 시에서는 도리어 미지의, 아직 점령되지 않는 '창조'의 동(動)을 추동하고 있다. 방(房)의 공간은 자아 성찰의 공간으로 의식의 "열어젖힘, 즉 발전이 이루어지는 공간"54)이다. 따라서 이러한 공간적 특성을 살펴봄으로써 시인이 자기 정체성 확립과 현실 극복 의지를 표출하고 있는 공간의식을 분석할 것이다.

제4부에서는 실존적 한계와 구속을 타개하기 위한 초월 공간으로의 탈주

---

52) Edward Relph, 김덕현 · 김현주 역, 위의 책, 127쪽.
Edward Relph는 가장 근본적인 형태의 공간의 내부성은 "여전히 그 장소가 의미로 가득 차 있을 때 생기는 것"으로 본다. "대부분의 사람들이 경험하는 내부성은 자기 집이나, 동네, 또는 자기 지역에 있을 때, 그리고 자신이 그곳과 그곳 사람들을 알고 있을 때, 자신이 다른 사람들에게 알려졌거나 거기에서 자신이 받아들여질 때" 나타난다고 본다. 그러므로 인간에게 낯선 공간은 이러한 실존적 내부성을 경험할 수 없다.

53) Edward Relph, 김덕현 · 김현주 역, 위의 책, 40쪽.

54) Otto Friedrich Bollnow, 이기숙 역, 『인간과 공간』, 에코리브르, 2011, 338쪽.
이 공간은 존재의 의식 속에 자기만의 발전 방식을 존재케 하는 창조적 공간이다.

를 모색하는 시 의식을 분석한다. 시인에게 가해지고 있는 실존의 불안은 자유를 갈구하게 만든다. 그의 시에서 야생적 생명의 발화가 무한히 구현되는 공간은 그것의 치열함과 더불어 하나의 심리적 초월체가 된다. 그러나 이 자유로움은 또한 실존의 풍화를 견뎌내지 못하는 고통과 좌절이 실존에 존재하고 있음을 반증하는 것이다. 이러한 탈속과 초월에의 열망은 시적 자각을 유도하는 심리적 방어기제로 기능한다. 시적 공간의 사유는 뜨거움과 차가움, 기쁨과 고통 등의 기본적인 감각을 포함하여 실존의 경험에 영향을 준다. 그의 시에서 실존의 경험은 멀리 초월세계를 지향하고, 실존의 한계와 구속을 넘어서는 곳에 이르고자 욕망한다. 그래서 이때의 공간 경험은 주어진 것에 따라 행동하고 그 주어진 것으로부터 창조하는 것을 의미한다. "경험은 위험의 극복"[55]이기 때문이다. 결과적으로 이 장에서는 초월 공간에서 의식의 공복을 채우기 위해 생의 완전한 소멸을 허용하는, 완전한 생을 구현하기 위해 극한의 지점에 자신을 위치시키려는 의도를 규명하고자 한다. 그럼으로써 일상의 변신을 과격하게 유도하여 잃었던 꿈의 가치를 획득하는 과정과 실존의 구속을 넘어 시인이 가닿고자 하는 궁극적 지향의 지점을 탐색할 것이다.

제5부에서는 앞장에서 논의하였던 연구를 바탕으로 김석환 시가 가지고 있는 공간의식의 시사적 의의를 밝혀볼 것이다. 김석환 시에서 공간은 현대문명 및 문화에 의해 새롭게 재편된 세계를 수용하는 시적 주체의 지각과 감각, 교감과 감성을 드러내는 중요한 지표이다. 그러므로 김석환이 시에서 드러난 도시와 고향 그리고 그러한 공간을 구성하는 구체적 장소들의 의미에 초점을 맞추어 공간의식의 시사적 의의를 규명해볼 것이다. 또한 한국 현대시들이 변혁기 시대에 변화를 겪으면서 추구해온 공간의식을 비교·분석하여 김석환 시가 드러내고 있는 공간의식의 시사적 위상을 정립해볼 것이다.

---

55) Yi-Fu Tuan, 구동회 · 심승희 역, 앞의 책, 25쪽.

공간은 장소를 담고 있다. 인간이 공간과 맺는 본질적인 관계는 인간을 존재케 하는 거주로 나타난다. 공간은 인간의 삶이 이루어지고, 그 삶이 어떤 것을 실현하도록 하는 의도와 경험의 자리이다. 그래서 공간은 인간에게 모든 의미와 가치들을 부여한다. 또한 오랜 체재(滯在)에 의해 구상된 공간의 이미지들은 인간에게 여러 가치 있는 의미를 제공한다. 이것이 시에서 시적 이미지가 되며, 시를 읽는 독자로 하여금 존재의 창조를 부추기게 하는 시의 철학이 되는 것이다. 본 연구는 김석환의 시세계를 객관적이며 종합적으로 고찰하기 위해 텍스트에 내재된 공간의식을 깊이 살필 것이다. 그리고 그동안 김석환 시를 논하며 그 평가에서 간과되었던 시의 진정한 미학을 밝히고자 한다.

2부
이주의 공간과 불안의식

1. 이식(利殖)의 불안과 소외 의식
1) 낯선 거리와 욕망의 좌절
2) 어두운 도시와 이방인의 불안

2. 존재의 고독과 자아 상실
1) 유폐된 공간과 존재의 고독
2) 상실의 서사와 자아 인식

3. 유랑의 현실과 실존적 허기
1) 도시의 이중성과 실존적 허기
2) 거듭남의 기획과 심리적 결여

이주의 공간과 불안 의식

1. 이식(利殖)의 불안과 소외 의식

1) 낯선 거리와 욕망의 좌절

김석환 시에서 '방랑'은 정주(定住)의 공간으로 가기 위한 목적의식에서 비롯된 성취의 과정이다. 즉 '방랑'은 시인이 살던 고향 심천(深川)'을 떠나 도시의 공간 속으로 생의 운영 방식을 바꾸는 것과 같다. 그리고 지금보다 더 치열한 꿈을 꿈꾸기 위해 도시의 사회 질서 속으로 편입하고자 하는 시인의 욕망을 대변한다. 그래서 '방랑'은 실존의 불확실성과 두려움 속에서도 앞으로 나아가야만 하는 필연을 내재하고 있다. '꿈으로의 도피'라는 성격을 지닌 더 나은 내일을 향한 반역인 것이다. 그런데 이러한 '방랑'은 존재론적으로 불안한 시인이 안정적인 공간을 지니지 못하고 있기 때문에 사회의 압도적인 힘들로부터 자신을 지키지 못할 것이라는 위기감과 연결된다. 도시 공간에서 최소한의 생의 거점을 마련하겠다는 시인의 의도는 각박한 도시의 질서와 그 냉혹함 안에서 경험된다. 그리고 그곳에서 완전한 정주를 유지할 수 없다는 강박은 이식(移植)[1]의 불안과 소외로 나타난다.

> 오수를 깨워 줄 참새도 날아오지 않는다
> 동공을 찌르는 전조등 불빛, 지친
> 차바퀴 마찰음이 일회용 양식이다
> 목 부러진 해바라기, 제 그림자를
> 키우는 고속도로 휴게소 한구석
> 두 팔 벌린 허수아비 群像
> 찢겨진 옷자락이 백기처럼 펄럭인다
> 구겨진 모자, 비뚤어진 입
> 노을에 비스듬히 기댄 한 사내
> 심장도 창자도 없이 외발로
> 버텨 온 한 생애가 무겁다
> …미아를 찾습니다
> …속히 승차해주시기 바랍니다
> 안내 방송이 요란한데
> 점점 깊어지는 허수아비의 잠
> 과속으로 고개를 넘어가는 차량들
> 행렬을 따라가면 물꼬 넘치는 천수답
> 벼 이랑에 뜸부기 알을 품을까
>
> ―「허수아비의 잠」(4; 51) 부분[2]

---

1) 김석환에게 있어 이식(移植)은 그의 고향 충북 영동 심천에서 도시 공간인 서울로 이주하는 과정을 의미한다. 이 과정은 그의 자발적 이주에 의해 이루어지는 것이지만 할머니와 부모님의 연이은 상사(喪事)가 원인으로 작용하고 있다. 그래서 그의 도시 공간으로의 이주는 자의적이면서 타의적이다.

2) 이번에 분석할 김석환의 시집은 1.『深川에서』(1987), 2.『서울 민들레』(1995), 3.『참나무의 영가』(1999), 4.『어느 클라리넷 주자의 오후』(2004), 5.『어둠의 얼굴』(2011)이다. 이 책에 인용된 시는 각 시집의 표기를 따랐다. 앞으로 이 책에서 시를 인용할 때는 시 제목, 발간 시집 순서별 번호, 쪽수 순으로 표기하기로 한다.

인용 시 「허수아비의 잠」은 정처 없이 떠도는 화자의 심리적 정서로 말미암아 고독하고 우울하다. 시 전체를 지배하는 우울하고 침울한 정서는 헐벗은 실존으로부터 떠나고자 하나 떠나지 못하는 상황에서 비롯된다. 여기에는 정처 없는 '떠남'에 의해 촉발된 화자의 고립이 전제되어 있다. 그는 "고속도로 휴게소 한구석"의 "허수아비 群像" 중의 하나인데 '허수아비 군상'은 고속도로 휴게소에서 잠시 쉬고 있는 사람들을 이른다. 그는 지금 "오수를 깨워 줄 참새도 날아오지 않는" 막막한 공간에 갇혀 있다. '참새'는 낮잠을 자고 있는 그의 이 '순간'에 변화를 줄 매개자이다. 그런데 지금 이 '순간'은 그를 깨워줄 참새도 날아오지 않기에 그 어떤 변화도 일어나지 않고 있다. 아울러 "동공을 찌르는 전조등 불빛"이 그의 '방랑'을 더욱 두렵고 음울하게 만든다. 그는 '방랑'의 과정에 있다. 그가 서 있는 공간은 "고속도로 휴게소 한구석"으로 그 '방랑'이 잠시 정지하고 있는 상태이다. 하지만 그는 "두 팔 벌린 허수아비"여서 "찢겨진 옷자락이 백기처럼 펄럭"인다. '백기(白旗)'는 실존이 주는 억압에 항복하고 싶은 "노을에 비스듬히 기댄 한 사내"의 우울하고 피폐해진 심리를 암시한다. 왜냐하면 그의 생이란 늘 "심장도 창자도 없"는 '외발'이라는 불구적 자기인식에서 비롯하기 때문이다.

그런데 이 시에는 화자의 두 가지 욕망이 중첩되어 동시적으로 작용하고 있다. 말하자면 "미아를 찾"는다며 "속히 승차"하라는 안내 방송은 이중적 의미를 내포하고 있다. 먼저 자신을 어디로 가야 할지를 모르는 미아로 인식하면서도 고속버스를 타고 실존의 한계를 벗어나 희망을 찾아가고자 하는 욕망이다. "안내 방송이 요란"하다는 진술은 그러한 욕망을 쟁취하고 싶은 화자의 욕망을 암시한다. 다른 하나는 우울한 실존의 공간이 아닌 너른 세계를 찾아가서 "물꼬 넘치는 천수답"을 마련하려는 욕망이다. '물꼬 넘치는 천수답'과 '벼 이랑', '뜸부기 알'은 경제적으로 풍족하고 여유로운 '정주(定住)

의 공간'과 '경제적 풍요', '가족'을 암시한다. 안전한 공간으로 가족들을 데리고 가서 안정된 생활을 해나가려는 화자의 갈망이 들어 있다.

인용 시에서 현실에 안주하지 못하고 '방랑'[3]하는 이미지는 이곳에서 다른 저곳으로의 공간 이동을 의미한다. 떠나는 것은 다가올 것에 대한 기대가 가득한 공간에 서 있다는 것이며 '희망'적인 미래와 연관을 맺는다. 즉 화자의 '방랑'은 일상의 억압으로부터 탈출하려는 욕망이 짙게 스며들어 있는 것이다. 그런데 현실의 억압은 화자를 "점점 깊어지는 허수아비의 잠"과 실존의 가위눌림 그리고 "차바퀴 마찰음"이 찢어지는 소리를 내는 불안 가득한 공간에 데려다 놓음으로써 그의 무기력을 확인해 줄 뿐이다. 김석환의 이주 공간에 대한 불안 의식은 정처(定處)를 정한 공간에서도 계속 나타난다.

> 햇살도 독이 되고 달빛도 칼이 되네
> 벌써 여러 해 불임증을 앓는 春蘭
> 잎이 知天命 사내의 어깨처럼
> 썰물 후 수평선처럼 늘어지네
> 사흘이 멀다 하고 길어 부은 물
> 늪처럼 고여 썩네
> 우리를 뛰쳐나간 말들
> 다 부르지 못한 노래가
> 실뱀처럼 뒤엉켜 있네
> 어릴 적 호랑이 할아범네 고라실 논에
> 몰래 던져 넣은 가시가 숨어 있네
> 맹꽁이 아직도 우네
> 잎 끝에 감전된 별빛이
> 까맣게 탄화되어 잠들어 있네
>
> —「분갈이」(4; 24) 부분

---

3) 이때의 방랑(放浪)은 머물 곳을 정하지 못하고 이리저리 떠돌아다니는 상황을 말한다. 아직 일정한 거처가 정해지지 않은 상태를 의미한다.

앞의 시가 정처(定處)가 정해지지 않은 채 방랑하는 화자의 불안 의식의 표현이라면 위의 인용 시는 이제 막 거처를 정하여 살아가고 있는 이주 공간에 대한 불안 의식이 들어 있다. 지금 도착한 이식(移植)의 공간에 뿌리를 내리려는 충동과 꽃을 피우려는 충동은 '춘란'이 가지고 있는 생의 의지를 표상한다. 그러나 "햇살도 독이 되고 달빛도 칼이 되"는 참담한 현실이 가져다주는 좌절감이 화자의 실존적 의식을 지배한다. 그 좌절은 벌써 여러 해 지속되고 있어서 그의 하루는 이제 자신의 의지와 다르게 "불임증"의 혼돈과 혼란을 반복할 뿐이다. "춘란(春蘭)"은 고향에서 도시 공간인 서울로 거소(居所)를 옮긴 지천명의 화자를 표상한다. "썰물 후 수평선처럼 늘어지"는 것은 갑자기 들이닥친 현실의 버거움을 의미한다. 욕망의 과함이 도리어 현실 공간에서 좌절을 가져왔음을 의미한다. 이 시에서 도시 공간에 안정적으로 정주하기 위한 화자의 과도한 집착은 "우리를 뛰쳐나간 말들"이나 못다 부른 노래가 "실뱀처럼 뒤엉"킨 것으로 묘사되고 있다. 말(言), 노래, 실뱀의 기호로 드러나고 있는 그의 욕망은 이제 현실에 대한 객관적 거리감을 상실하여 일상이 온통 절망적으로 변화되어가고 있음을 보여준다.

인간에게 "지리적 실재는 우선 그가 지금 있는 곳이고 유년 시절의 장소이며 그를 거기에 나타나도록 불러들이는 환경"[4]이다. 이 시에서도 그것을 찾을 수 있는데 화자가 지금 분갈이한 장소에 "어릴 적 호랑이 할아범네 고라실 논"이 나타나고 있기 때문이다. '호랑이 할아범네 고라실 논'은 화자가 어린 시절 장난치며 놀았던 의미 가득한 공간이며 그를 그곳으로 불러들이는 환경이다. 그 불러들임 안에는 화자가 그 공간에서 거칠게 뛰어놀던 날들의 장난기 가득한 추억이 은닉되어 있다. 어린 시절의 그에게 공포와 두려움을 주었던 '호랑이 할아범의 고라실 논'에 그가 가시를 넣음으로써 그 할아버지

4) Edward Relph, 김덕현 · 김현주 역, 『장소와 장소상실』, 논형, 2005, 46쪽.

에게 간접적으로 복수했던 추억의 공간이다. '고라실 논'은 바닥이 깊고 물길이 좋아 기름지다는 '고래실 논'을 이르는데 이 논에 아직도 맹꽁이가 울고 있어서 화자의 잘못이 자꾸 되살아나게 하는 공간이다. 그러므로 막연한 불안감과 공포가 가득한 그 논의 고인 물에 떨어져 비추는 별빛도 슬프게 보이는 것이다.

결국 이 시는 '춘란의 분갈이'와 '호랑이 할아범네 고라실 논'을 등가로 놓아 지금의 불우한 현실이 화자 자신에 의해 비롯되고 있음을 환기한다. 그래서 이러한 시적 자아의 의식과 실존적 상황의 불일치는 완전한 이식을 성취하려는 화자의 투쟁을 더욱 처절하고 쓰라린 것으로 만든다. 김석환 시에서 이러한 공간의식은 디아스포라(Diaspora)적 성격을 띠고 있는 이방인의 정서이다. 인간이 기존에 살던 땅을 떠나 다른 곳에 정착하여 살게 되었을 때 그곳에 의식적으로 완전히 스며들지 못하고 있는 정서이다. 다음 시에서도 그것을 발견할 수 있다.

때 묻은 지폐에 팔려간 내 형제들
무슨 꿈을 꾸고 있을까. 가끔씩
플라스틱 화분에 갇힌 뿌리를
적셔주는 물줄기
오, 어미 아비가 뿌리 내리고
살던 그 해안의 파도소리며
갈매기 깃 치는 소리에
푸른 귓바퀴가 돋는데
구름만 무거운 그림자를 이끌고
도시의 끝으로 사라져 갈뿐
두 겹 창유리 너머 허공에
함부로 눈발 내리는데
그 슬픔마저도 이제 내 것이

아닌 여기는 이승의 벼랑 끝
이제 나에게 허락된 한 줌 흙
그 목숨의 분량을 싸움키고
유언처럼 붉은 꽃이라도
피워야지. 각혈이라도 해야지

—「동백꽃」(3; 84~85) 부분

자크 라캉에 의하면 욕망은 "인간의 기본 욕구 너머의 충족될 수 없는 어떤 것"[5]을 가리킨다. 라캉에게 욕망은 인간의 본질로 규정되며, 욕망은 언제나 인간의 의식 안에 있는 것이어서 본질적으로 결여와 관계된다. 인용 시에서 '동백꽃'은 "플라스틱 화분에 갇힌" 존재이다. 그래서 근원적으로 이미 욕망의 결핍을 지닌 존재이다. 또한 공간은 화자의 근원이 뿌리째 뽑혀져 있는 이식의 공간으로 나타난다. "때 묻은 지폐에 팔려간 내 형제들"로 암시되는 이들은 실존의 궁핍으로 살던 곳을 떠나 쫓기고 억류되듯 도시 공간으로 왔다. 이렇게 그의 떠남은 생존의 한 방식이기 때문에 그 공간에서 평안과 안식의 시간을 기대하지 못한다.

하지만 이 공간은 "어미 아비가 뿌리 내리고/살던 그 해안의 파도 소리"를 기억하게 하는 공간이다. 그곳은 이전에 그의 체류를 지배하던 장소성(Ortschaft)이 있어서 "인간을 그 고유함 안으로 이끌고, 그를 그 고요함 안에서 보존하는 공간"[6]이다. 즉 그 공간은 '고향적으로 존재함'의 장소이자 존재론적 원향인 것이다. 현재의 공간 속에 과거의 공간을 중첩하는 것은 김석환 시의 특징 가운데 하나이다. 이것은 그가 가진 욕망의 근원이 과거 공간, 즉 고향에서 비롯되고 있음을 지시한다. 다시 말해 화자가 고향을 떠나게 된 것은 그곳을 떠나지 않으려는 방법의 하나로 읽힌다. 그러므로 그가 자신이

5) Sean Homer, 김서영 역, 『라캉 읽기』, 은행나무, 2007, 136쪽.
6) Martin Heidegger, 최상욱 역, 『횔덜린의 송가 <이스터>』, 동문선, 2005, 38쪽.

뿌리 내리고 살던 과거의 공간을 기억하는 것은 좌절당한 과거를 벗어나려는 의식의 투쟁인 까닭에 현재 시간에 대한 싸움의 의미를 동반한다. 그렇지만 현재 그가 있는 곳은 "이승의 벼랑 끝"이어서 죽음의 징후가 깊이 드리워진 도시 공간이다. 화자는 "유언처럼 붉은 꽃이라도/피워야지. 각혈이라도 해야지" 다짐하지만 '도시'라는 공간은 이토록 불길하고 불안한 생의 '저승'으로 인식되는 것이다. 이식의 도시 공간에서 살아남으려는 한 인간의 고독한 모습이 짙게 배어 있다.

> 외진 산 바위틈에 뿌리 내리고
> 눈보라 매운 바람에 외려 푸르던
> 소나무 한 그루
> 수세가 멋있다고 캐어다가
> 뿌리가 잘린 만큼 가지도 잘라서
> 그 중 비싸다는 화분에
> 거름과 흙을 알맞게 섞어 담아
> 꼭꼭 다져 심어 놓고
> 조석으로 물 주고 거름도 주며
> 금이야 옥이야 보살피던
> 나의 정성을 비웃듯 비웃듯
> 시나브로 시들어 가는 까닭을
> 41번 시내버스를 타고 가다 알았지
> 화곡동에서 서울역까지만 가도
> 멀미를 해야 하는 불편한 체질을
> 탓하다가 문득 깨달았지
>
> —「利殖 以後」(1; 72) 전문

인용 시 「利殖 以後」는 김석환 시에 나타나는 방랑의 성향을 이해하는 데 적절한 사례가 되는 작품이다. 이 시에서 "소나무 한 그루"는 외진 산에서 캐

다가 화분에 옮겨 심은 "수세가 멋있"는 나무로 진술된다. 산골에서 도시로 생의 영역을 옮긴 소나무는 그것이 타의에 의한 것이었다 해도 이식의 공간에 적응하지 못하고 "시나브로 시들어 가"는 형국이다. 화자가 소나무에게 "가지도 잘라"주고, "비싸다는 화분에" "거름과 흙을 알맞게 섞어 담아"서 "꼭꼭 다져 심어 놓"고 "조석으로 물 주고 거름도 주"는 것은 도시 공간이 '소나무'에게 주는 물질의 풍요를 의미한다. 이는 한편으로 화자가 이식 공간의 한계 상황에 대해 치열하게 대결해 나갈 수 있음을 의미하기도 한다. 이 시의 공간 '화곡동'은 물질적 풍요가 넘치는 도시 공간이기도 하면서 동시에 어떤 기회를 펼 수 있는 땅이란 뜻이 내포되어 있다.

하지만 화자는 "41번 버스를 타고 가다" 멀미를 느낀다. '41번 버스'는 그 이동성으로 하여 '화곡동'과 '서울역'으로 대비되는, 즉 도시 변두리에서 중심부로의 이동을 암시한다. 또는 저곳(외진 산)에서 이곳(서울)으로의 공간 이동을 의미한다. 그래서 '멀미'는 산골에서 올라와 도시적 삶의 일상에 적응·동화되지도 못한 채 살아가고 있는 그의 고독과 우울을 암시한다. 그는 자신이 체질적으로 외진 산 어디쯤에라야 더 어울리는 '소나무'임을 은유적으로 진술하며 자연스러운 삶이 보장되는 공간에 대한 지향 의식을 드러낸다.

이러한 의식은 화자로 하여금 미지의 자연 앞에서 느끼는 것이 언제나 공포와 두려움뿐이라 하더라도 그것의 한계를 극복하며 삶의 변혁적 도약을 가능하게 하는 공간을 지향하도록 한다. 이것은 "본래적으로 비고향적인 것은 바로 고향적인 것과 연관되어 있어서 단지 이것에로 되돌아가지만 그럼에도 도달하지 못함이란 방식"[7]으로 정의되는, 존재의 고향을 향한 무한한 끌림과 같은 것으로 이해할 수 있다. 이러한 화자의 의식의 밑바탕에는 그로 하여금 자꾸만 고향을 향해 가도록 부추기는 것들이 '고향'이라는 이름으로

7) Martin Heidegger, 최상욱 역, 위의 책, 118쪽.

'외진 산'에 있음을 의미한다. 그래서 세상은 여전히 화자를 소외시키며, 화자도 세상을 소외시키고 있는 것이다. 그에게 이러한 불안 의식은 '도시'라는 낯선 공간에서 계속 이어지고 있다.

김석환 시에 나타나는 공간의식은 막막한 실존을 벗어나기 위해 '방랑'을 떠나면서 시작된다. 이러한 '방랑'은 정처를 정하지 않은 떠남이어서 언제나 그에게 고립과 고독을 주는 것으로 제시된다. 불확실한 미래로 향해 가는 그의 '방랑'의 여정은 불안 의식을 자주 드러낸다. 그의 시에서 '방랑'은 산골에서 도시 공간으로 이주하면서 시작되는데, 이 '방랑'은 낯선 지역과 골목 등으로부터 그의 고향을 지키고 발견하려는 탐색의 과정으로 나타난다.

2) 어두운 도시와 이방인의 불안

마르틴 하이데거는 횔덜린의 시 「이스터」를 주해하면서 "강물들이 자신의 고유한 길로 예감에 가득 차 사라지는 것은 인간이 대지의 영역을 떠나는 것과 같다."[8]고 규정한다. 그는 강물의 '흐름'과 인간의 '방랑'을 등가로 놓고 인간이 어떻게 '대지'라는 공간을 '고향'의 의미로 정립하는가를 정교하게 분석한다. 그는 강물이 체류하였던 '대지'를 "방랑성(Wanderschaft)의 장소성(Ortschaft)이면서 장소성의 방랑성"[9]으로 설명한다. 그에게 '대지'라는 공간은 언제나 인간의 '떠남'과 '머무름'의 특성이 함께 있는, '이곳'과 '그곳'이라는 변별적인 의미 자질을 지닌다. 인간에게 '공간'은 언제나 떠나기 위해 머무는 곳이며, 머물기 위해 떠나야 하는 곳인 것이다. 인간이 끊임없이 자기 자신의 생의 조건을 뛰어넘으려 할 때 공간은 인간의 출발지와 종착지(목표)를 동시에 제공하는데, 이것이 공간의 은폐된 본질이라는 것이다. 또한 공간은 인

8) Martin Heidegger, 최상욱 역, 위의 책, 50쪽.
9) Martin Heidegger, 최상욱 역, 위의 책, 57쪽.

간이 "고향적"10)이 되도록 고향의 존재를 규정한다. 그리고 고향은 그 자체 안에서 인간으로 하여금 인간 존재의 본질을 파악할 수 있게 한다.

김석환의 시에서 발견하는 것도 이렇게 '방랑'과 '정주' 그리고 '회상'의 사유가 가득한 공간의식이다. 그가 나고 자랐던 '심천'에서의 떠남은 그의 불행한 개인사에서 비롯되는 것이지만 이것은 새로운 생의 개진이라는 심층적 욕망과 관계한다. 그러나 모순적이게도 그가 부푼 꿈을 안고 심천을 떠나서 머물고자 했던 '서울'은 언제나 그를 불안하게 한다. '서울'이라는 도시 공간은 그에게 정주를 쉽게 허락하지 않기 때문이다. 그래서 이러한 도시 공간에 대한 의식은 시인의 어두웠던 고향과 좌절당한 도시라는 두 공간으로부터 벗어나려는 투쟁의 의미를 동반한다. 이것이 '서울'이라는 도시 공간의 압도적인 힘 아래에 놓인 한 '생'의 모습이다. 「바람의 傳說」은 이러한 단면을 잘 보여주는 작품이다.

> 내 잠 못 이루는 늦은 밤엔
> 바람이 혀를 푼다
>
> 바람이 털어 놓는 전언 속엔
> 고향 집 울안에 초병처럼 둘러 선
> 옥수숫대의 수런거림과
>
> 변두리 공한지에
> 옆으로만 기고 있는
> 호박 넝쿨의 웃음소리와
>
> 날마다 높아 가는 연탄재 더미에

---

10) 여기서 '고향적'이란 인간이 대지를 떠날 때 그 의식은 그가 떠나는 반대 방향으로 흘러가는 것을 이른다. 이것은 그가 먼저 머물렀던 공간을 어떤 애착의 공간, 특별한 공간으로 보는 심리이다.

붐비는 찬 빗방울 소리가
섞이어 있다

내 잠 못 이루고 뒤척이는 밤엔
바람의 눈도 환해져서

뉴욕제과점을 지나
요꼬하마 우동 전문집을 돌아드는
내 현주소를 더듬더듬 읽고 있다

―「바람의 傳說」(1; 78~79) 전문

화자가 "잠 못 이루는 늦은 밤"에 어디선가 바람이 몰려왔다가 사라져 간다. 밤은 깊어서 그 소리는 주변을 온통 음산하고 음울하게 만든다. 그러다가 바람은 도시 변두리 공한지에 있던 그를 고향 집 울타리 곁에 서 있게 한다. 바람은 도시 변두리와 고향 집 울타리를 이어주는 매개기호로 작용한다. 그곳에는 초병처럼 서 있는 "옥수숫대"와 변두리 공한지에서 옆으로만 기고 있는 "호박 넝쿨"이 있다. 고향집 옥수숫대는 수직성을 지니고 있어서 어떤 상승의 의미를 갖는다. 그러나 도시 변두리의 호박 넝쿨은 옆으로만 기고 있어서 수평적인 이동이라는 뜻을 가진다. 고향이 화자 자신을 당당하게 만들던 공간이라면 도시 변두리 공한지는 언제나 제자리를 맴도는 곳임을 암시하고 있다.

이처럼 바람은 화자를 고향의 옥수숫대와 도시 변두리 공한지의 호박 넝쿨이 있는 공간에 데려다 놓음으로써 자신의 실존을 돌아보게 한다. 그래서 호박의 "웃음소리"는 그의 자조의 내면을, 찬 빗방울 떨어지는 "연탄재 더미"는 이식의 공간에 쉽게 적응하지 못하고 있는 현실을 암시한다. 그런데 바람은 다시 "뉴욕제과점을 지나" "요꼬하마 우동 전문점을 돌아" "내 주소를 더듬더듬 읽고 있"게 한다. '뉴욕제과'와 '요꼬하마 우동'은 이국의 공간과 낯선 공간에서 먹는 한 끼 식사를 의미한다. 동시에 '일정한 거처를 정하고 먹는 주식(主食)'이 아니라는 의미가 내포되어 있다. 또한 도시 공간에 쉽게 동화하거나 적응하지 못하고 있는 이방인의 불안이 중첩되어 있다. 화자의 현실이 그가 누리고자 했던 일상에서 벗어나 있음을 환기한다. 그래서 '현주소를 더듬더듬 읽는 것'은 황량하고 낯선 이국적인 공간에서 앞으로 살아가야 할 시간에 대한 화자의 고통스러운 자기 확인과 각성이 들어 있다. '방랑'을 통해 실현하고자 하던 도시 공간에서의 꿈이 좌절된 채 여전히 불안으로 남아 있는 것이다. 그런데 김석환 시에서 도시 공간은 그를 불안하게 하는 공간이지만 그것이 비애의 정서로 나타나지 않은 특징을 지닌다. 이런 특징은 다음과 같은 시에서도 드러난다.

뿌리가 질겨서
아니 잎새가 연해서
용케도 살아 남았구나

봄베이의 최후를 덮던
용암보다 더 뜨거운 피치가
용암보다 더 무거운 시멘트가
이 흙을 덮을 때

먼지처럼
바람처럼
불려 쓸리던 민들레 꽃씨

아직도 이 흙 속에
이차돈의 하얀 피가
논개의 맑은 피가 흐를지도 몰라

보도블록 새새로 뿌리 내리고

취객이나 기웃거리다가 간 외진 곳에
홀로 살면서

—「서울 민들레 2」(2; 48~49) 부분

김석환 시에서 보이는 '방랑'은 단순히 고향 없이 헤매는, 어느 한 곳으로 떠나거나 단순한 돌아다님을 목표로 시작하는 것이 아니다. 어느 낯선 공간에서 새로이 고향을 만들기 위해 떠나는 것도 아니다. 오히려 낯선 지역과 골목 등으로부터 그의 고향을 지키고 발견하기 위해 '방랑'을 자처하는 것이다. 그래서 그의 고향은 '방랑' 공간에서 억압적 현실과의 대결을 통해 탐색되지만 찾으려던 고향에 곧바로 도달하지 못한다.

"서울"은 고향의 들판에서 민들레가 서울로 날아와 뿌리를 내린 곳이다. 이 시에서 고향은 민들레를 서울 공간에 살아있게 하는 어떤 '힘'으로 제시된다. '피치(pitch)'는 석유를 정제할 때 잔류물로 얻어지는 고체 또는 반고체의 흑갈색 탄화수소 화합물로 가공되어서 아스팔트의 원료가 되는 것이다. '피치'와 '시멘트'는 삶의 생명성을 억압하는 강고한 현실의 등가물이다. 민들레로 은유되는 화자는 서울에서 "봄베이의 최후를 덮던/용암보다 더 뜨거운 피치"와 "용암보다 더 무거운 시멘트"의 무게를 견뎌내고 기어이 살아남아야 한다. 여기에는 가계(家系)를 반드시 이어가고자 하는 화자의 필연적이고 필사적인 '뿌리의식'이 드러나 있다.

그런데 "아직도 이 흙 속에/이차돈의 하얀 피가/논개의 맑은 피가 흐를지도 몰라"라는 시적 진술은 삶이 개선되지 않고 있는 민들레의 어려운 '현실'을 의미한다. 이는 '민들레'가 도시 공간에 뿌리내리는 것이 목숨을 내걸 만큼 어렵다는 비극적 자각이다. '이차돈'이나 '논개'는 종교 박해나 나라가 위급에 처했을 때 자신의 몸을 던져 그 위급을 모면하게 했던 고사 속 인물이기 때문이다. 또한 이러한 시적 진술은 어떤 공동체적 상황에 포위된 개인의 내면 의식에 초점을 맞추고 있음도 암시해준다. '서울'이라는 이식의 공간에 뿌리내리는 것을 '순교'라 함으로써 그것이 개인적 차원의 명분이라기보다는 공동체를 위한 보편적 가치로 나타나기 때문이다.

따라서 그의 '고향'은 존재의 뿌리로서 자신의 정체성을 유지하기 위해 전사(戰士)가 되도록 요구하는 공동체의 혼(魂)이자 가치관이다. 그러나 민들레가 뿌리를 내리고 있는 서울이라는 이식의 공간은 안정된 터전이 아닌 "보도블록"이고 "취객이나 기웃거리다가는 외진 곳"이다. 이처럼 도시 공간 서울에서 그의 정주는 여전히 고통스럽고 불안하고 힘겨운 것으로 드러나고 있다.

뒤척이는 나무숲
그 중 높다란 가지 위에
못다 꾼 꿈처럼
아니 절망처럼 둥두렷한
까치집

고운 깃을 치며
날아들던 철새들 모두 떠나고
텃새들도 가서는 오지 않고
아파트가 들어서고
이웃들이 이사를 가는 동안

스스로의 수고로
눈비를 막고 북풍을 막고
스스로의 체온으로
알을 품고 식솔을 키워
일가를 이룬 우장산 텃새
아직도 서울 말씨 못 익혀
조상들이 물려준 사투리

깍깍깍 된소리로
서울 하늘 쪼아대는
우리의 이웃 아니
낯선 손님이여

—「우장산 까치」(2; 64) 부분

인용 시에서 "우장산 까치"는 고향을 떠난 화자 자신의 등가물이다. 화자는 아직도 "서울 말씨 못 익혀/조상들이 물려준 사투리"로 "서울 하늘 쪼아대는" "낯선 손님"으로 자신을 규정한다. 우장산(雨裝山)은 서울특별시 강서구에 소재한 산이다. 그곳은 도심에서 멀리 떨어진 변두리이다. 이곳은 '철새'로 표상되는, 한때는 유동 인구가 많은 곳이었으나 현재는 터를 잡고 살던 원주민들조차 모두 떠나는 곳이다. 도시로 편입되면서 재개발이 이루어지는 지역, 주변의 낡은 집들이 헐리고 그 자리에 새 아파트가 들어서고 있는 곳이다. 그래서 "날아들던 철새들 모두 떠나고/텃새들도 가서는 오지 않는" 것은 이러한 우장산의 공간적 특징을 잘 보여 준다. 이렇게 까치는 우리나라의 대표적인 텃새인데 '우장산 까치'는 이곳으로 이사를 와서 터를 잡고 사는 '낯선 손님'인 이방인으로서 화자를 대신하고 있다.

까치의 집은 "못다 꾼 꿈처럼/아니 절망처럼 둥두렷"하여 이곳이 주거 공간으로 그다지 안정적이지 않다는 것을 말해준다. 또한 "뒤척이는 나무숲/그 중 높다란 가지 위에" 집이 지어져 있어서 위태롭고 위험하기까지 한 곳이기도 하다. 이러한 시적 진술에서 화자의 지난한 삶을 살필 수 있다. 이 '우장산 까치'는 가장으로서 스스로의 노력으로 가정을 일구고 가족을 지켰다. 그러나 그는 여전히 서울 말씨를 못 익혀 사투리를 쓰는 가장이다. 이 이식의 공간에서 고달프게 살아가고 있는 '낯선 손님'인 것이다. 이 '낯선 손님'은 이웃과 함께 살아가고 있지만 그들과 동화되지 못한 상황, 공동체적 삶에서 다시 고립된 실존의 상황을 의미한다. 이렇게 시인은 도시 공간 속에서 안정적으로 정주하기 위한 시도를 끊임없이 하고 있다. 그러나 도시는 여전히 그에게 낯선 땅으로 제시된다.

자주 창문 흔들려
늦게 잠든 밤
먼 하늘 아래
민들레꽃 피리

긴 봄날 늦은 해
기울어가던 하교 길
허기진 배 채워주며
소쩍새 울던 고갯마루
버리고 온 소꿉사리 묻힌 자리
민들레꽃 피리

꽃가마 곱게 타고
마지막 길 가시던 어머니
숨이 차서 숨차서 쉬어간 동구 밖
못다 한 어머니 말씀
민들레꽃 피리

어둠이 진해질수록
초롱거리던 별자리
늦잠에서 깨난 아침
민들레꽃 피리

—「서울 민들레 4」(2; 51~52) 전문

인용 시는 서로 다른 시간의 차원에 놓인 공간의 이미지를 중첩하면서 이질적인 풍경을 보여주고 있다. 화자가 위치한 현재 공간은 '서울'이라는 도시인데 "자주 창문 흔들"려 불면에 시달리다 "늦게 잠"드는 불안한 곳이다. 그런 밤중에 화자는 그가 태어나고 자란 어린 시절의 고향을 회상한다. 그곳은 "긴 봄날 늦은 해"가 "기울어가던 하교 길"에 떠오르는 노을의 흔적도 찾을 수 있고, 소쩍새가 "허기진 배"를 채워주던 곳이다. 하지만 그곳은 또한 "꽃가마 곱게 타고/마지막 길 가시던 어머니"의 못다 한 '말씀'도 있는 곳이다. 그곳은 동시에 화자의 경제적 궁핍이나 가족사의 상처 혹은 상실감도 고통스럽게 존재하는 곳이다. 이러한 가족사적 불행이 그를 '방랑'으로 내몲으로써 '서울' 공간으로 진입하게 하는 계기를 마련해 준 것이다.

이 시에서 '민들레꽃'은 지금의 실존을 이겨내려는 화자의 또 다른 자아의 모습이다. 각 연의 끝 행마다 "민들레꽃 피리"를 반복함으로써 화자는 일상의 억압으로부터 탈출을 집요하게 꿈꾼다. 민들레는 그가 잊고 있는 것과 잃어버렸던 의미들과 가치들을 다시 획득하게 한다. 그래서 세상은 "어둠이 진해질수록" 별자리 더욱 초롱초롱한 환한 밤이 되는 것이다. 그러나 "늦잠에서 깨난 아침", 이를테면 낮이라는 현실의 억압적 질서는 그를 불안으로 이끈다. 그럼으로써 불안이 가시지 않는 일상의 자리에 고통스럽게 서 있게 한다.

이와 같이 그의 고향은 '방랑' 공간의 억압적 현실과의 대결을 통해 추구되고 발견되지만 그곳에 곧바로 도달되지 않는다. 그 방랑은 어떤 공동체적 상황에 포위된 개인의 내면 의식에 초점을 맞추고 있다. 즉 '서울'이라는 도시 공간에 뿌리내리는 것이 개인을 위한 것이 아닌 공동체를 위한 것으로 제시된다. 그리고 '고향'이라는 과거 공간은 그를 고립시키는 게 아니라 미래를 새로이 구성하게 한다. 그래서 그의 '방랑'은 '고향'의 재생이라는 의미론적 비밀을 감추고 있다. 도시 공간 속에서 시인은 그곳에 적극적으로 동화·적응하려고 노력하지만 여전히 고향의 습성을 다 버리지 못한 이방인으로 남는다.

2. 존재의 고독과 자아 상실

1) 유폐된 공간과 존재의 고독

'방랑'을 김석환 시인이 처한 체험적 상황에서 살펴보면 이것은 시인이 '잃어버린 것'과 관련되어 있다. 가족의 연이은 죽음[11]은 시인에게 고향 '심천'을 떠나서 고향이 주는 기억에서 추방당하지 않으면 안 되는 이유가 된다. 시인이 정주를 위해 유랑하는 도시 공간에서 그가 '심천'을 기억하는 시간이 희박해지면서 도리어 실존에 부재하고 있는 근원적 자아를 기억하고자 하는 일이 늘어난다. 이것은 자신의 결핍 그 자체를 찾고 나아가 실존의 한계를 전복하려는 기획처럼 보인다.

김석환의 시는 '보다'라는 의미소를 중심으로 다양한 행위들이 변주되며 등장한다. '보다', '알다', '만나다', '발견하다' 등의 행위들이 주로 '거울', '빗물', '샘물', '달', '컴퓨터 모니터', '어둠' 등의 스크린(screen)을 통해 촉발된다. 이 '보다'의 범주에는 방랑 이전의 고향의 공간과 그가 정주하고 살아가는 도시 공간이 어지럽게 흩어져 있다. 이러한 양상은 '나'의 부재, 현주소, 유년

---

11) 김석환은 그의 세 번째 시집 『참나무의 영가』의 '자작시 해설'인 「나의 시적 방황과 탐색」에서 자신에게 연이어 닥쳤던 가족의 죽음에 대해 밝히고 있다. 그 글에 따르면 그의 어머니는 그가 청주교육대학 2년을 마치고 고향의 면 소재지에 있는 초등학교로 초임 발령을 받아 초등학교 교사로 근무하던 1978년 갑작스럽게 돌아가셨다. 당시 그는 대학에 편입해 문학을 배우던 시기였는데, 어머니의 갑작스러운 죽음에 충격을 받은 그의 아버지도 병석에 눕게 되었다. 그러다 그가 대학을 졸업하던 그 이듬해인 1982년 아버지가 오랜 투병 생활 끝에 돌아가셨고, 한 달 뒤 그의 할머니도 돌아가셨다. 이러한 가족의 연이은 죽음이 그가 고향을 떠나 서울로 가서 살게 한 원인이 되었다. 그는 "할머니마저 여의고 난 후 1984년에 서울에 있는 고등학교로 근무지를 옮겼다. 고향 심천의 물소리를 멀리하고, 내가 가르치던 어린아이들의 고사리손을 놓고 상경하기까지는 갈등도 많았다."고 회상한다(김석환, 『참나무의 영가』, 도서출판 도움이, 1999, 101~106쪽 참조.).

등에 대한 물음의 형식으로 형성된다. 이 형식에는 김석환 시인이 자신의 자아를 박탈당하고 도시를 떠돌아야 하는, 그 자신에 대해서 아무것도 말할 수 없는 고독으로 가득하다. 동시에 '보다'는 자신의 또 다른 나, '낯선 자'를 만나기 위한 생의 반역임을 드러낸다. 그는 이 '보다'를 통해 자신을 완성하고자 노력하며 또한 자신의 고유한 이상을 실현하는 가능성을 성취하고자 끊임없이 시도한다. 그렇지만 도시 공간 속의 그의 생은 여전히 채워지지 않는 '낯선 자'로 하여 짙은 '어둠' 속에 있다.

예, 697에 4072
입니다

'아, 너냐.오빠.당신.형님.동생.김시인.김교수.매렴아빠.김박사.야,임마.왕눈이냐.김선생.편집장님.아빠.기학아빠.후배.선배님.조카냐.고모부.이모부.아저씨.처남.매형……'

일회용 종이컵처럼
퇴색된 잎새처럼
어느 거리를 쓸려다니던
내 이름들이 따르릉 따르릉
낮잠을 깨우는데

내 본명은 무엇인가
하나님께 여쭈어보려 해도
지역번호 전화번호를 알 수 없고

나에게 물어보려 해도
나는 전화를 걸 때마다
부재중이고

예, 697에 4072
입니다

—「전화」(2; 68~69) 전문

인용 시 「전화」의 화자는 타자(他者)에 의해 다른 여러 이름으로 불리어지는 것이 가능하다. 이런 이름의 가변성 덕분에 그는 언제나 다른 그이다. 그리고 여러 이름으로 불리어지기 위해서 그는 또 다른 그의 이름에 자신을 의탁한다. 이렇게 그는 다른 사람과의 관계에 의해서만 존재의 의미가 있다. 그러나 "어느 거리를 쓸려다니던" 그의 이름들이 "따르릉 따르릉" 그를 깨운다. 그리고 그 소리는 그에게 "본명은 무엇인가"를 묻는다.

이름을 비유하는 '일회용 종이컵'과 '퇴색된 잎새'는 그가 타자에 의해서만 자신이었다고 깨닫는 고통을 암시한다. 화자는 이름을 호출하는 전화벨 소리가 자신을 폐기된 존재로 규정하는 타자의 목소리라고 여긴다. 그를 깨우는 전화벨 소리는 아라비아 숫자로 자신을 대신해야 하는 화자가 "타자의 욕망에 의한 소외로부터 벗어나려는 주체의 분리 과정"[12]으로 이해할 수 있다. 화자는 이러한 인식 끝에 진정한 그 자신의 존재를 찾고자 한다. 그렇지만 "하나님께 여쭈어보려 해도/지역번호 전화번호를 알 수" 없어서 도시 공간 속 그는 끝내 자신의 본명을 알 수가 없다. 절대자의 힘을 빌려 그 자신을 알아보려고 하는 화자의 태도에는 그 자신은 언제나 누구이고 누구여야 한다는 번민과 고뇌가 배어 있다. 그러나 '나'는 "전화를 걸 때마다" 자리에 없다.

12) 김상환·홍준기 편, 『라깡의 재탄생』, 창비, 2009, 127쪽.
자크 라캉은 타인의 욕망에 의해 소외되어 있는 한, 주체는 아직 진정한 주체로 태어나지 못한 것으로 본다. 그는 주체가 타자에 의한 소외에서 벗어나는 과정을 분리로 규정한다. 소외는 주체가 자신의 욕망을 타자에게 양도한 것이라고 본다. 인간이 심리적으로 병드는 까닭을 자신의 고유한 욕망을 포기하기 때문이라고 보는 것이다. 이것은 '나'의 의지가 개입되지 않는 것은 타인의 욕망으로 소외된 상태이며, 그것으로 분리될 때 '나'는 진정한 '나'로 거듭날 수 있음을 의미한다.

그래서 그는 여전히 누군가의 필요에 의해서 불리어지는 타자로 존재하는 것이다.

인용한 작품에서 화자는 무심코 걸려온 전화를 응대하면서 그동안 여러 이름으로 불리어지던 자신을 자각하고, 그 자각을 통해 진정한 자아를 되찾고자 하는 성찰의 과정을 보여주고 있다. 그의 이러한 시도는 세속적이고 진부한 실존의 공간 속에서 그 자신의 자아와 정체성을 기억해내는 일이다. 그러나 현실 공간은 그의 자아를 여전히 모르게 한다. 김석환의 시에서 이러한 자각의 과정은 일상생활 공간의 서사 구조와 연결되어 있는 특징을 가지고 있다.

> 거울 좀 사세요 거울 좀……
> 역전 지하도 입구 위태로운 노점상
> 중년의 거울 장수 여인은
> 목이 쉬어 있다
> 동정처럼 손거울 하나 사 들고
> 계단을 올라오는데
> 거울 좀 사세요 거울 좀……
> 여인의 하소연이 따라 와
> 뒤통수를 간질인다
> 높은 불쾌지수 속에 아줌마는
> 왜 냉차 장사를 껌 장사를
> 보신탕 장사를 않고
> 팔리지 않는 거울을 팔고 있나
> 이유를 묻듯 거울을 보니
> 당황한 햇살 한 줌이 이마를 친다
>
> ―「下午」(1; 80) 부분

인용 시 「下午」는 "역전 지하도 입구"의 "위태로운 노점상"에서 '거울'을 사는 것으로 시작된다. 위태로운 노점상의 "중년의 거울 장수 여인"은 화자의 정서와 자의식이 투영되어 있다. 호객을 하다 목이 쉬어 있는 여인이 그의 뒤통수를 간질이는 것은 여인을 향한 그의 연민을 암시한다. 그리고 역설적으로 자아를 잃고 현실에 존재하는 그에 대한 여인의 연민을 동시에 암시한다. 이것은 화자가 "불쾌지수" 높은 날에 "냉차 장사를 껌 장사를/보신탕 장사를 않고" 왜 안 팔리는 "거울을 팔고 있"느냐고 여인을 향해 항변하는 데에서도 확실해진다.

그런데 심리적으로 매우 위태롭고 고달픈 화자는 "동정처럼 손거울을 하나 사 들고" 거울을 들여다본다. 그가 거울을 들여다보는 것은 그가 자신에 대한 자각의 과정이며 "거울 좀 사세요 거울 좀……"은 그러한 심리의 강화이다. 이 거울은 본질적으로 그의 자아의 갈등과 불화를 표상해주는 욕망의 장소이다. 그리고 그의 "자아의 영역이며 감각에 대한 자각, 동일시로 구성된 언어 이전의 언어"[13]가 된다. 그가 거울을 볼 때 "당황한 햇살 한 줄이" 이마를 친다. 당황한다는 것은 의외의 일을 당하여 어리둥절해 하거나 어찌할 바를 모르는 것이므로 이러한 상황은 그가 거울을 보며 내적 갈등을 시작하는 것을 암시한다. 그래서 거울을 보며 고향 집에서 뛰어놀던 유년을 생각하고 "수염이 까칠한" 지금의 그 자신을 비교하며 돌아보는 것이다.

김석환 시는 고향으로 시선이 향하는 독특한 시적 태도를 보여 준다. '고향', '샘', '깊은 하늘', '유년'을 통해 암시적으로 드러나는 공간의식은 그의 시가 자전적인 경험에서 분리될 수 없음을 적절히 말해준다. 그것은 마치 "그 안에 있는 조상들 전부를 느끼고, 그의 의무는 그들의 맹렬한 행진에 빛을

13) Sean Homer, 김서영 역, 앞의 책, 64쪽.
자크 라캉은 거울 단계를 상상적 단계로 본다. 이것은 언어화되기 이전의 단계인데 이러한 상상계의 과정들은 자아를 형성하고 외부 세계와의 관계 안에서 주체에 의해 반복되고 보강된다.

비추어주고, 그들의 일을 계속하고 그리고 그들의 엄청난 명령을 아들에게 물려주는 것"[14]을 의미한다. 고향은 조상들의 땀이 있고, 조상들이 목숨을 바쳐 지킨 땅이므로 인간은 생명 생성의 공간인 고향으로 돌아가 그들의 조상처럼 고향을 지키고자 하는 의식을 반영한다. "고향에 대한 애착은 공통적인 인간의 감정"[15]이기 때문이다. 그러나 지금 그가 처한 상황은 "닦아도 닦아도 뿌연 하늘뿐"인 암울한 상황이다. 그의 등 뒤에서 거울을 사가라는 "여인의 맺힌 소리"는 더 넓은 세계로 나아가고자 하는 그의 열망이자 생의 기획이다. 그렇지만 앞이 보이지 않는 실존은 도시에서 그 자신의 부재만을 더욱 강렬하게 환기해줄 뿐이다. 김석환 시에서 '보다'의 의미소는 도시 공간 속의 우울한 시인의 심경과 대조되어 자아에 대한 자각을 극적으로 강조하고 있다. 이런 의미들은 다음 시에서도 나타나고 있다.

> 차렷, 쉬엇, 차렷, 쉬엇! 마른번개 치고
> 만원 버스 창유리에 소나기 후드득거리는
> 하오 7시, 늘 지나치던 정류장
> 표지판이 날비에 씻기고 있다
> 지문도 없는 포장도로, 상처
> 속으로 흘러와 손거울만큼 고이는 빗물
> 그 수심 깊이 거꾸로 투신하는 도시
> 은행나무 가로수 가지로부터 떨어져
> 물무늬를 그리는 은행잎 한 장
> 그 가벼운 이탈
> 날개 젖은 비둘기가 알 껍질을 깨듯
> 제 얼굴을 쪼아대다 당황하여 물러선다
> 퍼즐을 맞추듯 스스로 윤곽을 되찾는

---

14) Nikos Kazantzakis, 강은교 역, 『영혼이며 불꽃이여』, 월인재, 1981, 100쪽.
15) Yi-Fu Tuan, 구동회 · 심승희 역, 『공간과 장소』, 대윤, 2011, 254쪽.

낯선 사내의 그림자, 낮달이 익사한
만 길 허공 아래로부터
연꽃, 꽃대가 솟아오를까
낡은 건반을 난타하는
소나기 빠른 발자국 소리

—「도중 하차」(4; 16) 전문

사전적 의미의 '도중'은 일이 계속되고 있는 과정이나 일의 중간을 뜻한다. 그래서 '도중'은 잠깐, 잠시, 문득, 무심코, 순간을 의미한다. "도중 하차"는 화자가 버스를 타고 가다 버스 안에서 잠시 생각에 빠진 것을 이른다. 지금 시각은 "마른번개 치고" 소나기가 갑자기 쏟아지고 있는 때이며 "하오 7시"는 그가 막 퇴근하여 돌아오는 시간을 암시한다. 그는 지금 하루 일을 마치고 집으로 돌아가는 중이다. 그가 타고 있는 버스에서 바라보는 밖은 어느새 비가 쏟아져 지면에 물이 고이기 시작하는 때이다. 여기에서 "지문이 없는 포장도로 상처/속으로 흘러와 손거울만큼 고이는 빗물"은 화자의 정서와 심리를 드러내는 객관적 상관물이다. 갈라진 아스팔트 사이로 물이 스며드는 것을 "지문도 없는 포장 도로"라고 하면서 이것을 자신의 내면의 상처로 바라보고 있기 때문이다. 이러한 시적 진술은 어떤 심리적 외상이 그의 실존을 아프게 지배하고 있음을 암시한다.

그런데 그 순간 밖에는 가지에서 떨어진 은행잎이 "물무늬를 그리"고 있어 부산하다. 이 물무늬는 그에게 기억의 직접적이고 순간적인 재생의 시간을 가져다준다. 그는 '물무늬'가 그리고 있는 거울이라는 스크린을 통해 자기 자신의 자의식의 세계에 침잠한다. 그는 이 거울 속에서 자아의 상실과 현존을 들여다본다. 그러나 비둘기는 그로 하여금 '나'로 돌아오게 해주는데 "퍼즐을 맞추듯 스스로 윤곽을 되찾"은 '나'는 "낯선 사내의 그림자"가 된다. 이

'낯선 사내'라는 시적 어조에는 지금의 그는 그가 아니라는 그의 자각이 들어 있다. 따라서 그는 자신의 "연꽃, 꽃대가 솟아오를"수 있을까 하는 불안을 느낀다. 이 시에서 연꽃은 "탄생과 부활, 태양 그리고 인간의 잠재성을 상징"16) 하는데, 이것에는 화자가 자의식에 대한 자각의 과정을 거치면서 상처 입은 과거와 좌절당한 현재를 벗어나려는 투쟁의 심리가 들어있다. 그러나 그 의식은 자신의 자아 상실의 고통과 마주 서게 할 뿐이다. "낡은 건반을 난타하" 듯 지면을 세게 두드리는 소나기는 불협화음 같은 화자의 분열된 내면을 표현하고 있다.

어느 구멍을 열면
장미꽃 향기를 피울 수 있나
어느 구멍을 닫으면
장미나무 뿌리에 닿을 수 있나
창 밖 공원 한구석에
낮에도 꺼지지 않는 보안등
정신분열증 환자 고흐의 자화상처럼
일그러져 있다
허공을 더듬는 손가락 마디마디
새가 되어 날아간다
어머니 새벽마다 두레박줄 내리던
그 샘물에 잠긴 구름
헤집고 있다
내일은 날이 흐리고 천둥치다
폭설이 내린다는데
남은 숨을 몰아
비브라토로 오르내리는

---

16) Miranda Bruce Mitford·Philip Wilkinson, 주민아 역, 『기호와 상징』, 21세기북스, 2010, 87쪽.

木質의 옥타브

—「어느 클라리넷 주자의 오후」(4; 20) 전문

앞의 시와 같은 분열된 내면은 이 시에서도 다시 확인하게 된다. 클라리넷 주자(clarinetist)가 생을 쟁취하는 일이란 클라리넷을 잘 다루어야 한다는 명제를 숙명처럼 그 자신 안에 늘 간직하고 있어야 한다. 그래서 그는 언제 어느 때고 "어느 구멍을 열면/장미꽃 향기를 피울 수 있"고, "어느 구멍을 닫으면/장미나무 뿌리에 닿을 수 있"을 만큼의 경지에 이르러야 한다. 그렇지 못하면 생은 아무것도 아니어서 늘 먼 곳의 창밖을 바라보아야 하는 것이 클라리넷 주자의 슬픈 숙명이다. 그래서 일정한 경지에 이르지 못한 시적 자아의 고통은 "낮에도 꺼지지 않는 보안등"처럼, "정신분열증 환자 고흐의 자화상처럼 일그러져 있"는 것이다. 이 시에서 꺼지지 않는 보안등과 고흐의 자화상은 서로 등가 관계이다. 낮에도 켜져 있는 보안등과 정신이 분열된 자화상에는 모든 것이 정상적이지 않은 어두운 현실을 상징하는 이미지이다. 클라리넷 주자인 화자가 자신의 한계를 깨닫고 좌절하는 순간의 분열적이고 파괴적인 내면을 암시한다.

그러나 그는 회한과 환멸의 실존 속에서도 허공을 더듬는다. 거기서 그는 "어머니가 새벽마다 두레박줄 내리던" 샘물을, "샘물에 잠긴 구름"을 헤집는다. 샘물 속 구름은 화자를 표상하는데, 어머니 품에서 위안과 위로를 받고자 하는 심리를 대변한다. 또한 이것은 화자가 '샘물'이라는 거울상을 통해 분열되고 균열된 자신의 자아를 새로이 구축하고자 하는 것임을 알 수 있다. 그러나 일기예보는 내일 "날이 흐리고" 천둥이 치다 "폭설이 내"릴 것이라고 예보하고 있어서 미래의 전망은 밝지 않다. 따라서 그의 실존적 고독이나 분열된 자의식은 좀처럼 치유되지 않는다.

생이 쓰리고 막막한 것일 때 그 순간은 초월적인 세계를 보여 주며 화자를 이끌어간다. 그러나 막막하고 우울한 내일을 예보하는 실존은 여전히 고독한 한 클라리넷 주자를 아프게 보여준다. "남은 숨을 몰아/비브라토를 오르내리는"에서 '남은 숨'이 암시하는 것은 무언가 모자라고 결핍된 자아의 모습이다. 이 시에서 배경이 되고 있는 공간은 창 밖 멀리 공원이 바라다 보이는 도시 공간이다. 그러나 이 도시 공간은 보안등이 여전히 켜져 있는 오후로 제시되고 있어서 클라리넷 주자의 분열된 심리가 더욱 강화되고 있다.

이와 같이 김석환의 시의 도시 공간 속에서 존재의 자아 상실에 대한 자각은 그 자신의 진정한 자아를 되찾고자 하는 열망이다. 그의 시에서 역전 지하도 노점에서 중년 여인의 거울을 사는 일은 그의 정서와 사상과 자의식을 들여다보는 근원과 자아 탐색의 과정으로 제시된다. 그는 이 거울 스크린(screen) 속에 위태롭고 고달픈 실존의 내용을 실으면서 슬픔의 원형이 그의 자전적인 경험의 의식에서 벗어날 수 없는 '고향'임을 인지한다. 김석환은 '빗물'이라는 스크린을 통해 자기 자신의 자의식의 세계에 침잠하는데 이때 보이는 낯선 사내는 자신의 본 모습이 아니다. 실존의 책략을 담은 실존에서 변질된 그의 변모한 모습이다. 동시에 이 '낯선 사내'는 치열한 것들이 훼손되지 않은 생을 복원하려는 고독한 존재의 모습이기도 하다. 그래서 본래의 자신의 모습을 찾아야 한다는 강박은 좌절당한 현재를 벗어나려는 투쟁 의식을 드러낸다.

2) 상실의 서사와 자아 인식

김석환 시에서 존재의 자아 상실감은 집 혹은 고향이라는 공간의 상실의식이다. 하이데거는 이것을 "순수한 기억은 이미 있었던 것의 해명되지 않은 내부적인 것을 향하기 때문"[17]이라고 해명한다. 이를테면 방랑은 떠나는 곳

17) Martin Heidegger, 최상욱 역, 앞의 책, 51쪽.

만 아니라 동시에 머물렀던 곳과도 관계하여 떠나거나 떠나 있으면서도 머물렀던 곳으로 의식이 되돌아가는 것을 이른다. 이것은 시인이 고향을 그 자신으로 여기며 그곳이 왜 나에게 '고향'인가 하는 물음을 자신에게 끝없이 묻는 방식이다. 고향이 시인에게 "집의 중심으로, 마치 어떤 힘의 중심, 어떤 잘 지켜져 있는 보호 구역 안으로 불러들이듯"[18] 고향 의식을 부여하는 것이다.

> 누가 호출하는가 이 한밤
> 550209……
> 잘못 등록된 호출 번호
> 그 뒤바뀐 운명을 훤히 읽고
> 밤마다 창을 흔드는 이
> 잡초 무성히 우거진
> 텃밭은 어둠에 매몰되고
> 그 천 길 어둠 속에 숨어 잠든
> 풀벌레를 깨워 울리는 이
> 누구인가 뚜 뚜 뚜루루
> 내 현주소를 확인하는
> 그 호출음에 깨어나
> 그대의 얼굴을 그려보지만
> 그믐달 이미 서산을 넘고
> 어느 성층권 너머에서 그대
> 내 사랑을 확인하고 있는가
> 발신지 알 길 없어
> 답신도 못하고
> 뒤바뀐 운명의 어둔 이랑에
> 풀씨를 묻어두고
> 풀벌레 노래를 키우며
> 익명으로 살아 있는 그대

18) Gaston Bachelard, 곽광수 역, 『공간의 시학』, 동문선, 2003, 113쪽.

호출을 기다리며 홀로 깨어 있다

—「호출」(3; 10~11) 전문

시란 존재가 이르고자 했던 그곳으로 닿아가기 위해 본래의 심원하고 원초적인 것을 끝없이 찾아나서는 방식이다. 시 「호출」은 그러한 해답을 은닉하고 있다. 이 시는 누군가가 "잘못 등록된 호출 번호"로 한밤에 화자를 호출하면서 구성된다. 그런데 그를 호출하는 사람은 그의 "뒤바뀐 운명을 훤히 읽고" 있는 사람이다. 이 시의 '뒤바뀐 운명'이 암시하는 것은 공간의 이동이다. 즉 그는 오래전에 어느 먼 곳에서 이곳으로 옮겨왔음을 암시한다. 그 떠남은 보다 더 나은 곳에서 생의 거점을 마련하고자 하였던 화자의 생존의 전략과 맞물려 있다.

그런데 화자를 호출하였던 이는 밤마다 창을 흔들거나 "어둠 속에 숨어 잠든/풀벌레를 깨워 울"린다. 여기에서 '창', '풀벌레 울음'은 그의 자아 혹은 자의식의 시적 기호이다. 소란한 소리에 놀라 깨어난 그는 불안한 마음으로 자신의 "현주소를 확인"한다. 그렇다면 그를 이토록 불안하게 하는 이는 누구일까 하는 것이 의문으로 남는다. 이 시에서 "550209……"라는 숫자는 그의 주민등록번호 앞자리 숫자이다. 이것은 화자를 호출하는 이가 또 다른 '나'였음을 알게 하는 단서이다. 화자는 한밤중에 일어나 상실했던 그 자신의 자아를 찾고자 캄캄한 어둠 속에서 홀로 깨어 있는 것이다. 그런데 쇠락한 자신의 자아를 복원하겠다는 이 사유의 힘은 "어느 성층권 너머"에 있을 그대를 향한 화자의 사랑에 의해 유지된다. 그것을 따라가다 보면 "운명의 어둔 이랑에"서 "풀씨를 묻어두고/풀벌레 노래를 키우며" 살아가는 '그대'와 가까워진다.

여기서 화자의 또 다른 시적 태도가 감지되는데 화자가 고향으로 돌아가고자 하는 집요함 혹은 이끌림이 은폐되어 있다는 것이다. 시 끝 부분의 ①

'뒤바뀐 운명', ②'어둔 이랑', ③'풀씨', ④'묻다', ⑤'풀벌레', ⑥'키우다', ⑦'살아 있다', ⑧'깨어 있다'에서 발견하는 암시적 의미는 그가 고향으로 돌아가고자 하는 의식의 특별한 증거가 된다. 제시된 어휘들의 잠재적 의미들을 살펴보면 ①'뒤바뀐 운명'은 어휘의 의미 그대로 뒤바뀐 운명이 암시되어 있다. 원래 화자는 고향 공간에 있어야 하는데 떠날 수밖에 없는 실존의 억압으로 인하여 도시 공간에 살고 있다는 것이다. 그런데 그것을 운명이라고 하고 있으므로 고향으로 돌아가는 것도 또한 그를 지배하는 어떤 필연적인 이끌림에 의한 것임을 드러내고 있다. ②'어둔 이랑'에서 '이랑'은 화자의 고향이며 농촌의 땅을 표상한다. 그런데 어둔 곳이므로 화자에게 고향은 어두운 기억과 상처를 주는, 그러나 돌아가서 다시 씨앗을 뿌리며 살아가야 할 공간이다.

③'풀씨'는 화자가 지키고 싶은 어떤 것에 대한 의지, 집념을 암시한다. ④'묻다'는 '꿈을 묻다'의 뜻을 간직하고 있으므로 화자의 집념을 실현하겠다는 의지이다. ⑤'풀벌레'는 그의 고향으로 돌아가겠다는 욕망을 암시한다. ⑥'키우다'는 욕망의 진행성을 보여 주며, ⑦'살아 있다'는 언제나 내면을 지배하고 있는 고향에 대한 의식이다. ⑧'깨어 있다'는 것은 고향으로 돌아가겠다는 굳은 의지의 뜻을 내포한다. 결국 이 어휘들은 화자가 고향으로 돌아가고자 하는 의지를 집중적으로 암시한다. 이처럼 체험적 공간에 대한 모든 지각은 "우리가 취하는 태도에 의해 우리 자신이 의미를 부여하는 지각들만이 명백한 작용처럼 나타나는 것"[19]이라는 특별한 의미로 전환된다.

---

19) Martin Heidegger, 최상욱 역, 앞의 책, 425쪽.
우리의 체험적 공간에 대한 지각은 세계와의 만남에서 우리가 취득한 조립들을 이용함으로써만 그것들을 우리가 얻는다. 체험적 공간의 모든 지각은 지각하는 주체의 어떤 과거를 가정하고 지각의 추상적 기능은 대상의 만남으로서, 우리가 우리의 환경을 정련하게 되는 보다 비밀스러운 장을 함축한다.

이 시에서 익명의 그대에게서 호출이 오기를 기다리는 화자의 의식 너머에는 그곳으로 달려가야만 하는 '실천'과 '운명'이 전제되어 있다. 그것엔 언제든 고향으로 돌아갈 것이며 반드시 고향으로 가야만 한다는 강박 의식이 작용하고 있다. 화자는 한밤에 잘못 호출된 소리에 놀라 잠을 깨는 소동을 통해 잃어버린 자아를 찾으려는 탐색을 보여 준다. 그리고 고향으로 돌아가고자 하는 집요한 의지를 내면에 깊이 은닉하고 있음을 암시한다.

넥타이를 매노라면
어둠의 동굴을 탈출하여
거울 앞에 걸어 나와 선
한 사내의 목에 올가미가 걸린다.

땡 땡 땡……
둔탁한 쇳소리로 그를 불러내어
목을 조이는
아침 여덟 시

가슴의 벼랑에 위태로이 앉아
추적이는 빗소리를 듣고 있는
나비의 연한 날개

그러나 누구인가
밤새 길어난 턱수염
그 무성한 욕망의 웃자람을 제거시키고
입석 시내버스 노선을 따라
끄을고 가는 이는

아침마다 무거운 발길로 찾아와
목에 고삐를 걸어 몰고 가서

원시의 숲에 살던 나비의 꿈을
컴퓨터 모니터 속의 숫자로
입력시켜 가두는 이 누구인가.

—「넥타이를 매며」(2; 36~37) 전문

"거대한 도시 안에서 일상인은 철저하게 왜곡되고 조작된 욕망에 시달리"며 "인간은 도시 공간에 갇혀 자기를 상실한 자아를 발견하고 절규한다."[20] 이 시에도 도시 공간이 주는 왜곡되고 조작된 욕망에 시달리고 있는 고독한 타자가 있다. 이 시에서 "넥타이를 매"는 것은 화자가 어느 사회의 조직이나 집단에 소속되는 것을 의미한다. 엄격한 규율 사회의 강제 행위가 인간을 관리·감독하는 것으로 하여 인간은 늘 조작된 욕망만 욕망한다. "거울 앞에 걸어 나와 선" 화자는 그 거울 속에 비친 자신을 바라본다. 거울 속에는 아침 출근 시간에 쫓기는 올가미에 걸린 한 사내가 있다. '올가미'는 한 사내를 향한 사회의 강제적 속박과 그것으로부터 벗어나고 싶은 화자의 갈구가 중의적으로 들어 있다.

이 시에서 거울은 갇힌 공간에 위태롭게 앉아 있는 화자를 '나비'로 치환시킨다. 시에서 "가슴의 벼랑"이 상징하는 것은 화자가 살아가고 있는 도시 공간을 암시한다. 위태로운 곳이자 안전하지도 않은 공간이다. "추적이는 빗소리를 듣고 있는" 그의 심리적 태도도 몹시 우울한데 이는 자아 상실에 대한 화자의 고뇌를 반영한다. 그러나 그는 "입석 시내버스 노선을 따라" 사회적 질서에 의해 통제·관리되고 있는 도시 공간 속으로 하루를 끌고 간다. 컴퓨터 모니터는 현대를 살아가는 화자의 욕망을 나타내는 것이다. 화자도 역시 도시 공간의 세속화·물신화·개별화의 힘에 지배당하고 있다.

---

20) 김홍진, 「현대시의 도시 체험 확대와 일상성의 성찰」, 『현대시와 도시 체험의 미적 근대성』, 푸른사상, 2009, 79쪽.

정리하자면 화자는 실존을 거스르고 뒤집는 통찰을 통해 상실하였던 자아를 찾겠다는 굳은 의지를 드러낸다. 화자는 아침 마다 사회 질서 속으로 강제 편입하고 있지만 자신은 고향의 자유로운 나비여야 한다는 사실을 상기시킨다. 꿈이 사라지는 것을 자각하는 것은 꿈의 헛됨에 대한 깨달음이 아니라고 말하는, 고통스러운 자아와의 갈등을 보여준다. 그의 꿈은 다 상실하였다고 생각하는 마음에 아직 살아 있기 때문이다. 이러한 고통스러운 내면의 갈등과 어두운 심연은 시인에게 생의 의지를 탐색하는 작업으로 이끈다.

태풍의 눈이 북상하는지, 발신자도 모르는
전화벨이 몇 번 울리다 그친 자정
너머 아파트 놀이터에 나가
(……)

도둑고양이 눈에 푸른 불 켜고
쓰레기 봉지를 뒤지는 소리에, 앗!
현금도 카드도 신분증도 운전 면허증도 영수증도
열쇠 꾸러미도 명함도 무사하구나

옥상 위에서 좀별들도 푸른 불 켜고
내 호주머니 속을 들여다보고 있다

무엇을 잃었느냐고 찾고 있느냐고
정말 무사하냐고

—「습관」(5; 28) 부분

"태풍의 눈"은 두꺼운 구름으로 둘러싸인 태풍, 허리케인, 사이클론 등 열대 저기압의 중심부에 나타나는 맑게 갠 무풍지대를 말한다. 이 '태풍의 눈'이 지나가는 곳은 도시 공간으로 전쟁이 막 시작되려는 순간의 시간처럼 고요하다. 그리고 사방은 더욱 어둡고 음산해진다. 자정 무렵 "전화벨이 몇 번 울리다 그친"다. 전화벨 소리는 하나의 서사와 만나는 접점이다. 화자는 어딘가에서 도둑고양이가 "쓰레기 봉지를 뒤지는 소리"에 놀란다. 그리하여 전화벨 소리와 도둑고양이가 쓰레기를 뒤지는 소리는 서로 등가 관계를 이룬다. 모두 폭풍 전야의 고요한 공간 속에서 그의 내면을 깨뜨리는 의식의 도구가 되고 있다. 이 소리들이 정화하는 것은 '현금', '카드', '신분증', '운전면허증', '영수증', '열쇠 꾸러미', '명함'으로 표현되는 지금의 현실이다. 이것은 '내'가 지금 잃어버리고 있는 것, 잃어버리지 않아야 할 것에 대한 자각이다.

중요한 것은 도둑고양이와 좀별들의 '푸른 불'인데 '도둑'과 '좀'은 모두 무엇을 훔치거나, 빼앗거나, 못 쓰게 하거나, 썩게 하거나 하는 등의 부정적인 것을 함축한 단어이다. 그런데 이들이 생동하는 에너지를 무한히 지닌 푸른 불을 켬으로써 화자에게 위해를 가하는 위협적인 존재가 되는 것이다. 그러므로 화자가 "무엇을 잃었느냐고 찾고 있느냐고/정말 무사하냐고" 자신에게 묻는 것은 실존이 그에게 가하는 위해 속에서도 상실한 자아를 찾으려는 모색이다. 아직 잃지 않은 자아를 굳건히 지키려는 그의 의지이다. 이러한 의지는 다음과 같은 작품에서도 확인할 수 있다.

> 길을 재촉하다가 짐짓 안주머니에 손을 넣어 보면 오래된 늪처럼 질척거리는, 한 움큼 꺼내자마자 손금만 남기고 손가락 사이를 빠져 홀연히 사라져버리는, 지하도 곳곳에 잠적해 있다가 앞을 가로막는, 귀가하면 어느새 먼저 안방에 도착하여 기다리는 오랜 친구야. 난 네 얼굴을 아직 모른다 늘 뒷모습만 보여주며 화장실까지 앞장서는, 잠자리에 누우면 이불속까지 따라와 함께 누워 잠드는, 승용차 안으로 내 등을 밀어 넣는, 백미러 속에 고여 있다 빤히 나를 노려보는 적군아, 네 질긴 근성을 이길 수 없다 늘 허기진 내 배 속으로 몰려들어 대장균처럼 빠르게 번식하는, 원색을 모두 숨기고 빛을 빛이게 하는, 나를 살찌우고 체온을 지켜 주는 기름진 일용할 양식아, 자다가 손

을 뻗으면 늘 가까이에서 마주잡는 피할 길 없는 네 손, 한 번도 가 본 적 없는 너의 먼 고향으로 언젠가는 나를! 이끌고 갈

—「어둠에게」(5; 43) 전문

간명하고 밀도(密度) 있는 언어로 구축되고 있는 이 시는 존재에 대해 묻고 있다. 얼굴도 없고, 이름도 없지만 항상 '나'의 "길을 재촉하"기도 하고, 어딘가에서 웅크려 있다가 어느 순간 '내' 시야에서 불쑥 사라지기도 하는, 그는 '내'가 얼굴도 모르는 낯선 자이다. 매일 나를 따라다니다가, 매일 밤 '나'와 합치다가 다음 날이면 다시 '나'와 헤어지기를 반복한다. 그는 '나'의 '친구'이면서, '적군'이면서, "나를 살찌우고 체온을 지켜주는 기름진 일용할 양식"이기도 하고, "피할 길 없는 네 손"이다. 매일 밤 "내 이불속까지 따라와 함께 누워 잠"들다가, 매일 아침 "백미러 속에 고여 있다가 빤히 나를 노려"보기도 한다. 이 낯선 자는 언제나 내 안에 없으면서 있고 있으면서 없다.

그렇다면 이토록 '나'에게 성가신 낯선 자는 누구인가가 의문으로 남는데 옥타비오 파스는 이 낯선 자를 우리의 분신으로 본다. 그는 우리가 어떤 때 특별한 이유 없이 그냥 우리를 둘러싸고 있는 것을 제대로 볼 때가 있는데, 이것은 우리가 고독과 교감하기 시작하는 때라고 본다. 이어 우리가 "타자에 대해 낯설어하면서도 친숙하고, 거부하면서도 매혹되고 도망가면서도 안기고 싶은 마음은 우리 자신에 대해 느끼는 고독과 교감의 상태"21)라는 것이다. 그래서 '내'가 '내' 자신의 고독과 서로 교감의 상태일 때 우리는 분리되어 둘이 되는 것이라고 본다. 결국 타자(他者)인 낯선 자는 '나'의 분신이라는 것이다. 이러한 맥락에 따라 이 시를 이해하자면 '나'는 지금 깊은 고독 속에 칩거해 있음을 알 수 있다. 그 고독 속에서 자신의 잃어버린 '나'를 찾아 헤매는 중인 것이다. 어딘가에 있을 '나'를 찾아 돌아오는 중이기도 하다. 본래의 깨

---

21) Octavio Paz, 김홍근 · 김은중 역, 『활과 리라』, 솔, 2001, 176쪽.

끗하고 순결한 '나'를 찾는 중이다. 어둠 가득한 도시 공간에서 자신의 고독 속으로 침잠하는 일은 자신의 존재를 실존의 밝음 속으로 이끌어오는 과정이다. 고독의 이름으로 실존의 궁극적인 문제들을 투시하고 이를 통해 새로운 시적 이상에 도달하려고 한다. 이 시에서 '너'는 실존의 '내'가 상실한 '나'여서 실존의 '나'는 늘 결핍을 지닌다. 그래서 어둠 속에서 슬픔을 깨달았다는 것만으로도 실존의 '나'는 새로운 '나'를 만남으로써 잃어버렸던 '나'를 찾는 특수한 의미가 암시된다.

살펴본 것처럼 김석환이 근원의 상실을 깨닫는 곳은 모두 도시 공간에서이다. 이 도시 공간은 자신의 의지와 상관없이 어떤 타력(他力)에 의해 이주한 공간으로 정주의 과정이 여전히 진행 중이어서 늘 불안하고 우울한 공간으로 제시된다. 그는 이 도시 공간에서 자신의 근원과 자아에 대한 명료한 성찰에 도달하도록 하는 동기(動機)로서의 성격을 강화하고 있다. 이런 과정에서 그는 그 자신이 누구이며 누구여야 한다는 지각의 순간을 언제나 간직하고자 하였다. 중요한 것은 그는 그 지각의 의식을 자신의 근원 상실에 대한 성찰에 머무르지 않고 '고향'으로의 귀향이라는 과제를 향해 나아갔다는 점이다. 이것은 그가 이주 이후 그의 정신을 지배했던 어떤 패배 의식과 정신의 폐허를 극복하고자 하였던 의식의 전환 과정을 보여주는 실례가 된다. 이것은 더 나은 자신으로서 생의 주체성을 향해 나아가는 시적 갱신이자 저항이라는 의미를 지닌다.

3. 유랑의 현실과 실존적 허기

1) 도시의 이중성과 실존적 허기

김석환 시의 '유랑'[22]은 도시 공간에서 안전한 자신만의 고유한 거소(居所)를 마련하기 위한 욕망을 내포하고 있다. 고향과 달리 안전하지 않은 공간에 갇히게 하는 그의 '유랑'은 팽팽한 긴장을 드러낸다. 그에게 '유랑'은 항상 고향적인 것을 찾고 추구하게 만든다. 그것은 도시 공간에 늘 고립과 고독이 상존하기 때문이다. 이 고립과 고독의 본질 안에는 정주를 허락하지 않는 도시의 비정성과 냉혹성이 내재해 있다. 이곳에서 '유랑'은 존재의 결핍과 직면하는 허기에서 비롯되며 맹목과 허위의 삶을 사는 것에 대한 반성적 자각으로 이어진다. 이러한 반성적 자각으로 인하여 시인은 자기 내면으로의 도피나 회피가 아닌 생의 질서와 가치를 부여하는 신중함으로 향한다.

김석환 시인이 도시 공간에서 갖는 의식의 공복은 언제나 '고향'에 치열히 닿아 있다. 실존적 허기의 공복 속에서 '고향'은 "주검의 그림자들이 그대를 마셔 버리기 위해, 그리하여 다시 살아나기 위해 수만(數萬)의 거품으로 고여 있는 피의 웅덩이"[23]로 자리한다. 아주 먼 옛날의 조상들로부터 김석환에게로 이어져 온, 꿈을 불태울 것을 강요하는 종족의 신성한 정신이며 진리이다. 그것은 자신의 가계(家系)를 지켜나가야만 하는 성스런 책임이기도 하다. 그러나 고향은 때로 고통스럽고 힘든 그의 실존을 지워주는 은폐된 보호

---

22) 2장 3절에서 논의하는 유랑은 정한 곳이 없이 이리저리 떠돌아다니는 것을 뜻하는 '방랑'의 성격과는 다르다. 이 유랑(流浪)은 김석환이 기존에 살던 고향 충북 영동을 떠나 서울이라는 도시 공간에 살고 있는 것을 이른다. 정처(定處)를 정하여 살고 있지만 그곳 공간에 완전히 뿌리를 내린 것이 아닌 디아스포라(diaspora)적 성격을 띠고 있는 것을 이른다.

23) Nikos Kazantzakis, 강은교 역, 앞의 책, 94쪽.

처로 작용한다. 고통이 그의 모든 실존을 지배할 때 고향은 그로 하여금 고향이라는 공간에 머물게 하여 지금과 미래를 새로이 언표하고 계시하여 준다.

비둘기만 만원이다
사루비아꽃 거짓처럼 붉게 타는 플랫폼
핸드백도 넥타이도 미니스커트도 청바지도 백발도 책가방도……
고압의 전류에 끌려 떠나고
미처 실려 가지 못한
그들의 그림자, 그 긴 꼬리가
비둘기 되어 떼 지어 날다
내려 앉고 내려앉았다 날고
(-비둘기는 이제 땅을 기는 것이 편한가 보다)
내려 앉아 새우깡이나
심심한 햇살이나 쪼아대다
레일에 앉아 먼 소실점을
고압선에 걸린 구름을
바라보는 저 외로운 허기
거식증 걸린 비만증 걸린 서울
오장육부 구석구석
먹이가 되어 배설물이 되어
무거운 육신들이 떠나간 창동역
서울의 구강, 서울의 항문에
날개 다친 혼들만이 남아
잊혀져 가는 비행법을
연습하고 있다

―「창동역」(3; 72~73) 전문

모리스 메를로 퐁티에 의하면 "체험된 불안·기쁨·고통은 이들의 경험적 조건이 발견되는 객관적 공간의 장소와 관계"[24]한다. 인용 시에서 시적 화자의 심리를 분열시키는 것도 그의 경험적 조건이 발견되는 '창동역'에서인데 여기서 창동역은 그의 도시 생활을 규정짓는 절대적 권능을 지닌 공간이기 때문이다. 또한 창동역은 "비둘기만 만원"인데 '비둘기'는 지하철을 타고 내리는 승객들을 대신하는 기호이다. 그런데 '비둘기만'이라고 함으로써 이 전철역은 승객들이 승하차만을 위해 오고 떠나는 곳이어서 인적이 없고 삭막하고 스산한 공간임을 암시하고 있다. 화자는 이 작품에서 좌표를 상실한 채 표류하는 사람들의 눈에 비친 화려한 도시적 일상, 그 풍요로운 외관 밑에 은폐된 삶의 무의미와 퇴폐, 식민화된 풍경을 주시한다. 화자에게 도시는 휘황찬란한 불빛을 발하지만 내면 의식의 어둠은 더 깊어만 가는 곳으로 인식된다. 이를테면 "사루비아꽃 거짓처럼 붉게 타는 플랫폼"처럼 도시는 붉은 꽃그늘에 가려진 도시 사회의 어두운 이면과 연관되는 것이다. 화자에게 화려한 도시의 사루비아 붉은 꽃빛은 따라서 "공포, 피, 위협, 위험, 냉혹함, 난폭함, 무질서"[25]와 같은 의미 자질을 거느리게 되는 것이다. 이러한 도시 생활의 비정함은 "고압의 전류"에 이끌려 떠나지 않으면 안 되는 사회적 약속, 사회적 속박을 암시한다. 그래서 도시인들은 여자, 남자, 어른, 아이 할 것 없이 모두 현실원칙의 사회적 전류에 끌려가지 않으면 안 되는 속박된 존재들로 표상되는 것이다.

사루비아(샐비어)꽃이 도시의 어두운 이면과 연관된다면, "그들의 그림자, 그 긴 꼬리"는 도시인으로 편입되지 못하고 있는 한 존재의 어둡고 불안한 심리와 연관된다. 이 창동역은 고압 전류에 끌려 다니지 못한 한 존재가 어슬렁거리기 시작한다. '레일'은 '도시 철도'의 선로(線路)라는 기호로서 '일정한 간격', '일정한 시간', '떠남과 돌아옴', '이리저리 옮겨 다님'의 외재적 의미

---

24) Maurice Merleau Ponty, 류의근 역, 『지각의 현상학』, 문학과지성사, 2014, 435쪽.
25) Wilfred L. Guerin 외, 최재석,『문학비평의 이론과 실제』, 한신문화사, 2000, 180쪽.

를 지니지만 사회, 노동, 집단, 계급, 직업, 신분, 위계질서 등을 암시한다. 그래서 "레일에 앉아 먼 소실점"과 "고압선에 걸린 구름을/바라보는 저 외로운 허기"는 일정한 정처나 어느 집단에 소속되지 못한 채 떠돌 수밖에 없는 존재의 실존적 상황이 암시되어 있다.

"오장육부 구석구석/먹이가 되어 배설물이 되어"에서 '오장육부'는 지하철 노선도를 상징한다. 화자에게 서울은 "거식증이 걸린 비만증 걸린" 탐욕의 도시로 인식된다. 하지만 화자는 이 도시의 일원이 되어 고압선 전류에 이끌려가기를 갈망한다. 그래야 그는 도시에서 찾을 수 있는 모든 것들이 그의 것이라 여겨질 수 있기 때문이다. 그래서 모두 떠나 아무도 없는 창동역에서 "비행법을/연습"하며 서울 사람으로 편입하기를 시도한다. "서울의 구강, 서울의 항문"이라는 것은 서울의 처음과 끝을 이르며 "비행법"은 그 모든 공간을 샅샅이 살펴보기 위한 방식을 암시한다. 그것을 연습하는 비둘기를 통하여 낯선 서울 공간을 살펴보고 익히려는 화자의 의지를 보여준다. 그러나 그는 '날개를 다친 혼(魂)들' 중의 하나이기 때문에 그의 미래는 어둡다.

이 시는 창동역의 비둘기, 샐비어꽃, 기차 레일, 고압 전선 등의 일상적 소재를 사용하여 도시적 삶이 불러일으키는 위기감과 비정함, 막막함에 고통받는 한 존재의 내면의 아픔과 불안 의식을 정교하게 묘사하고 있다. 여기에는 도시 공간에서 살아가야만 하는 현대인의 고독이 짙게 배어 있다. 이처럼 김석환 시에서 도시 공간 속의 생의 허기는 그의 치열한 생의 모색으로 나타나는데 다음 시에서도 발견할 수 있다.

> 갈수록 잦아드는 샛강
> 물속에 머리를 숨긴
> 이 알량한 목숨
> 태공은 참기를 발라 미끼를 던지네

둔치에 철없이 메밀꽃 피면
중천의 달도 수심 깊이 내려와
무른 빵처럼 풀어지며
허기를 채워 주네
늙은 창녀의 자궁 같은
이 불임의 영역에도
도봉산 자락 바위에 흘리고 간
어느 외로운 이의 눈물
짓이겨진 꽃잎이
떠내려 올지도 몰라

—「먹이 사슬 -중랑천 잉어」(4; 105) 부분

'중랑천 잉어'라는 부제가 달린 이 시는 도심의 하천에서 힘겹게 살아가는 잉어의 생태를 그리고 있다. 중랑천은 경기도 양주시에서 발원해 의정부시와 서울특별시 성동구를 지나 한강으로 유입하는 하천이다. 이 하천은 상계동 부근에서는 한강의 새끼 강이라는 뜻으로 '샛강'이라고 불렸다 한다. 도심으로 흘러가는 하천이어서 그곳으로 유입되는 많은 생활 폐수로 하여 물고기들도 살지 못할 것이라고 예상되는 곳이다. 샛강에 가뭄이 들고 잉어는 하천의 유량이 갈수록 급격히 잦아든다는 우려를 보인다. 도시에서 살아가기 점점 더 어려워지고 있음을 깨닫는다. 이제 그는 겨우 "물속에 머리를 숨"기며 하루를 연명해 가는 "알량한 목숨"이다. 이러한 지경임에도 불구하고 "태공은 참기름 발라 미끼를 던"지며 그 열악한 생태 속의 그의 목숨을 노리고 있다.

폐수와 악취에도 불구하고 "둔치에 철없이 메밀꽃이 피"는 역설적인 풍경은 도시 공간에서 사는 화자의 실존적 위기와 대비를 이루고 있다. 이 형용모순의 역설적 풍경은 화자의 사회적 위기감을 드러내 주는 우울한 정황이다. "중천의 달"이 강물 위에서 흩뿌려지는 풍경은 억압적 현실을 견뎌내려는 화자의 내면을 암시하는데, 달이 "무른 빵처럼" 그의 "허기를 채워 주"기 때문이다. 실존의 위기에 맞서는 화자의 긴장감이 '허기'로 나타나고 있다. 지금 그가 살아가는 황폐하고 척박한 "불임의 영역"은 희망이 없는 고통의 공간이다. 그러나 "어느 외로운 이의 눈물"'과 "짓이겨진 꽃잎"이 상징하는 것은 나아질 것을 믿는 화자의 내일을 향해 거는 기대이다. 하지만 이 하천은 여전히 어둡고 음산하다.

이제 우리가 기다려야 할 것은
습관적으로 돋는 별이 아니라
달이 아니라 캄캄한 어둠이다

남대문 청량리 지하도마다
빈 그릇 가득 넘치는
한 그릇의 국밥
그 김이 나는 사랑이다

고가도로 교각 위 비둘기들이
위태롭게 알을 품는 서울의 밤
한 겹 신문으로 부끄럼도 잊은
얼굴을 가리고 누우면

등뼈 마디마디 파고드는
아내와 아이들의 웃음소리
어머니 다듬이질 하던 고향집
싸리 울타리 새새로
무상으로 흘러들던 시냇물 소리
빈 배를 채우는데

이제 우리가 기다려야 할 것은
캄캄한 어둠

전신을 묶어 실어가던
무서운 잠귀신이다

—「우리가 기다려야 할 것은」(3; 58~59) 전문

위의 시에서 발견하는 것은 도시 공간 속에서 기어이 살아남고자 하는 존재의 생에 대한 강렬한 의지이다. 이 시에서 화자는 우리에게 우리가 공간 속에서 유랑(流浪)하는 이유를 묻고 있다. 그는 우리의 정처 없는 떠돎이 더 나은 '나'를 찾아가기 위한 것인지를 묻는다. 그는 "남대문 청량리 지하도" 근처, 별이 아니라 "달이 아니라 캄캄한 어둠"을 기다리는 한 사내이다. 그가 도시 공간에서 발견하는 것은 도시의 어두운 이면이다. 그 어둠 속에서 사내는 "한 겹 신문으로 부끄럼도 잊은/얼굴을 가리고" 눕는다. 이제까지의 시적 진술을 살펴보면 그는 남대문 청량리 지하도 근처의 어디쯤에서 노숙을 하려고 하는 노숙자이다. 때는 저녁이지만 밥을 먹지 못했으므로 그의 소원은 뜨거운 국물이 철철 넘치는 국밥 한 그릇 먹는 게 소원이다. 그걸 '사랑'이라고 표현하고 있는데 그는 '사랑'을 '돈'으로 살 수 있는 사회적 산물로 여기고 있음을 뜻한다. '사랑'의 뜻은 다의적으로 해석할 수 있는데, 국밥을 먹음으로써 해결되는 '포만', 그 '포만'으로 하여 성취되는 '행복'과 '안정이다. 그러나 한 끼의 식사도 하지 못한 것에서 찾을 수 있는 것은 도시의 냉혹성, 비정성이다.

사내가 비둘기들이 교각 위에서 알을 품는 것을 보고 위태롭다고 여기는 것은 절망 속에서도 안온한 가정을 책임지고 꾸려나가고 싶은 가장의 심리가 배어 있다. 그러나 도시의 밤은 이 사내의 내일을 어둡게 예고한다. 도시 공간이 "범죄, 혼잡과 경쟁, 생태환경의 파괴, 그리고 소외 등 사회 병리와 교란 현상이 치열하게 전개되는 곳"[26)]임을 자각하게 하는 것이다. "등뼈 마디마디 파고드는/아내와 아이들의 웃음소리/어머니 다듬이질 하던 고향집"은

26) 김왕배, 『도시, 공간 생활세계』, 한울, 2000, 18~19쪽.

그가 먼 시골에서 혼자 서울로 상경한 사내라는 것을 말해준다. 가족들을 데리고 서울로 와서 터를 잡고 정주하여 살고자 하였던 가장이다. 그러나 그러한 꿈은 무위로 끝나고 오늘 밤도 노숙자가 되어 먼 고향 집을 그려볼 뿐이다. 그래서 그는 "시냇물 소리"로 "빈 배를 채"운다. 이 경우 '시냇물 소리'는 고향의 공간이 그에게 주는 정신, "안식처이며 생명 유지에 필요한 모든 것을 생산"[27]해주는 힘이다. 그는 '시냇물 소리'로 그의 허기를 채우면서 다시 유랑할 힘을, 내일에 대한 기대를 걸게 된다.

그러나 사내는 "우리가 기다려야 할 것은/캄캄한 어둠"이며 "전신을 묶어 실어가던/무서운 잠 귀신"이라고 생각한다. 이것에서 이중적인 사내의 심리를 읽을 수 있다. '캄캄한 어둠'에서는 자신의 삶을 다 지우고 싶은 체념의 상태이나 '무서운 잠 귀신'은 자신이 정신을 차리지 않으면 생명이 위험해질 수 있겠다는 긴장상태를 보여준다. 말하자면 이러한 심리 상태는 한편으로는 막막함에 처한 자신의 상황에 대해 괴로워하면서도 그러나 그런 가운데서도 자신의 행복한 시간을 내일 속에서 재현할 수 있기를 바라는 의지의 힘이 작용하고 있다. 이러한 도시적 삶의 비극성과 부정성은 시인으로 하여금 강렬한 힘으로 자신의 근원을 이루는 고향을 노래하게 한다.

> 쑥잎이 핀다
> 눈물도 없이 떠나온 고향
> 동구 밖 길섶에 돋는
> 쑥스러운 풀잎
>
> 절망이 시들어 썩은 땅
> 해와 달과 이슬만을 기다리며
> 무성한 뿌리를 키워가는

27) Yi-Fu Tuan, 구동회·심승희 역, 앞의 책, 251쪽.

천박한 근성으로

먼 아사달 할아버지 적엔
곰도 숫처녀가 되었다는
전설을 피우는가

징용가신 아버지 오지 않던
긴긴 일제의 봄날
채워도 채워도 비어 있던
대바구니의 깊은 허기를 이야기하는가

떠날 이는 다 떠나고
뿌리가 억센 쑥만이 남아
푸릇푸릇 여린 풀꽃을 피워
이 땅의 겨울을 녹이고 있구나

―「쑥타령」(2; 76~77) 전문

이 시는 김석환의 고향에 대한 정체성을 파악할 수 있는 단서가 된다. 이곳은 모리스 메를로 퐁티가 제시한 '유희(공간)'와 같은 의미를 지닌다. 그에 따르면 어떤 유희(공간)는 "체험된 거리가 나를, 나에 대하여 문제가 되고 나에 대하여 존재하는 사물들과 한데 묶고, 그 사물들을 상호 연결한다. 이러한 거리는 매순간 나의 삶의 '폭'을 재어준다. 때때로 나와 사건들 사이에는, 사건들이 나와 관계하는 것을 멈추는 일 없이도 나의 자유를 마련해주는"[28] 어떤 것이다. 이 '유희(공간)'는 고향을 떠났다가 다시 찾은 자에게 시원(始原)적인 것의 파괴될 수 없는 자유를, 어떤 고요함의 초연성 안에서 위로와 위안을 주는 장소로 작용한다. 이 시에서 '쑥'은 고향 공간의 길섶에서 돋는

---

28) Maurice Merleau Ponty, 류의근 역, 앞의 책, 433쪽.

작은 풀잎이지만 오랜만에 고향을 찾은 그에게 그곳에서 습득하였던 옛 경험들과 결합해 주는 매개체가 된다. 그리고 그 결합 속에서 오래된 역사, 가족 그리고 자신의 근원과 마주 서게 한다. 화자가 찾은 곳은 "눈물도 없이 떠나온 고향"인데 그곳을 부지불식간(不知不識間)에 떠나게 되었음을 암시한다. 그런데 그렇게 도망치듯 떠나온 그곳에서 그가 본 것은 여전히 "천박한 근성"으로 왕성하게 잎을 피우고 있는 쑥의 끈질긴 생명력이다.

이 '천박한 근성'은 그곳에서 잎을 피우며 떠나지 않고 뿌리를 내리고 사는 쑥의 억세고 당찬 끈질김이다. 이 '천박성'에는 다른 유혹을 물리치고 오직 그곳을 지키고자 하였던 쑥의 우직스러움이 숨어 있다. 그런 천박성이 "먼 아사달 할아버지"의 전설과 "징용가신 아버지"의 "긴긴 일제의 봄날"과 그때의 "대바구니의 깊은 허기"를 간직하고 있다. 이러한 시적 진술은 "떠날 이는 다 떠난" 곳에 쑥은 남아 "푸릇푸릇 여린 풀꽃을 피워/이 땅의 겨울을 녹이고 있"다고 하는 경의로 이어진다. '대바구니의 깊은 허기'는 화자의 할아버지, 아버지로 이어지는 가계(家系)를 지키고 이어가고자 하는 '뿌리 의식'이다. 그리고 그의 아버지가 일본으로 징용 갔을 때 끼니도 없이 살아가던 가난한 때를 묘사하고 있지만 그것이 '깊다'의 의미가 덧입혀짐으로써 가계를 이어가려는 종족 의식을 내재한다. 그래서 '이야기'는 그가 고향의 수많은 경험을 통해 공유된 역사와 결합하고 있다. 그리고 "어떤 장소의 안에 있다는 것은 거기에 소속된다는 것이고 그곳과 동일시되는 것"[29)]을 느끼는 정체성이며 고향이 자신으로 여겨지는 것을 일컫는다. 그러나 그곳을 떠난 그를 쓸쓸하고 허허롭게 하는 곳이다.

이와 같이 김석환 시에 나타나는 '유랑'은 도시 공간에서 안전한 정주 공간을 마련하기 위한 갈구의 의지이다. 이것에는 도시 공간에서 살아가야만

29) Edward Relph, 김덕현 · 김현주 역, 앞의 책, 116쪽.

하는 현대인의 고독이 짙게 배어 있다. 그리고 '유랑'은 도시 공간에 내재한 위험성을 알아가는 과정이며 '허기'는 도시의 이중성에 맞서는 그의 실존의 긴장으로 제시된다. 그 '허기'는 가계(家系)에 대한 의식을 각인하게 하는 고향의 공간으로 드러난다. 그 고향의 본질은 신성하여서 그에게 가장 고유한 정체성을 확인시킨다. 따라서 그는 고향의 공간에서 미지의 내일을 채워줄 힘의 반향을 듣는데 거기서 감지되는 '허기'는 그의 유랑을 지탱해준다

2) 거듭남의 기획과 심리적 결여

김석환 시에서 신화적 공간과 신성한 공간은 '머무름의' 공간이며 '허기'를 감지하는 곳으로 제시된다. 이 '허기'는 '비어 있는 동굴', '길의 끝', '산 그림자' 등의 이미지를 통해 드러나는데 여기에는 '생의 충만함과 시작 그리고 완성'을 갈구하는 욕망이 들어있다. 이 '허기'는 그에게 생의 내밀한 역동성을 드러내는 반성적 자각이며 진부함에 매몰된 일상을 일깨워 세계를 다르게 보도록 인도하는 의식이다. 김석환 시에서 허기의 공복은 가족을 잃어버린 상처에서 벗어나지 못하는 상실과 고통의 다른 표현이다. 말하자면 그의 무의식에 고착되어 있던 정신적 외상(Trauma)이 자신의 내면을 '습관적'으로 교란하고 있는 상황을 말한다. 이것은 "욕구의 형태로 우리의 상징적 현실에 침입하는, 억압되어 있고 무의식적으로 기능하는 어떤 것"[30]이다. 이러한 그의 정신적 외상은 실존을 살아가는 그의 의식의 기반이 되며 동시에 그것을 훼손시키는 원인이 된다.

> 덩굴장미 아래 그늘처럼 뿌리처럼 종가 아궁이 불씨처럼 숨어 살던 짐승
> 이 울타리를 허물고 가출했습니다. 그 가엾고 징그런 짐승이 비우고 간 벽화

---

30) Sean Homer, 김서영 역, 앞의 책, 154쪽.

만 남은 알타미라 동굴 같은 울안엔 웃자란 털만 풀풀 날립니다 까닭 없이
덩굴장미 시들고 눈바람만 사납게 드나듭니다 허기에 지친 그 애물단지 한
마리 찾아 주시는 분께는 올가을 저의 울안에서 오래 묵은 술 향기를 풍기며
익을 과일들로 후히 사례하겠습니다.

—「공고 -알타미라 동굴에서」(4; 28) 전문

김석환 시에서 허기는 욕망의 결핍과 근원의 상실에서 비롯한다. 자신의 근원을 이루는 공간으로부터 가출하여 부재한 자리에 "웃자란 털만 풀풀 날"리는 상황은 화자의 황폐한 내면을 가늠하게 한다. 그리고 '짐승'으로 표상되는 화자 자신이 지금 그곳에 없거나 끝내 돌아오지 않을 수도 있다는 절박한 상황이 시 전체에 암울한 분위기를 띠게 한다. 그런데 '짐승'은 "그 가엾고 징그런 짐승"이므로 이 '짐승'은 화자가 연민을 가지고 가출할 수밖에 없는 사정을 이해하고 있다. 이때 "짐승이 비우고 간 벽화만 남은 알타미라 동굴"은 그 '짐승'이 가지고 있었던 욕망의 흔적이다. 이 '짐승'의 가출은 욕망을 달성하기 위한 가출이라기보다 그 실현을 포기하기 위한 것이다. "허기에 지친" 것에서 그것을 찾을 수 있는데, '지치다'는 '어떤 일이나 사람에 대하여서 원하던 결과나 만족, 의의 따위를 얻지 못하여 더는 그 상태를 지속하고 싶지 아니한 상태'이기 때문이다.

"덩굴장미 시들고 눈바람만 사납게 드나"드는 것은 화자가 '짐승'이 가출한 것을 몰랐다는 것과 가출할 수밖에 없었던 상황에 놓이게 한 것에 대한 자책과 회한을 반영한다. 그래서 "허기에 지친 애물단지를 찾"고자 하는 것은 어떤 계획을 다시 세우겠다는 의지가 선행되고 있음을 암시한다. 지나간 것을 다시 수습하고 정비하여 새로 무언가를 실천하겠다는 것이다. 그래서 '사례'는 "오래 묵은 술 향기를 풍기며 익을 과일들"이 상징하는, 잘 마무리된 그 계획의 결과물이다. 어떤 일을 다시 잘 계획하고 실천하여 완성에 이르도록 하겠다는 뜻이다.

요약하자면 이 시는 '알타미라 동굴'이라는 신성 공간을 배치하고 그 숨겨진 비의(秘義)를 통해 근원적 결핍을 지닌 인간이 주어진 생 안에서 자신을 정련하며 비로소 진정한 자아를 찾고자 하는 과정을 그리고 있다. 이 공간은 "신성한 경험이 전적으로 다른 질서에 속하는 무엇, 즉 우리 세계에 속하지 않는 무언가를 천명하는 것"을 느끼는 곳이며 "신성한 경험은 신성한 장소를 통해 생활에 지침을 제공하는 곳"31)이다.

큰길은 끝난다
대도사에 이르면
부처님도 잠시 낮잠을 주무시고
울안 가득한 고요
속에서 나는 눈 큰 도둑이 된다

대도사 앞마당 서서 잠든 나무들
미끈한 허벅지나 훔쳐보다가
출렁이는 가슴이나 넘겨보다가
딸랑이는 풍경소리에
놀라 짐짓 마시는 한 조롱박의
샘물, 그 싸늘한 느껴움
빈 공복을 채우는
위벽을 파고드는
산골의 비밀

그러나 대도사에 이르면
산정으로, 하늘로 가는 길은 없고
입산금지
철조망만 촘촘할 뿐

—「대도사」(3; 50) 부분

---

31) Edward Relph, 김덕현·김현주 역, 앞의 책, 52~53쪽

"신성 공간은 고대적인 종교적 체험 공간이다. 그곳은 항상 다른 공간과 차별화된 곳으로서 상징, 신성한 중심, 의미 있는 사물로 충만해 있는 곳"[32] 이다. 이 시의 '대도사'는 불교 승려가 불상을 모셔 놓고 불도(佛道)를 수행하여 교법을 펴는 장소인 사원(寺院)으로 신성 공간에 속하는 곳이다. 그런데 '대도사'의 '대도'는 이 시에서 세 가지 중의적 의미를 가지고 있다. 그것은 '큰길'이라는 의미의 대도(大道), '큰 도리'라는 의미의 대도(大道), '큰 도둑' 이라는 의미의 대도(大盜)이다. 화자는 "큰길은 끝난다"고 선언하는데 그 '큰길'은 대도(大道), 즉 세속적인 길이며 그 끝에서 새로운 길이 시작된다는 의미이다. 그래서 그 길은 세속과 천상의 세계를 이어주거나 차단해 주는 매개적 공간이다. 그런데 큰길이 다하여 "대도사에 이르면" 이곳은 모두 고요한 정적의 공간으로 구축되는데 이 이미지의 교직은 소멸·텅 빔·꽉 참·평화·평온·고요라는 대도(大道)의 의미를 내포하고 있다.

'내'가 곧 "눈 큰 도둑", 대도(大盜)가 되어 "서서 잠든 나무들/미끈한 허벅지"를 보거나 그들의 "출렁이는 가슴이나 넘겨 보"는 것은 새로운 세계를 소유하려는 성애적 욕망이다. '대도사', 즉 신성 공간 속에서 신성한 깨달음을 얻고 싶은 무의식적 욕망이다. "딸랑이는 풍경 소리에/놀라" 짐짓 샘물을 마시는 것은 진리의 세계에 미치지 못하는 화자의 반성적 자각이 들어 있다. 화자는 세속을 떠나 신성한 공간에서 새로운 깨달음(大道)을 구하고자 하였으나 구하지 못하고 있다. 그래서 '입산금지'나 '철조망'은 진리의 세계, 피안의 세계에 더는 나아갈 수 없는 상태를 말한다. 그가 닿을 수 없는 선계(仙界)는 그렇게 아득히 먼 곳으로 체현된다.

누군가

---

32) Edward Relph, 김덕현 · 김현주 역, 위의 책, 52쪽.

지번도 없는 이 자유의 깊이를
밤비, 그 조용한 헤아림으로
그득히 채워 오는 이는

개골개골개골……
서툰 이유를 노래하다 깨어
야윈 산 그림자를 품어 보는
공복의 깊이

—「天水沓 ①」(1; 23) 부분

천수답(天水沓)에 조용히 비가 내리고 있고 개구리가 "개골개골개골……/ 서툰 이유를 노래하"고 있으므로 계절은 봄이다. 때는 논에 물이 고여 "야윈 산 그림자를 품"고 있으므로 저녁이 와서 어두워지기 시작하는 시각이다. 그런데 "자유의 깊이"와 "공복의 깊이"에서 '자유'와 '공복'은 서로 등가 관계이다. 물이 고여 있지 않은 빈 논을 '자유의 깊이'라고 하여 '비어 있음'이 곧 '자유'로 여기는 화자의 심리를 엿보게 하고 있다. 그는 이 빈 공간을 조금씩 채우는 것이 "산 그림자"가 상징하는 진실한 자신의 내면이다. 그리하여 결핍이나 허기의 상태가 진정한 자아를 발견하게 해주고 생을 추동하는 힘임을 암시하고 있다. 김석환 시에서 결핍 의식은 이렇게 자신을 이끄는 추진의 힘으로 변주되기도 하지만 때로 '정신적인 상처'의 의미로 나타나기도 한다. 다음 시에서 그것을 살필 수 있다.

소백산 외진 두메
숯가마골 뻐꾸기가
서울시 변두리 아파트촌까지
따라와 울고 있다 뻐꾹 뻐꾹
(……)

심장도 내장도 없이
박제된 날개를 접고
쉰 울음만 간직한 채
차마 눈을 감지 못하고

천수답 갈라지던 그 여름 날
당산 꼭대기 상수리나무에 숨어
푸르게 피어나던 숯가마골 뜬소문을
하늘로 아뢰던 외마디 읍소
끊길 듯 이어지던 긴 가락을
뻐꾹뻐꾹 다시 울고 있는가

습관적으로 문을 잠그고
뼈 마디마디 결박당한 미이라가 되어
어둠 속에 매장되는 자정
내 위산과다 공복을 두드리는
잊혀진 장단이여

—「뻐꾸기」(3; 80~81) 부분

누군가가 한 사람을 병적으로 집요하게 쫓아다니며 괴롭히는 심리적 불안의 모티프는 자크 라캉이 그의 정신 분석에서 정교하게 탐구한 주제이다. 이른바 정신적 외상(Trauma)과 연관되는 이 개념은 '실재계'인데 자크 라캉은 이것을 일러 누군가가 뱉어놓은 거리의 껌 딱지가 자신의 신발 뒤축에 달라붙어 떨어지지 않는 것과 같다고 정의한다. 그에 의하면 이것은 "대상이나 사물이 아니라 욕구의 형태로 우리의 상징적 현실에 침입하는, 억압되어 있고 무의식적으로 기능하는 어떤 것"[33]이다. 이 시도 자크 라캉의 실재계적인 분석을 기다리는 텍스트와 같다.

---

33) Sean Homer, 김서영 역, 앞의 책, 154쪽.

이 시는 화자의 내밀한 추억의 공간인 먼 "소백산 외진 두메/숯가마골"과 연결되면서 시작된다. 그가 가진 옛 추억은 살고 있는 "서울시 변두리 아파트촌까지/따라와 울고 있"는 어떤 고통의 세계이다. 그가 일터에서 일하던 시간에도 집요하게 따라다니며 슬픔을 전하고 있다. 이러한 슬픔의 원체험은 여전히 진행 상태의 현재화된 풍경으로 나타난다. 화자는 그러한 슬픔을 "심장도 내장도 없이 박제된 날개를 접"기도 하고 "쉰 울음을 간직한 채/차마 눈을" 못 감던 고통이라고 말한다. '심장', '내장', '박제' 등의 이미지는 창자가 끊어질 만큼의 큰 고통을 의미하며 어떤 상처가 도시 공간에서 살고 있는 그를 여전히 집요하게 괴롭히고 있음을 암시한다.

이어지는 시의 어조에서 그를 고통스럽게 하는 슬픔의 원인을 찾을 수 있다. 그 슬픔은 가뭄 들던 해의 어느 날 누군가가 죽음의 길로 떠난 참담함에서 비롯된 것임이 밝혀진다. "당산 꼭대기 상수리나무"는 우주목(宇宙木)을 표상하는데 그 당산나무에서 "외마디 읍소"를 함으로써 누군가가 세상을 떠났음을 고하고 있기 때문이다. "숯가마골 뜬소문"은 아무도 그의 가족의 죽음을 믿지 않았을 만큼 그 불행이 갑작스러웠음을 이야기하고 있다. 그래서 그는 그때의 슬픔만 생각하면 "뻐꾹뻐꾹" 우는 뻐꾸기가 된다. 이 시에서 뻐꾸기는 자신이 살던 고향의 공간을 떠나와 도시 공간 속에서 살아가는, 어떤 타력(他力)[34]에 의해 생을 이어가는 화자이다. "습관적으로 문을 잠그고/뼈마디마디 결박당한 미이라가 되어/어둠 속에 매장"되는 것은 오랜 시간이 흘

34) 타력(他力)-이것은 탁란((托卵, 어떤 새가 다른 새의 둥우리에 알을 낳아 그 새로 하여금 자기 알을 품고 까서 기르게 함.)을 하는 뻐꾸기의 습성을 이야기한 것이다. 뻐꾸기는 탁란성의 조류로 주로 멧새 · 개개비 · 검은 딱새 · 알락할미새 · 때까치 등 소형 조류에 탁란한다. 김석환은 자신을 뻐꾸기라고 함으로써 그가 정주를 정하여 살고 있는 도시 공간 속 생이 타력에 의한 것임을 드러내고 있다. 이것은 자신이 갑작스럽게 가족을 잃고 그것이 원인이 되어 시골을 떠나 도시 공간으로 옮겨온 것임을 밝히는 것이다.

렀음에도 누군가를 죽음으로 떠나보낸 그 심리적 상처에서 벗어나지 못하는 화자의 고통을 암시한다. 이것이 그를 "위산과다 공복" 상태에 머물게 하는데 그것은 무의식에 고착되어 있던 정신적 외상(Trauma)이 그의 내면을 '습관적'으로 교란하고 있음을 나타낸다. 그래서 '공복'은 그 발원지가 의식의 너머에 있는, 닿아가려 해도 영원히 닿지 못하는 결핍이 있는 '빈 곳'이다.

살펴본 바와 같이 김석환에게 '허기'를 느낀다는 것은 인간이 주어진 생 안에서 자신을 정련하며 진정한 자아를 찾고자 하는 준비이다. 그리고 그 허기는 세속과 멀어진 낯선 공간에서 모든 '나'를 버려야 한다는 깨달음으로 이어진다. 그리하여 생의 결핍이나 허기가 그를 추동하는 힘임을 보여주고 있다. 그는 어떤 시원(始原)적인 공간을 제시하고 그 숨겨진 비의(秘義)를 통해 근원적 결핍을 지닌 인간이 비로소 진정한 자아를 찾을 수 있도록 새로이 꿈을 기획하고 있다. 그의 시의 공간에서 '허기'는 그가 살았던 소백산 먼 두메 산골을 끌어들이면서 시작되는데 이것이 그의 정신적 외상(Trauma)과 연결되고 있다. 그리고 이러한 슬픔의 원체험은 여전히 진행 상태의 현재화된 풍경으로 나타난다.

3부
원형 공간과 자기 정체성 확립

1. 원형 공간과 존재의 시원 탐색
1) 설화적 공간과 뿌리 의식
2) 시원 공간과 우주적 교감

2. 모성 공간의 회귀와 구원 의식
1) 모성 공간으로의 귀환과 안식.
2) 탈속을 위한 극기와 구도

3. 근원의 회복과 현실극복 의지
1) 자아 성찰의 방(房)과 꿈의 운행
2) 근원의 회복과 자기 정체성의 확립

원형 공간과 자기 정체성 확립

1. 원형 공간과 존재의 시원 탐색

1) 설화적 공간과 뿌리 의식

시원(始原, origin)이란 사물, 현상 따위가 시작되는 처음을 의미한다. "인간은 세계의 종말과 재창조에 의례적으로 참여함으로써 최초의 때에 있게 되는 것"[1)]이라고 한다면 이것은 '기원의 시간', '기원의 공간'이라는 의미를 가진다. 그래서 시원의 본질적인 것은 '원형(原型, archetype)'이며 기원, 근원, 출현, 원천, 발생, 발달, 유래, 시작, 출발점의 의미를 내포한다. 이 '원형'은 "우리의 조상들이 겪은 원초적 경험이 인간 정신 속에 구조화되어 집단

---

1) Mircea Eliade, 이은봉 역, 『성과 속』, 한길사, 2010, 97쪽.
기원의 시간으로의 회귀를 통한 재생은 우주 창조를 해마다 반복하면서 시간은 재생하는 것을 의미한다. 즉 시간은 세계가 처음 등장한 최초의 때(illud tempus)와 일치하기 때문에 성스러운 시간으로 새롭게 시작한다는 뜻을 지닌다. 그래서 인간은 새롭게 태어나 그 탄생의 순간과 마찬가지로 조금도 손상되지 않은 생명력의 저장고와 함께 다시 생존을 시작하는 것이다.

기억(racial memory)과 집단 무의식(collect unconsciousness)을 형성"[2]하는 것이다. 민족이나 문화를 초월하여 오랜 역사 속에서 겪은 조상의 경험이 전형화 되어 계승된, 어떤 이야기가 있는 근거이며 그것을 규정하는 의미의 중심이다. 말하자면 이곳은 설화적 장소이고 전적으로 고향의 장소라서 이 안에서 우주와 세계와 인간은 나란히 그리고 함께 존재한다.

김석환에게 도시 공간이 욕망의 갈구 혹은 욕망의 부정을 요구하는 하나의 정치적 장소라고 한다면 시원 공간은 본질적 자아를 각인하게 해주는 자아 확립의 거점이다. 여기서 정치적이라고 하는 것은 "세계 체제, 국가, 계급, 인종 등 이른바 거시적 힘들이 미시적인 생활 장소에 중층적으로 응집되어 나타나는 도시 공간"[3]의 사회적 상황, 관계, 조건 등을 수용, 그것을 실천해 나가는 것을 의미한다. 이것은 그가 도시 공간 속에서 철저히 도시인으로 세속화되는 것을 이른다. 그러나 도시 공간이 그로 하여금 폐허된 자아를 확인해야 하는 시간 속에 놓이게 할 때, 그 '풍요함' 속에서 고향이 그에게 주었던 '풍요함'을 발견할 때, 도시 공간의 '궁핍함' 속에서 고향이 그에게 주었던 '궁핍함'이 대립할 때 그는 그 자신의 '시원'을 떠올리는 것이다.

내 잃어버린 꽃고무신은
어디에서 삭고 있을까, 뿌리 밑
일만 마리 구렁이
뒤엉켜 겨울잠 잔다는 구렁에

놋 香爐며 놋 祭器 숨겨 두고
징용 가던 慶州 金氏 후손
씨보리 씨감자 묻어 놓고

2) 한국문학평론가협회 편, 『문학비평용어사전 하』, 국학자료원, 2006, 585쪽.
3) 김왕배, 『도시, 공간 생활세계』, 한울, 2000, 20쪽 참조.

피난 길 나서던 까막눈 우리 아버지

앞서거니 뒤서거니 따라 가던
그 보름달, 그늘에 숨어 울던
소쩍새 피울음도 그친 미명

아직도 거친 껍질 속에
파편이 박혀 있다는 느티나무
그 굽은 허리에 기대면
등뼈를 타고 오르는 물소리

여린 가지 끝마다
부화하는 연둣빛 나비떼
자욱하게 깨어나는 먼 풍문들

—「미명의 느티나무」(4; 61) 전문

이 시는 여러 장면(scene)이 모여 하나의 이야기를 구성하고 있는 한 편의 영상이다. 스토리텔링(storytelling)은 과거(잃어버린 꽃고무신)→과거(뿌리 밑/일만 구렁이)→과거(징용 가던 金氏)→과거(6·25 피난)→과거(파편이 박혀 있다는 느티나무)→현재(부화하는 연둣빛 나비 떼)의 장면이 전환되거나 이어지면서 구성된다. 맨 처음 장면은 화자가 자신의 어린 시절(잃어버린 꽃고무신)을 회상하면서 시작된다. 그것이 "어디에서 삭고 있을까" 하는 것은 시원 공간의 신비스러운 내력, 어렴풋이 인식하고 있었던 이야기, 어린 날의 추억 등을 향한 화자의 호기심이다. '뿌리'는 날이 밝기 전이나 날이 샐 무렵의 느티나무를 이르는데, 이것은 그 자신의 근원에 대한 의식이 시작되는 것이다. 이 '뿌리'는 모든 종족의 무의식에 깊이 각인된 원형으로 작용한다. 이를테면 '뿌리'는 종족이 세상을 지탱하는 힘인 동시에 세상을 찌르는 힘을 내재하고 있다.

그런데 그곳 깊은 "뿌리 밑"에 "일만 구렁이/뒤엉켜 겨울잠 잔다는 구렁"이 있다. 이 시의 1연의 3~4행에서 동시에 나오는 '구렁'은 중의적 뜻을 내포하고 있다. 하나는 '일만 구렁이'의 구렁이로 뱀과에 속한 파충류를 이른다. 민간전승의 이야기에서 구렁이는 재물과 풍요, 다산이라는 속뜻을 지니고 있는데 집을 지키는 대대손손의 가신(家神)이다. "뒤엉켜 겨울잠을" 자고 있으니 언제고 시적 화자의 재생과 초극을 채워 줄 이드(id)가 내재하여 있다. 이 경우 구렁이는 또 "생명과 죽음을 다 주는 존재로 상상되고, 유연하면서도 단단하고 꼿꼿하면서도 둥글고 부동적인"[4] 활기를 주는 "대지의 생명의 불길"[5]과도 연관된다. 땅 속에 잠재되어 있는 엄청난 힘이 언젠가는 대지 위에서 생생한 동성(動性)을 펼칠 것이라고 여기는 화자의 기대 의식이다. 다른 하나는 '구렁이가 뒤엉켜 겨울잠을 자는 구렁'이다. 이 '구렁'은 밭고랑, 즉 두둑한 두 땅 사이에 좁고 길게 들어간 곳을 뜻하는 '고랑'의 방언이다. 둘 다 대지의 힘, 정신, 지락, 계략 등과 긴밀하게 연관을 맺고 있다. 따라서 화자는 이곳에 와서 그것에 유혹되기를 꿈꾼다.

장면이 바뀌면 일제강점기의 수탈을 피해 느티나무에 "놋 香爐며 놋 祭器 숨겨 두고" 징용 가던 아버지가 보인다. 그리고 이어서 6·25 전쟁이 터지자 피난 가던 아버지가 보인다. 그러다가 그 전쟁의 상흔이 느티나무에 파편으로 박혀 있는 장면으로 전환된다. 세상이 교전(交戰)을 벌일 때 그 나무는 포탄이 퍼부어지는 전시(戰時) 상황에서도 꿋꿋하게 그 자리에 서 있었다고 증언하고 있다. 그래서 이 나무는 화자로 하여금 "慶州 金氏 후손"인 것을 깨닫게 하며 "느티나무/그 굽은 허리에 기"대게 한다. 그리고 "등뼈를 타고 오르는 물소리"를 듣는데 '물소리'는 느티나무가 그에게 주는 선대(先代)의 전언

4) Gaston Bachelard, 정영란 역, 『대지와 그리고 휴식의 몽상』, 문학동네, 2009, 294쪽.
5) Gaston Bachelard, 정영란 역, 위의 책, 302쪽.

이다. 그것은 세상 밖에서 세상을 향한 공격을 감행하도록 이끌어주는 힘이다. 동시에 실존의 어둠에 잠긴 채 고립된 자신을 세상 밖으로 끌어올려 주는 원기(元氣)이기도 하다.

"여린 가지 끝마다/부화하는 나비떼"는 접신(接神)이 된 화자의 희열을 묘사한다. 그 희열이 느티나무 가지의 어린 잎사귀인 '연둣빛 나비떼'를 부화시킨다. 그 '연둣빛 나비떼'는 또 "그대는 그대의 종족이라는 거대한 나무에 매달려 있는 한 잎사귀, 대지가 캄캄한 그 뿌리들로부터 솟아나와 가지와 잎들 속으로 퍼져 나가는 걸 깨닫는"[6] 김씨(金氏) 가(家)의 후손들을 표상한다. "자욱하게 깨어나는 먼 풍문들"은 이윽고 도래하게 될 무한한 아침의 빛에 대한 기대를 내포한다. 화자가 시원 공간을 찾은 것은 후손인 자신의 존재를 깨닫고자하는 것이다. 이러한 의식에는 조상들 속에서 위안과 위로를 받으며 경주 김씨 가의 후손으로서 자신의 가계(家系)를 반드시 이어가겠다는 책임과 전략도 동시에 담겨 있다. 이러한 뿌리 의식은 다음 시에서도 발견하게 된다.

철새떼가 비우고 간
내 고향 추석 무렵의 하늘엔
별자리를 이루며 붉어 가는
감뿐
(……)

기다림도 묵고 묵으면
홍보석으로 여무는 걸까
주렁져 흔들림 없는
무거운 결실
동학군 따라가 오지 않았다는

---

6) Nikos Kazantzakis, 강은교 역, 『영혼이며 불꽃이여』, 월인재, 1981, 100쪽.

남편을 기다리던
먼 할머니의 눈물이
감으로 익었다

큐우슈운가 오사카인가로 징용 간 후
해가 바뀌어도 소식 없는
아버지를 기다리던
젊은 어머니의 눈물이
감으로 익었다

6·25적 산을 넘어 가 오지 않는
막내 삼촌을 기다리던
할머니의 눈물이
감으로 익었다

―「감」(1; 18~19) 부분

"실제로 일어났던 사건들의 상술도 또한 설화의 일종"[7]이라고 한다면, 이 시는 한 편의 설화이다. 이 이야기에는 ①동학군 따라가 오지 않는 남편을 기다리는 아내, ②일본으로 징용 간 남편을 기다리는 아내, ③6·25때 산을 넘어가 오지 않는 아들을 기다리는 어머니가 있다. 이 이야기에서 공통적인 것은 ①이야기 속 비극은 모두 전쟁에 의해서 야기되었다는 것. ②전장으로 나간 남편들과 아들이 돌아오지 않았다는 것. ③기다림의 주체는 모두 여인인 것 등이다. 여기에서 전쟁의 비극이 불러온 가족의 고통스런 이산은 한 개인이나 가족의 특수한 경험이 아닌 민족적 수난이라는 공동체가 일반적으로 겪은 보편적 경험이다. 그 중심에 자리하는 어머니의 기다림 또한 보편적 어머니로 상징되는 여인들이 겪을 수밖에 없었던 비극적 상황을 암시한다.

---

7) J. Hillis Miller, 정영섭 역, 「설화」, Frank Lentricchia·Thomas McLaughlin, 정정호 외 역, 『문학연구를 위한 비평용어』, 한신문화사, 1996, 75쪽.

감나무는 고향의 공간을 지키고 서서 대지에 뿌리를 내리고 있는 나무이다. "대기(大氣)와 대지(大地)라는 두 세계의 경계에서 대지의 자양을 하늘로 향하게 하는 힘"[8]이다. 감나무는 긴 기다림 끝에 "홍보석"을 여물게 하고 있는데 '어머니들'과 한 공간에서 '기다림'을 공유하며 서로 등가 관계를 맺는다. 즉 감나무는 늘 그 자리에 서서 고향을 지키고 있으므로 '대지모신'을 표상하는 어머니이다. 그래서 '감'은 자연스레 어머니가 낳은 씨앗으로서 '아들'이 되는 것이다. 그래서 관찰자의 시선에서 화자가 '감'을 바라보는 것은 단순히 감나무가 있는 장소를 바라보는 것만이 아니라 그곳을 구성하는 본질적인 요소들을 만나고 이해하는 순간을 반영한다. 거기에는 긴 기다림을 견디면서 '자식'을 지켰던, 어머니의 뜨거운 사랑을 되새겨보고자 하는 욕망이 숨어 있다. 이러한 시도는 그 자신의 근원과 자아를 탐색하려는 시적 모색과 깊이 연관된다.

봄비 내리는 저물녘
잡초 우거진 산길을
내려오는 조팝꽃 향기
따라 갈고개 성황당에
가 보아야 한다

고개를 넘어가는 갈 바람
부여잡고 몸살을 앓던
여린 조팝나무 숲에
다시 조팝꽃 피는데
이끼만 푸른 성황당
그 천 년 깊어진 돌들의 잠
풍화되는 시간의 무덤에
돌 하나

8) Gaston Bachelard, 정영란 역, 앞의 책, 320쪽 참조.

던져 보아야 한다

마을을 떠날 때 우리는
무엇이 되어 남는가 또는
무엇을 남기고 가는가

—「성황당」(3; 52) 부분

김석환이 시에서 고향 공간을 이미지로 사용하는 것은 다른 측면에서 자신의 실존을 받아들이고 견디면서 어떤 기회의 시간을 사유하고자 하는 것을 의미하기도 한다. '성황당(城隍堂)'은 토지와 마을을 지켜 준다는 신(神)인 성황신(城隍神)을 모시고 제사를 지내는 집을 말한다. 갈고개의 '갈'은 목마를 갈(渴)을 뜻하는데 고개가 길고도 높아서 누구나 고개 마루턱에 오르면 힘에 겨워 갈증이 심해진다고 하여 붙여진 이름이라고 전한다. 이 시는 고향에서 어느 먼 곳으로 가야만 하는 '떠남'이 예비 되어 있다. 화자가 '성황당'에 가보려는 것은 자신의 미래에 대한 의지를 다지려는 의식이다. 그가 성황당 돌무더기에 돌 하나 던져보려는 것은 먼 곳으로 떠나는 자신에게 행운이 오기를 기원하는 의식과 동시에 고향을 잊어버리지 않겠다는 의식이 들어 있다. 그래서 "마을을 떠날 때 우리는/무엇이 되어 남는가 또는/무엇을 남기고 가는가"라는 진술은 그가 고향을 떠나면서도 그곳 고향의 공간에 남고자 하는 그의 내면을 반영한다. 즉 자신이 고향의 일부로 여기는 의식을 엿보게 한다.

이상과 같이 김석환의 시 속에서 시원 공간의 여러 삽화(揷話)적 이미지는 그를 인도하며 깨달음의 경지로 나아가게 한다. 개인적인 경험에 바탕을 둔 시원 공간 속의 여러 이야기는 그가 자신의 조상이면서 후손임을 깨닫는 계기를 제공한다. 그 공간 속에서 자신은 어머니의 보호 아래에서 이룩된 것임을 깨닫고 사랑과 감동도 발견한다. 그리고 이것은 자신의 조상들이 살았던 장소에서 위로를 받으면서 조상들의 후손으로서 자신의 가계(家系)를 반드시 이어가겠다는 의지를 암시한다. 이곳은 먼 곳에서 살 수밖에 없는 그가

'고향'이라는 의미를 다시 되새겨보는 공간이다. '고향'은 그의 의식이 떠나지 않고 자신의 일부로 느껴지는 공간이다.

2) 시원 공간과 우주적 교감

김석환에게 도시 공간은 언제나 인간의 주체성을 거세시키는 사회적 억압의 장소이다. 그러나 시원 공간은 "인간 존재와 시간, 운명, 자아에 대한 한 문화의 가장 기본적인 가정들, 즉 우리는 어디에서 오며 우리가 살아가는 동안 무엇을 해야 하며, 우리는 어디로 가는지와 같은 인간 생활에 대한 확신과 강화 그리고 창조를 알게 하는 곳"[9]이다. 그곳에서 그는 "욕망이 도달하는 곳, 우리의 마음이 두려워하는 것, 우리의 삶이 의존하는 것을 경험함으로써 어디서 현상이 발견되는가를 배우는 것"[10]이다. 그래서 김석환이 고향의 시원 공간에 서게 되면, 공간이 가진 그 순간의 시원의 언어를, 공간에 흩어진 시원의 의미를, 그 공간의 시원이 스스로 말하고자 하는 바를 깨닫는다. 이때 그의 의식은 원초적인 자아의 근원에 머무른다.

김석환의 시에서 시원 공간은 '흔적'의 공간인데 과거에 그곳이 어떤 곳이었다는 것을 알 수 있는 단서조차 찾기 힘들다. 그런데 그곳은 김석환 시인의 의식을 이끌어 들인다. 그곳에서 그는 그곳에 "부유하는 환상이나 활기, 그리고 의미의 암시, 각각의 감각이 하나의 전체가 되어 완전히 깨어 있고 매우 생기 있는 것, 무언가 중요한 것에 연결되고 고양된 느낌, 시간이 천천히 가거나 시간의 밖에 있는 느낌"[11]을 받는다. 즉 김석환 시인은 시원 공간에서 사기장이의 장인 정신과 예술혼, 산막을 치면서 밤을 지새우던 사람들의 생을 향

---

9) J. Hillis Miller, 정영섭 역, 「설화」, Frank Lentricchia·Thomas McLaughlin, 정정호 외 역, 앞의 글, 80쪽.
10) Maurice Merleau Ponty, 류의근 역, 『지각의 현상학』, 문학과지성사, 2014, 431쪽.
11) Karen Frank·Lynda Schneekloth , 한필원 역, 『공간의 유형학』, 나남, 2012, 121~122쪽.

한 치열성과 용기, 절에서 수도를 하던 사람들의 구도(求道), 폐허의 공간에서 살아가고 있는 여린 풀들의 끈질긴 생명력을 배우는 것이다. 따라서 공간 탐색을 보여주는 시편은 생을 향한 동적(動的)인 활력을 내포하고 있다.

호랑이 담배 피우던 시절도 아닌
우리 할아버지적 사기점골엔
사기장이 홀아비가 살았다는
사기 가마에 늘 장작불이 활활 타올랐다는 얘기를
사기점골 기름진 밭이랑마다 흩어진
사금파리들이 하얗게 말하고 있다
밭을 갈고 갈아도 묻히지 못하고
달과 해가 바뀌어도 썩지 못하는
하얀 낱말로 남아서
달이 뜨는 밤이면 하얗게 숨 쉬고
달 없는 밤이면 별이 되어 반짝임을
사기점골에 가보면 알리라
알리라, 무성한 보리 이랑에 숨었다
종다리 울음으로 날아올라
오뉴월 허공을 맴돌다가
다시 이랑이랑에 숨은 채
썩지도 못하고 묻히지도 못하는
하얀 뼈들로 남아서
소문처럼 흐려지는 사기점골 옛 이름을
지키고 있음을 알리라
아침 안개가 걷히면
하얀 웃음을 짓고 있음을 보리라

―「사기점골」(1; 20~21) 전문

'사기점골'은 할아버지 살던 때 사기그릇을 만들어 팔던 사기점(沙器店)이 있었던 곳이다. 여기저기 흩어진 "사금파리(사기그릇이 깨져 생긴 작은 조각)들이" 그곳의 역사를 증언하고 있다. 이곳엔 어린 시절에 화자가 들었던 옛이야기가 가득한데 사금파리들은 "사기장이 홀아버지"가 굽던 "사기 가마에 늘 장작불이 활활 타올랐다는 것"을 전하고 있다. 그런데 이 옛이야기는 "밭을 갈고 갈아도 묻히지 못하고" 썩지 못하는 "하얀 낱말"이었음을 알게 된다. "달 없는 밤이면 별이 되어 반짝"이고 있음도 알게 된다. 이 이야기는 다시 "보리 이랑에 숨"거나 "종달새 울음으로 날아"오르거나 "하얀 뼈들로 남아"있다. 그리고 그것이 "사기점골/옛 이름을 지키고 있"다. '사금파리'→'하얀 말'→'하얀 낱말'→'별'→'하얀 뼈'→'하얀 웃음'에 공통적으로 들어 있는 흰색은 "순수, 순결, 순진 성스러움, 영원, 죽음 공포, 깨달음, 초자연적인 것"[12]을 상징한다. 그리고 화자가 하얀색을 일관되게 추구하고 있다는 것은 그의 어떤 기질, 욕망, 집요함 등을 의미한다.

J. 힐리스 밀러에 의하면 "설화의 어떤 이야기도 실제 세계에서 모방되는 행동이나 자아 양식을 제시해줄 수 있다."[13] 이러한 견해를 따른다면 화자는 사기그릇을 굽던 사기장이의 일에 대한 열정을 배우려고 이곳에 온 것이다. 가마에 늘 장작불을 활활 타오르게 하고 그릇 굽는 일을 멈추지 않았던 그 장인 정신을 그의 의식에 담아가려고 온 것이다. 즉 그는 사기장이의 열정과 끈기 등 꿈틀거리는 광기의 불꽃을 '사기점골'의 원형 공간에서 익히려 한 것이다. 화자의 내부에 도사리고 있는 반성과 존재의 꿈을 향한 탐색 의식을 엿보게 한다.

> 산막골이나 가봐야겠다 포장도로 벗어나
> 산까치 자지러지는 산길 시오리
> 돌돌돌 물소리로 끝나는 산골

---

12) Miranda Bruce-Mitford·Philip Wilkinson, 주민아 역, 『기호와 상징』, 북이십일세기북스, 2010, 283쪽. ; Wilfred L. Guerin, 최재석 역, 앞의 책, 181쪽.

13) J. Hillis Miller, 정영섭 역, 「설화」, Frank Lentricchia·Thomas McLaughlin, 정정호 외 역, 앞의 글, 77쪽.

비좁은 하늘 밑 푸른 저수지에
한 점 뜬 구름이 되어
부산히 튀는 빙어 떼
그 풋풋한 빛을 찾으러
지하철에서 분실한 내 얼굴
본적을 찾으러 서둘러
산막골에 가봐야겠다

—「산막골」(3; 36) 부분

산막(山幕)은 사냥꾼 또는 약초를 캐거나 숯을 굽는 사람이 쓰려고 산속에 임시로 간단히 지은 집이다. 그곳은 "산까치 자지러지는 산길 시오리"를 걸어가야 나오는, 걸어가다 보면 "물소리 끝나는 산골"이다. 거기엔 "비좁은 하늘 밑 푸른 저수지"가 있는데 그는 그 푸른 저수지의 "한 점 뜬 구름"이 되고자 한다. 그리고 푸른 물속에서 "부산히 튀는 빙어떼/그 풋풋한 빛을" 찾고자 한다. 빙어는 공어, 은어, 백어, 뱅어, 병어 등의 별칭으로도 불리며 6～10℃의 맑고 차가운 물에서만 서식하는데 얼음 속에 산다고 하여 붙여진 이름이다. 은빛 찬란한 빙어는 겨울에는 먹이를 잘 먹지 않아 몸이 투명하게 비칠 정도로 깨끗하다.

이 시에서 그 '빙어떼의 풋풋한 빛'은 세속적인 것과 다른 차별적인 생을 살고자 하는 화자의 욕망을 대리한다. 즉 세속적 욕망을 비워냄으로써 거듭남과 고독을 맛보려는 그의 초월적 욕망이다. 그것은 "지하철에서 분실한 내 얼굴, 본적을 찾"겠다는 탈속의 의지이며 '나'를 확인하려는 시도이다. "얼굴", "본적"은 "지하철"이 대신하는 도시 공간에서 상실하였던 자신의 근원이며 본래의 자아를 상징한다. 그렇게 그는 두려움이 엄습하는 외진 공간에서 고유한 자아의 실체를 찾고자 한다.

절골에 가도 이제 절은 없다
향불을 피워 새벽을 열던 여승들
빈대 등살에 끝내 비우고 갔다는
절은 허물어져 보이지 않고
목 부러진 불상 기와 조각이
묻힌 절터엔 칡덩굴이
보랏빛 향기를 피우고 있을 뿐
절골에 가도 목탁소리 들리지 않는다
칡덩굴을 젖히면 돌샘에 내려와
잠긴 하늘, 그 천 길의 고요를 깨뜨리며
우는 산새 소리 절골절골
절골 옛 이름을 외우고 있는데
절골에 가도 돌탑의 그림자
찾을 수 없다. 돌탑 무너진 자리
나무들 키를 세우고 서서
바람이 불 때마다
하늘 한 구석을 쓸고 있을 뿐

―「절골」(3; 54) 부분

화자가 이렇게 절(寺) 터의 '흔적 없음'을 찾아가는 것은 그 공간의 '흔적 있음'과 대면하는 것을 의미한다. 이 '흔적 없음'을 찾아가는 여정은 "향불을 피워 새벽을 열던 여승들"의 구도의 시간을 찾기 위함이다. 그때 "칡덩굴이/보랏빛 향기를 피"우는데 '칡덩굴'은 속세와 탈속의 공간을 나누는 매개체로서 신화적인 공간을 재현한다. 화자가 '칡덩굴'을 젖히면서 그 신화적 공간을 만나는데 거기 "돌샘에 내려와/잠긴 하늘"이 있다. 그 "샘은 억누를 수 없는 탄생, 지속적인(continue) 탄생"[14]을 상징하는데 그 속에 하늘이 빠져있으므로 그곳은 신화적 공간으로 전환된다. 이를테면 "우는 산새 소리 절골절골/

14) Gaston Bachelard, 이가림 역, 『물과 꿈』, 문예출판사, 1998, 31쪽.

절 이름을 외우고 있는" 것은 경전을 읊고 있는 승려들의 모습이다. 그러나 그곳은 "돌탑의 그림자"만 있는 "돌탑 무너진 자리"로서 그 바람들이 높은 신의 세계를 상징하는 "하늘 한 구석 쓸고 있을 뿐"이다.

김석환의 시에서 시원 공간의 의미는 앞에서 살펴보았듯이 어떤 창조적 성찰을 얻기 위한 장소로 나타난다. 이 시에서 허물어진 절터를 찾아가는 화자는 결국 구도의 경지를 얻고자 찾아가는 것이다. 그것은 본질적으로 "내 영혼을 고통스럽게도 감미롭게도 만들며 나의 내장의 굶주림이고 한 것, 그것은 표현할 수도 이름도 없는 것"[15]을 향한 의지임을 증명하는 하나의 방법이다. 그래서 이러한 태도는 근원 탐색을 향한 끊임없는 시도를 엿보게 한다.

떠나고 나서야 더
빛나는 것들이 있다

수락산자락 신개발지구
허물어진 담장 아래
함부로 우거진 바랭이 강아지풀
숲에 깨진 거울 조각
비로소 빛을 낸다
기우는 아름드리 느티나무
봄이 와도 잎을 피우지 않는 가지
사이로 비로소 보이는 나무들의 하늘
해 저물어 그날의 풍악 소리
노을로 붉게 타는데
토종개들 빈 터에 모여
어둠을 부른다

---

15) Friedrich Wilhelm Nietzsche, 장희창 역, 『차라투스트라는 이렇게 말했다』, 민음사, 2007, 54쪽.

어두워져서야
더 빛나는 것들이 있다.

―「폐허 이후」(3; 67) 전문

"떠나고 나서야 더/빛나는", "어두워져서야/더 빛나는" 등의 역설적 어조로 구축되는 시적 공간은 폐허가 된 풍경이다. 그러나 그곳은 "수락산자락 신개발지구"로서 "허물어진 담장 아래"에서 "함부로 우거진 바랭이 강아지풀"과 "숲에 깨진 거울 조각" 등 사람들이 떠나고 나서야 그 아름다움이 비로소 보이는 것들이다. '바랭이', '강아지풀'은 폐허가 그들에게 제공한 광활한 터에서 도리어 무한한 자유를 개척하고 있다. 이것은 "봄이 와도 잎을 피우지 않는 느티나무"와 대립되는 작고 여린 풀들로서 생명을 향한 끈질김을 부각시키고 있다. 또한 '숲에 깨진 거울 조각'은 자신이 쓸모없게 된 순간에도 그 속성을 놓지 않고 있는데 그 모습을 화자는 폐허 속에서 발견하고 있다.

그런데 "해 저물어 그날의 풍악 소리/노을로 붉게 타는데"라는 구절 중의 '풍악'은 옛날부터 전해 내려오는 우리나라 고유의 음악이다. 즉 농번기나 정초·단오·백중·추석 등의 명절 때 마을을 돌며 마을의 안녕을 빌던 놀이인데 이러한 어조에서 폐허의 터가 과거 농촌이었다는 것을 암시한다. 그곳은 개발이라는 이름으로 아름다운 농촌이 파괴되어 죽음의 땅이 된 곳이다. 화자는 그곳의 처연함을 '노을로 붉게 탄다'고 표현하고 있다. 그러나 이러한 폐허에도 빈터에 모이는 "토종개들"이 어둠을 부른다. "어두워져서야/더 빛나는 것들"인 토종개들은 종족 번식의 본능 또는 야생적 생명성을 암시한다. 모두가 떠난 그 허허로운 땅에 그것들만이 남아 땅을 지키며 생태계 파괴에 대한 일종의 경고를 한다. 그것들이 부르는 '어둠'은 개발이라는 명분으로 농촌을 파헤치는 인간들이 가지지 못한 일상을 넘어서는 초월성, 생의 탐식성 등을 뜻한다. 공간의 폐허 속에서도 땅을 지키고 개척하며 자신들의 생을 일으키는 우주적 존재들의 강인한 생명의 의지가 들어있다. 화자는 그것들을 목격하면서 생명의 치열성에 깊이 호응한다.

앞에서 살펴본 것처럼 김석환 시에서 시원 공간은 고향, 사기점골, 산막골, 절골, 폐허, 고향 등 주로 형태가 상실되어 가고 있거나 이미 상실된 공간이다. 그러나 이 과거의 공간은 그가 개인적으로 체험하는 모든 것을 초월하게 하는 곳으로 제시된다. 김석환 시에서 시원 공간은 선인들의 불꽃 같은 생의 열정이 깃든 공간이어서 화자에게 생의 기획과 원칙을 재정립하게 한다. 불모의 땅이라고 여기는 폐허의 공간에서 그 땅을 지키고 개척하고 생을 일으키는 우주적 존재들을 본다. 그리고 시인은 자신의 근원을 새로이 탐색하기를 요구받는다.

2. 모성 공간의 회귀와 구원 의식

1) 모성 공간으로의 귀환과 안식

김석환 시에서 '심천(深川)'은 모성 공간을 규정하는 고유한 시적 영혼이다. 심천은 충북 영동군 심천면 심천리의 마을 앞으로 흘러가는 강이다. 그 강은 전라북도 장수군의 뜬봉샘에서 발원하여 무주, 금산, 영동을 거치고 초강천을 거쳐 심천을 지나 옥천, 보은, 청주, 대전, 세종, 공주, 청양, 논산, 부여, 서천 등으로 흘러간다. 심천에서 나고 자란 김석환에게 그곳은 서정의 기원이면서 그의 시학의 출발점이다. '심천'은 그의 유년시절의 마을 이름이면서 강의 이름을 중의적으로 가지고 있어서 안전과 자유의 의미를 내포한다. 즉 심천이란 마을은 그를 보호하는 은신처로서 안전을 마련해주는 공간이다. 그리고 먼 어딘가에서 흘러와 사라지는 강은 그에게 무한한 상상력을 갖게 해주는 것과 동시에 어느 먼 곳을 향하여 갈 수 있는 아름다운 자유를 부여해주고 있다.

김석환의 시에서 안온한 모성 공간으로의 회귀의식은 물의 이미지와 연관되면서 그 의미의 맥락을 구성한다. 왜냐하면 '물'의 원형은 보편적으로 생명의 원천이라는 것으로 하여 '어머니 자궁'이라는 의미를 지니고 있기 때문이다. 이때 자궁은 인간의 생명과 번식, 다산(多産)을 의미하는 월경혈과 이미지가 연결된다. 이 월경혈은 다시 여성성과 어머니의 의미로 이어진다. 이것이 '물'이 원형 상징에서 '어머니', 즉 '모성성'이 되는 이유이다. 가스통 바슐라르는 모든 물은 어머니의 '젖'으로 본다. 그는 이 '젖'을 '모든 인간적인 이미지'로 연관시키며 '우리의 어머니'로 규정한다. 희생의 의식에 참여하기를 바라는 이 어머니는 자신의 길을 따르면서 우리에게 자신의 '젖'을 나누어준다. 바다에서 노는 아이들은 젤라틴질의 태아이다. 이때 어머니인 바다는 점액질의 물질을 빨아들이고 또 산출시켜 '따스한 모유'를 아이들에게 준다. 그리하여 끊임없이 새로운 아이들이 헤엄치러 오는 바다는 무한한 자궁의 다산(多産) 이미지가 부여된다.16)

또한 가스통 바슐라르는 우리 인간이 '자연'에 대해 느끼는 감정을 "역사적 우선권"이라고 하면서 이것은 "인간이 마음의 연대기에서 결코 파괴할 수 없는 것"17)이라고 선언한다.

> 어떤 이미지를 '사랑한다는 것(aimer)'은 항상 어떤 사랑에 '빛을 비치는 것(illustrer)'이며, 또 어떤 이미지를 사랑한다는 것, 그것은 그렇게 하는 줄도 모르는 채 사랑을 위해 새로운 은유를 찾아내는 일인 것이다. '무한한' 세계를 사랑한다는 것, 그것은 한 사람의 어머니에 대한 사랑의 '무한성'에 물질적인 의미와 객관적인 의미를 주는 것이 되는 것이다.
>
> 우리가 모든 것으로부터 내버림을 받았을 때, '쓸쓸한' 풍경을 사랑한다는 것, 그것은 고통스런 부재감(不在感, absence)을 보상한다는 점이며, 우리

---

16) Gaston Bachelard, 이가림 역, 앞의 책, 220~223쪽 참조.
17) Gaston Bachelard, 이가림 역, 위의 책, 218쪽.

가 내버리지 않는 것을 기억한다는 일이다. 마음을 다 바쳐 어떤 현실을 사랑하자마자, 그 현실은 벌써 혼이 되고, 추억이 되어버리는 것이다.[18)]

김석환의 시에서 보여 지는 '심천'도 이렇게 바슐라르가 제시한 견해처럼 언제나 변하지 않는 사랑의 상상력을 가진 아름다운 '자연'의 공간으로 나타난다. 더욱이 '심천'을 향한 사랑의 감정이 지속적인 것은 그것이 그의 자아의 기저에 깊이 자리 잡고 있기 때문이다. 그것은 무의식적으로 '심천'의 강물에서 뛰어놀던 유년 시절로 그를 향하게 한다. '심천'이라는 '어머니'를 향한 아름다운 사랑이 '물의 시학'[19)]으로 드러나는 것이다. 그렇게 '심천'은 그의 무의식의 무한 속에 투영되어 있는 영원한 '어머니'이다.

뒷굽을 들고 뒷굽을 들고
벌판을 내달려 온 바람은
이별이 되어 흩어지고
안테나 높이 세우고 서서
뿌리만 깊어지는 미루나무

미루나무 뿌리털 적시며 흐르는 여울물 소리는
지병을 다스리다 가신 어머님 잠으로 깊어져
말없음표……
深川이 되었다

---

18) Gaston Bachelard, 이가림 역, 위의 책, 218~219쪽.

19) Gaston Bachelard의 '물'의 원형에서 알 수 있는 것은 바다는 어머니의 자궁이며 거기 헤엄치러 오는 우리 인간이 태아라는 사실이다. 그래서 바다에 아이들이 헤엄치러 오는 것은 어머니 모태 속에서 안온하게 자라는 태아를 의미한다. 또한 이것은 인간 수컷의 생식 세포인 정자를 의미하는 것이기도 하여 '물'이라는 바다에 다산(多産)의 의미가 부여된다. 그러므로 수원지(水源池), 고요한 물, 깊은 우물, 시냇가, 강, 바다 등은 '어머니'라는 의미를 지닌다(Gaston Bachelard, 이가림 역, 위의 책, 220~223쪽 참조.).

처마 끝이 낮은 강촌
울타리에 널어놓은 옥양목 홑이불에
강 안개 곱게 서리는 삼경
강가에 우거진 갈대숲에서
귀또리 또리 또리 서툰 발성으로
어머님 생전의 베틀가 익혀가는
여기는 永同郡 深川面 深川里

친구여 네 꿉꿉한 신발을 벗고
이 냇가에 서 보렴
홀연히 귀가 열려
어릴 적 잔뼈를 굵혀 주던 사투리 들리고
네 마음의 砂金을 일어가는
물소리 여울져 오겠네

—「深川에서」(1; 12~13) 전문

김석환 시에서 심천(深川)은 태생 공간으로서 서정의 기원이면서 시학의 출발점인데 강과 긴밀히 연관되어 '어머니'의 이미지를 중심으로 진행된다. 미르체아 엘리아데는 '물'이 대지보다 먼저 존재했다고 보았다. 그에 의하면 '물'은 가능성의 우주적인 총체를 상징한다. 그것은 일체의 존재 가능성의 '원천(fons et origo)'이자 저장고이다. 즉, 물은 모든 형태에 선행하며 모든 창조를 떠받치고 있다.[20] 이와 비슷한 맥락에서 칼 구스타브 융에게도 '물'은 원형 상징으로서 모성의 의미를 지닌다. 모성의 의미는 넓은 의미에서 바다, 고요한 물, 달 등이며, 좁은 의미에서 동굴, 수원지, 깊은 우물 등이다. 그리고 가장 좁은 의미에서 자궁, 모든 구멍 형태 등이다.[21] 이와 함께 질베르 뒤

---

20) Mircea Eliade, 이은봉 역, 앞의 책 131쪽.
21) Carl Gustav Jung, 한국융연구원 C.G. 융 저작 번역 위원회 역,『원형과 무의식』, 솔, 2003, 202쪽 참조.

랑에게도 '물'은 여성이며 그 심리적 지주는 월경혈이다. '물'은 언제나 성적(性的)인 것으로 가치가 부여되고 그 의미가 규정된다. 또한 '물'이 돌이킬 수 없는 여성성을 만드는 것은 그 유동성이 월경의 원소 자체라는 사실이기 때문이다. '물'은 원형이 월경과 관련되어 있어서 달과 연결되는 것이며 번식력도 달과 같은 동일한 신성성을 갖게 된다.22) 김석환 시에 등장하는 물의 이미지도 이와 같은 보편적 의미 자질을 함유하는 것이다.

이 시에서 부는 바람은 가까이서부터 화자를 감싸며 다가온다. "안테나 높이 세우고 서서/뿌리만 깊어지는 미루나무"는 천상에 이르고자 하는 화자를 대신하는 기호인데 "여울물 소리"는 그가 그곳에 있다는 의식을 빼앗아간다. 그래서 그는 캄캄한 밤이 마치 강물이 되어 자신 안에 흘러들고 자신도 강물이 되어 흘러가고 있는 것처럼 그 공간에 동화된다. "지병을 다스리다 가신 어머님"을 만나기 위해서인데 그 어머니가 "深川이 되었"기 때문이다. 그는 "울타리에 널어놓은 옥양목 홑이불"에 "강 안개가 곱게 서리는" 것을 본다. '옥양목 홑이불'은 그와 천상의 어머니를 이어주는 매개적 기호로 "강 안개"인 어머니는 어느새 홑이불에 곱게 서려 그를 반기고 있다. 이것은 가스통 바슐라르의 "물은 모성적인 것이며 영원한 어머니"23)로서의 특징을 지니는 것이다. 화자가 어머니와 만나는 시각은 "삼경"이다. 그는 밤의 강가에서 어머니의 품에 안겨 있는데 강 안개는 핍진된 심신을 덮어준다. 강가 "우거진 갈대숲에서" 귀뚜라미가 "어머님 생전의 베틀가를 익"히는 것은 어머니 품에 안겨 있는 화자의 평온한 내면을 엿보게 한다.

그래서 친구에게 그 "냇가에 서 보"라고 권하면서 "여기는 永同郡 深川面 深川里"라고 주소를 확인한다. 그곳은 화자가 본래의 나와 대면하게 하는 공간으로 "정겨운 사투리"를 쓸 수 있는 근원적인 곳이다. 그곳은 "네 마음의

22) Gilbert Durand, 진형준 역, 『상상계의 인류학적 구조들』, 문학동네, 2007, 144~152쪽 참조.
23) Gaston Bachelard, 이가림 역, 앞의 책, 236쪽.

砂金을 일어가는/물소리 여울져 오"는 곳으로서 위로를 주고 나아가 새로운 내일을 설계하게 하는 곳이다. 또한 화자가 지극한 평온과 평화를 느끼고 보호를 받는 온전한 공간임을 드러낸다.

물침대에 눕는다
배갯머리엔 또 오래된 옹달샘 넘쳐
흐른다, 점점 위험 수위를 넘어
눈 밑까지 차오르는 시냇물, 어머니
내 배내옷을 헹구던 여울
언덕에 나와 투신하는 버드나무
뿌리털을 적시는 그 낮은 음계
나는 한 장 낙엽이 되어
물이 되어 흐른다
자라를 따라 간 토끼처럼
익사한다, 냉동실에 숨겨둔
찬밥덩이처럼 굳어가는 간을
챙겨 바다 밑 용궁으로
내 본적을 찾으러

―「물침대에서 잠들다」(4; 38) 전문

이 시에서 물의 이미지는 바슐라르가 말한 "어머니로서의 실체"[24]가 있는 물, 어머니의 품을 상징한다. 어머니는 옹달샘으로 화자를 품는데 그것은 화자에게 무한히 모유를 주는 사랑의 실체이다. 지난한 세상에서 돌아온 그에게 어머니는 따뜻한 품이 되어 고독과 슬픔의 현실을 지워준다. 어머니는 "배내옷을 헹구던 여울"의 물살이 되어 그를 더 품에 빠져들게 한다. 늘 어머

24) Gaston Bachelard, 이가림 역, 위의 책, 93쪽.
Gaston Bachelard에게 '물'은 언제나 최상급이며 일종의 실체의 실체이며, 어머니로서 실체이다.

니의 지극한 사랑을 받았던 그는 다시 "언덕에 나와 투신하는 버드나무"가 되는데 그것은 그를 대신하는 기호로서 어머니 품속으로 뛰어드는 어린 아이와 같다. '옹달샘', '시냇물', '여울물'은 말하자면 모든 생명을 품어 기르는 모성으로서 화자는 그곳에서 자신의 근원을 확인하는 것이다.

어머니의 사랑은 물이 되어 "뿌리털을 적시"므로 그의 모든 우울과 고통은 지워지고 희망이 채워진다. 그러다 "나는 한 장 낙엽이 되어/물이 되어" 흐르면서 어머니 사랑에 몰입·무아의 상태에 이른다. 그는 이내 "자라를 따라 간 토끼처"럼 무턱대고 익사하는데 그것은 그를 구속하는 일체의 삶을 죽이는 일이다. 모순된 현실 속에서 위축된 채 살아갈 수밖에 없는 몸의 일부인 "간"도 지운다. 그러다 그는 그 자신의 본래의 영혼 또는 자아가 있는 본적을 찾기 위해서 본래적 근원인 용궁을 찾아간다.

수몰된 어느 고대 왕궁이다
대기권 밖, 떠도는 우주선 속이다
갈수록 완강해지는 물살에
무늬 닳고 닳은 돌이 되어
물풀 뿌리를 베고 잠시 눕는다

떠밀려 온 먼 여정
나루터 외딴집 들창의 불빛도
버드나무 숲 그늘도
이미 아득하다
몸을 뒤척이면 여리게 떨리는 물풀
수면 위로 꽃 한 송이 피워 올리는가
물잠자리 접은 날개가 마르는가

물새도 날아오지 않는데

누군가 배를 저어 와
그물을 던지다 돌아가고
강을 건너던 낮달이 헛발 디뎌
뒤뚱거리는 순간
잠시 누리는 무중력의 꿈

—「무중력의 꿈」(4; 48~49) 전문

"무중력"은 외물(外物)과 자아, 객관과 주관 또는 물질계와 정신계 어디에도 치우침이 없는 균형 상태를 암시한다. 이러한 균형은 "수몰된 어느 고대 왕궁"이거나 "대기권 밖, 떠도는 우주선 속"에서라야만 이룰 수 있다. '수몰'과 '고대 왕궁'은 폐쇄성과 구속이 있는 공간을, '대기권'과 '우주선'은 개방성과 자유 공간을 환기한다. 이곳은 그를 안온하게 하면서 무한한 자유를 보장해주는 공간인데 화자는 "갈수록 완강해지는 물살"에 몸을 맡긴다. 물살은 강물 안의 세계로 진입하게 하는 순환의 바퀴가 되어준다. 그는 이 바퀴를 통해 원초의 이상 세계, 즉 물속으로 들어간다. 이 공간에 "무늬 닳고 닳은 돌이 되어/물풀 뿌리를 베고" 눕는다. 고달픈 도시 공간에서 살던 시적 화자가 어떤 위안을 받으려고 이곳에 왔음을 알 수 있다. "무늬 닳고 닳은 돌"과 "떠밀려 온 먼 여정"에서 화자의 고단한 심신과 심리 상태가 드러나기 때문이다.

"수몰된 어느 고대 왕궁"이거나 "대기권 밖, 떠도는 우주선 속"처럼 화자가 물살에 몸을 맡기고 바라보는 먼 곳은 차안의 세계가 아닌 모두 아득하게 보이는 저편의 피안이다. 화자는 물의 감각적 가치(valeurs sensuel)가 감성적 가치(valeurs sensible)로 이행되면서 느끼는 아주 안온한 상태에 도달하고자 한다. 그 상태는 지극한 것으로서 물살이 "그를 흔들면서 그를 잠들게 하고 그에게 어머니를 되돌려 주고 있는 행복한 순간"[25]인 것이다. 그는 "수면 위

25) Gaston Bachelard, 이가림 역, 위의 책, 247쪽.
가스통 바슐라르는 인간이 물에 들어갈 때 꿈꾸는 최초의 인상은 '구름 사이나 저

로 꽃 한 송이 피워 올리는" 것과 "물잠자리 접은 날개가 마르는" 것을 본다. '물풀'과 '물잠자리'는 세속에서 찌들었던 화자가 어머니의 보호 아래서 행복을 누리고 있는 것을 표상한다. 그리하여 그는 "물새 날아오지 않는" 고요한 공간에서, "낮달이 헛발 디뎌/뒤뚱거"릴 때 "무중력의 꿈"을 누리다가 마침내 균형(balance)을 이루고 자유를 얻는다. '무중력'은 세속에서 고독하고 고달팠던 화자가 물속, 즉 어머니의 품에서 행복을 성취하고 다시 세상 속에서 살아갈 힘을 얻는 곳을 상징한다.

앞서 살펴본 것처럼 김석환 시에서 모성 공간은 치열한 삶의 현실을 그린 다른 공간과는 달리 그의 고유한 '시의 영혼'을 암시한다. 특히 심천(深川)은 태생 공간으로서 서정의 기원이면서 시학의 출발점이다. 특히 이 공간은 '심천'의 강이 지닌 물의 이미지와 긴밀히 연관된 '어머니'를 중심으로 전개된다. 이 공간은 도시 공간을 살아가는 시적 주체의 비정하고 냉혹한 실존을 지워주고 보호와 안위, 위로를 주는 공간으로 제시된다. 한편으로 이 공간은 도시 공간에서 찌든 화자의 내면을 처음의 상태로 되돌려주는 '무중력'의 공간이다. 김석환은 '어머니'가 있는 이 공간에서 피폐한 실존을 위로받고 새로운 꿈을 추구해 나간다.

2) 탈속을 위한 극기와 구도

김석환의 시에서 모성 공간은 또한 그의 자아 해체의 장소로 제시된다. 즉 도시 공간의 폐쇄와 구속을 벗어나게 하는 개방과 자유의 공간이다. 그가 물속에 들어가거나 서 있거나 가라앉는 것은 자신의 근원을 새로이 구현하기

녁노을 속에서 휴식한다'는 인상이라고 진술한다. 그리고 조금 후에 그 사람은 '부드러운 잔디밭에 드러누워 있는' 듯한 느낌을 받는다고 한다. 이때 물은 혼드는 원소이며 이것이 어머니와 같은 혼든다는 여성적 특성을 어느 정도 두드러지게 하는 요소라고 지적한다(Gaston Bachelard, 이가림 역, 위의 책, 245~246쪽 참조.).

위한 추구이다. 이것은 도시 공간이라는 '어둠'의 세계에서 '빛'의 세계를 구축하기 위한 그의 새로운 꿈의 모색을 반영한다. 그래서 '심천' 공간 속의 '물'은 그의 자아의 죽음과 재생 그리고 부활을 의미한다.

가출을 한다
18평형 전세아파트 구석마다
곰팡균 왕성하게 번식하는 밤이면

째각이며 조여 오는 시간의
사슬을 풀고 6면의 벽마다 촘촘한
사방연속무늬, 그 일상의 투망을 탈출하여

한 번도 올라가 본 적 없는
산정 위 키 작은 꽃이 되어
별과 눈맞춤을 즐기거나

칠문오 꽃고무신 벗어두고 온 강가
무성한 갈대숲으로 우거져
강물 깊이 그림자 잠그고
한밤 내내 흔들린다

그 은밀한 간통을 즐기고 난 베갯머리엔
깊어지던 여울물 소리 사라지고
소란하던 산정의 바람소리 잠들고

빠진 머리칼과 잔 비듬뿐
그 살해된 시간의 주검만 어지러운데

현관 출입문 밖에는
낡은 의류 바겐세일을 선전하는

광고지 같은 하루가 기다리는데

—「가출기」(3; 18~19) 부분

인용 시는 "곰팡균 왕성하게 번식"하는 "18평형 전세아파트"와 "광고지 같은 하루" 같은 현실을 벗어나기 위한 화자의 의지가 투영되어 있다. 이러한 고통스런 고투는 그로 하여금 가출을 꿈꾸게 한다. 이 정신적 가출은 삶의 진정성을 찾고 언젠가는 세상으로 돌아오기 위해 세상 속으로 떠나는 것을 의미한다. "세상은 우리가 한가로이 즐길 수 있는 대상이 아니라 부단히 무너뜨려야 할 곳이어서, 그래야만 새로운 것이 건설"[26]될 수 있는 행위가 가출이다. 화자는 "18평형 전세 아파트 구석마다/곰팡균 왕성하게 번식하는 밤"을 탈출하려고 한다. "조여 오는 시간의/사슬", "6면의 벽마다 촘촘한 사방연속무늬", "일상의 투망"은 도시를 구성하는 현실의 논리와 법칙, 억압적 질서와 권력 등을 나타내는 기호이다. 그것은 현실 원칙이 지배하는 일상의 논리에 따라 필연적으로 요구되는 시간의 정확성, 생활의 치밀성, 근면성, 합리성 등에 갇혀 있는 도시인의 모습을 표상한다.

화자는 이러한 도식적인 생활의 형식을 받아들이려 하지 않고 스스로 자신의 실존의 형식을 규정짓고자 도시의 '밤'을 탈출한다. 그가 찾아간 곳은 어린 시절 "칠문오 꽃고무신 벗어두고 온 강가"이다. 그곳에서 그는 "무성한 갈대숲으로 우거져/강물 깊이 그림자 잠그고/한밤 내내" 자유롭게 흔들린다. 그런데 이 강은 화자의 어머니이면서 여성이기도 하다. '칠문오 꽃고무신 벗어두고 온

---

26) 정진규 편, 『나의 詩, 나의 시쓰기』, 토담, 1995, 279~280쪽.
안도현은 글에서 "가출과 출가, 이 두 가지 여행 중에 더 진정성을 갖는 여행이 뭐냐고 묻는다면 나는 출가보다 가출의 손을 들어주고 싶다. 돌아올 수 없는 다리를 훌쩍 건너가 버리는 출가는 이 세상에 대해 책임지려고 하지 않지만, 언젠가는 분명히 돌아오는 가출은 돌아오는 그날까지 세상 속에서 전전긍긍할 것이 뻔하다."고 하고 있다.

강가'는 '어머니'의 공간을 구현하지만 "은밀한 간통을 즐기고 난 베갯머리"는 '여성'의 공간을 구현하기 때문이다. 그는 이러한 밤의 강가에서 자신의 실존의 구원을 모색하다 돌아오는데, "빠진 머리칼과 잔 비듬"이 그 증거가 된다.

그래서 "살해된 시간의 주검"은 그가 도시에 억압되어 있던 일상을 벗어버린 참된 자아의 원형적이며 본래적인 모습이다. 모성의 공간에서 새로운 자아로 거듭난 그는 가출을 감행하면서 대도시의 폭압적 힘으로부터 자신을 지켜나가기 위한 자구책을 마련한다. 그러나 "현관 출입문 밖"에는 "낡은 의류 바겐세일을 선전하는/광고지 같은 하루가" 언제나 도사리고 있다. 그렇기 때문에 도시 공간은 여전히 그곳에서 살아가는 그를 억압하는 곳으로 드러난다. 김석환의 시에서 도시는 불모와 불임, 결핍과 부재, 상실과 소외의 공간으로 표상된다. 이러한 부정적 공간에서 시인은 극기와 구도를 통해 자신의 정체성을 확인하고 재정립하고자 한다.

> 목재 공장 뒤 바닷물에 잠긴
> 원목들의 깊은 잠
> 아름으로 커 오르던 열대의 꿈을 버리고
> 속 깊은 바다의 가슴앓이를
> 원목들도 앓고 있다
> 저들은 왜 아직도
> 목재 공장 예리한 톱날에
> 고운 목질이 켜지기를 마다하고
> 바닷물의 농도 진한 소금기에 절고 있나
> 무명 시인의 미발표 시행처럼
> 줄줄이 누워서 기다리는
> 저 오랜 침묵을
> 갈매기 몇 마리 입 맞추다 갈뿐
>
> ―「原木 貯木場」(1; 50) 부분

극기와 구도를 통한 자아의 본래적 정체성의 재정립은 인용 시에서처럼 원목(原木)들의 잠으로 표상되기도 한다. 원목이 저목장(貯木場)의 바닷물에 잠겨 "깊은 잠"에 빠져 있다. '잠'은 극한을 견디는 인내이자 극기를 암시한다. '원목'은 "아름으로 커 오르던 열대의 꿈을" 내려놓고 "바다의 가슴앓이"처럼 앓아야 세상의 바람보다 강해질 수 있고 상처도 견딜 수 있다. 톱날에 켜지고 바닷물의 소금기에 절여져야 '원목'의 재목(材木)이 되니 바다는 나무에게 죽음과 재생을 주는 곳으로 나타난다.

그러나 그 수몰(水沒)과 죽음은 최종적 소멸이 아니라 "일시적인 무형태의 재융합이고, 새로운 창조, 새로운 생명, 새로운 인간이 각각 우주론적·생물학적 혹은 구체론적인 동기에 따라 계속 일어나는 것"[27]이다. 따라서 "무명 시인의 미발표 시행"은 '원목'의 진정한 꿈의 표식이며 더 나은 미래를 창조하기 위한 극기와 구도의 기다림으로 연결되는 것이다. 그 "줄줄이 누워서 기다리는/저 오랜 침묵"은 꿈을 이루기 위한 '원목'의 창조와 융합의 과정이다. 그래서 '원목'은 욕망을 구현할 미래를 준비하고 기다리며 몸살을 앓듯 바닷물과 함께 출렁인다. 부정적 삶의 현실을 구도의 과정과도 같은 극기를 통해 새롭게 태어나고자 하는 욕망은 다음 시에서도 발견할 수 있다.

비좁은 방에
온 바다를
모두 끌어들여도
또 빈자리뿐

27) Mircea Eliade, 이은봉 역, 앞의 책, 131~132쪽.
Mircea Eliade에 의하면 존재가 물속에 가라앉는 것은 무형태로의 회귀, 존재 이전의 미분화된 상태로 되돌아감을 상징한다고 본다. 수몰(水沒)은 형태의 해체를 의미하며 부상(浮上)은 우주 창조의 형성 행위를 재현하는 것으로 정의한다. 그렇기 때문에 물의 상징은 죽음과 재생을 포함한다.

수평선 너머 어둠까지
어둠이 싹 틔우는 별빛까지
품어 안고
오래 출렁인다
만성이 된 배앓이로
향기도 없는 꽃
오색 무지개 피운다
해변가 돌 틈에 숨어
실눈을 뜬 채
만조를 기다리다
돌이 된다

—「칭다오 여담·10 -석화(石花)」(5; 97) 전문

석화(石花)라는 부제를 달고 있는 이 시는 바닷가 돌 틈에 붙어사는 '굴'을 형상화하고 있다. 화자가 바라는 것은 '만조'이지만 그가 사는 곳은 비좁은 돌 틈이며 바다가 멀리에 있어 늘 파도만 방에 들일 뿐이다. 이렇게 채워지지 않는 꿈은 그를 "수평선 너머 어둠까지/어둠이 싹 틔우는 별빛까지" 품고 출렁이게 하지만 파도는 다가오지 않는다. "만성이 된 배앓이"는 꿈을 이루기 위해 늘 노력하지만 이루지 못 하는 데서 오는 고통을 암시한다. 그러나 "향기도 없는 꽃"은 "오색 무지개"를 피우며 열악한 환경 속에서도 자신의 내면을 가꾸어나간다. 그리고 그는 여전히 만조를 기다리며 돌, 즉 '석화'가 된다. '돌'이 된다는 것은 곧 '죽음'이지만 그것은 재생을 위해 무생물로 돌아가 새로운 내일을 모색하는 통과의례로서의 의미를 갖는 것이다.

사납던 흙탕물의 기세도
스스로 낮아져
노래되어 비켜 가는

禁斷의 異域

끝내 뿌리가 깊어져
마을로 건너가지 못하고
속으로 살이 오르는
한 무리 修道者들

바람 드세지면
通聲으로 울며
하늘을 비질하고

바람이 잠들어도
선 채로 귀를 열고
우러러 묵도하며

한 치씩 넓혀 온
푸르른 그늘 속에서
아픈 발목을 식혀 주는
풀벌레 울음소리와
풀벌레 울음 끝난 자리마다
불티처럼 피어나는
無名의 풀꽃만이
所有의 전부

—「미루나무 섬」(1; 10~11) 부분

인용 시는 강물에 떠내려 온 흙이나 모래 따위가 강어귀에 삼각형 모양으로 쌓여 이루어진 '섬'에 자생한 미루나무 숲을 그리고 있다. 그 공간은 하나의 수도원이며 "禁斷의 異域"이며 미루나무 숲은 "수도자(修道者)들"이다. "사납던 흙탕물의 기세도" 침범하지 못하고 흘러가는 이 공간에서 미루나무

수도자(修道者)는 오래도록 수행을 하여 그 내공이 깊어지기를 바란다. 그래서 미루나무들이 폭풍이 불어와도 온몸이 빗자루가 되어 하늘을 쓸며 더 나은 가치의 세계를 갈망한다. 그들의 수행법은 "선 채로 귀를 열고" 묵도하며 "풀벌레 울음"에 아픔을 씻는 것이다. "무명의 풀꽃"은 수도의 영적인 아름다움과 정신적 순결을 암시하는 기호로서 그들에게 "所有의 전부"를 이루는 것이다. 그래도 그들은 강이 만들어준 "험한 土質"을 지키고 가꾸며 수도의 "고행"을 이어간다. 미루나무들이 바람에 흔들리는 모습을 매우 서정적으로 그리고 있는 이 시는 '섬'을 신성하고 평화로운 공간으로 제시하고 있다. 그 에피파니(epiphany)[28]를 통해 시적 화자가 물속에서 자신이 "의식의 살해를 당하고 싶은 욕망", 그렇게 그 자신을 "완전히 파괴하고 그 때문에 새로운 창조의 능력을 갖추기를 바라는 욕망"[29]을 읽게 한다.

이상에서 살펴본 것처럼 김석환 시에서 모성 공간은 물과 결합된 어머니의 이미지가 때로 여성의 사랑과 중첩되어 나타나면서 존재의 구원을 이루게 하는 곳이다. 도시 공간의 폐쇄성과 구속을 벗어나게 하는 개방과 자유의 공간이며 스스로 극한의 생을 자청하는 극기의 공간이다. 그곳에서 끈질긴 인내를 감당하며 고행을 이겨내고 꿈을 이루려 한다. 특히 미루나무 섬을 수도하는 공간으로 제시하여 이곳을 자아 성찰의 공간과 성스러운 곳이라는 의미를 함께 부여하고 있다.

---

28) 에피파니(epiphany)는 원래 희랍어(고대 그리스어)로 계시, 현현을 뜻한다. 어떤 사물이나 본질에 대한 직관, 진리가 나타나는 순간을 의미한다.
29) Mircea Eliade, 이은봉 역, 앞의 책, 135쪽 참조.

3. 근원의 회복과 현실 극복 의지

1) 자아 성찰의 방(房)과 꿈의 운행

앞서 살펴 본 것처럼 김석환은 근원 탐색을 통해 스스로를 완성하고자 노력하며 고유한 자아를 찾고 그 욕망을 성취하고자 끊임없이 현실적 자아로부터의 탈출을 시도한다. 본 절에서는 김석환이 '근원의 회복과 현실 극복 의지'를 부단히 추구해나가는 과정을 살펴보고자 한다. 그러한 과정을 보여 주는 공간은 시인이 "직접 경험을 통해 획득한 친숙하고 평범한 공간을 개념적으로 확장한 곳"[30]으로서의 신화적 의미를 지닌다. 김석환이 자기 세계를 공간화(spatialization)하는 데 가장 뚜렷한 특성은 그것을 행위와 지각 경험이라는 일상적 차원에 결코 한정하지 않는다는 것이다. 그리고 자신이 경험하였던 친숙하고 익숙한 경험 공간에서 자아를 넘어서는 어떤 것을 발견하는 점에 있다.

> 벼루에 물을 붓는다 낮게 패인 곳으로 중력의 속도로 내려와 고이는 아침 8시 반 햇살 모두가 서두르는 시간 수심 속에서 떠올라 가까스로 형체를 잡아가는 한 사내의 얼굴 낯선 눈빛을 지우며 조심조심 먹을 간다 시계 초침은 오른쪽에서 왼쪽으로 도는데 왼쪽에서 오른쪽으로 슬슬 먹을 돌린다 아득히 떠나온 시간의 끝 희미해진 소실점까지 되돌아간다 폐지가 되어버린 신문지 위에 가, 나 써 본다 나,에서 멈추어버린 붓, 끝이 떨린다
>
> 천 길 어둠 속에서 인양한
> 비뚤어진
> 나,

30) Yi-Fu Tuan, 구동회 · 심승희 역, 『공간과 장소』, 대윤, 2011, 143쪽.

꿈틀대는
한 마리
이무기

―「중력」(4; 21) 전문

"벼루에 물을 붓는다"는 것은 '붓글씨'를 쓸 준비를 하는 것이며 이는 '언어'로서 무의식적 욕망을 발현하려는 것이다. 그리하여 화자에게 결여되어 있는 어떤 것을 추구하고자 하는 시적 시도를 암시한다. 이때 "아침 8시 반 햇살"이 중력의 속도로 벼루의 낮게 팬 곳에 내려와 비친다. 벼루에 비친 햇빛이 거울이 되어 "한 사내의 얼굴 낯선 눈빛"을 비추는데, '중력'은 이 사내를 생의 중심방향으로 끌어들이고 있는 힘이다. 사내가 자신의 눈빛을 "낯선 눈빛"이라고 하는 것은 본래의 그의 모습이 아니라는 뜻이 들어있다. 그는 "왼쪽에서 오른쪽으로 조심조심 먹을 간"다고 하는데 이는 시간을 거슬러가 순결하던 처음의 '나'로 회귀하려는 것을 보여 준다.

화자는 "시간의 끝 희미해진 소실점까지 되돌아"가서 "폐지가 되어버린 신문지 위에 가, 나 써본다." '폐지가 되어버린 신문지'는 사내의 실현되지 못한 욕망, 꿈을 대변한다. "나,에서 멈추어버린 붓, 끝이 떨"리는 것은 지나간 시간을 반성하는 자아의 모습이다. 그런데 '신문지 위에 가, 나 써'보는 것은 여러 의미가 내포되어 있는데, '가'는 '가나다라……'에서 '가'를 뜻하는 처음, 본래로 돌아가려는 마음이다. 그리고 '가'는 '가다'라는 뜻과 그의 '지금'을 의미한다. 다시 말해 '가'는 '처음' '시작', '가다', '출발하다', '지금', '여기' 등을 중의적으로 내포한다. '나'는 실존 속에 있는 자기 자신의 모습을 돌아본 끝에 '나'에서 멈추어버린 붓, 끝이 떨리는 것이다.

"천 길 어둠 속에서 인양한/비뚤어진/나"의 모습이 밝아오는 아침의 햇빛에 의해 드러나고 있다. 이때의 '천 길 어둠'은 인간의 가장 원형적인 공간

'어머니 자궁'을 의미한다. 그래서 '비뚤어진 나'는 가장 순수하고 순결한 인간 최초의 모습으로 전환하고 있는 원초의 '나'를 암시한다. "꿈틀대는/한 마리/이무기"는 "파괴자이자 창조자이며 우주의 혼돈, 창조, 재탄생을 의미"[31) 하는 '나'이다. 그러한 이미지들은 시적 공간이 '방(房)'임을 환기하며 그 속에서 거듭남을 추구하고 있는, 즉 "갇힌 존재, 보호된 존재, 숨겨진 존재, 자신의 신비의 심연으로 돌아간 존재"[32)]임을 암시한다. 그리고 도약을 다지는 거듭난 화자의 모습을 대신한다. 말하자면 이 시는 여러 상징적인 의미를 동원, 생을 돌아보고 내일을 탐색하는 인간의 고독을 그리고 있다. 인간의 조건이란 끊임없이 자기 자신을 뛰어넘는 것이며 그것이 본래의 우리로 복귀하는 것임을 보여주는데, 가령 다음과 같은 작품에서는 현실로부터의 치열한 도약을 통해 피안에 도달하고자 하는 의지로 나타나기도 한다.

어둠과 빛이 박빙의 승부를 겨룬다 벽시계 유리 속 시계추처럼 갇힌 사내가 걸어 나와 일회용 라이터를 켠다 톡, 톡, 톡… 불똥만 튀기다 꺼지고 원고지 한 칸을 더 건너뛰지 못한 채 시신처럼 누워 있는 詩行 창가 나팔꽃 씨앗은 어느새 싹을 틔워 새끼줄을 위태롭게 감아 오른다 쥐꼬리 선인장 끝에 터지는 선혈 화분 봉긋한 배를 만져 보는 사내 손가락을 되밀어내는 서늘한 저항

발정하는 도둑고양이 비명소리
들리고, 어두운 동굴 막장에서
번져오는 마늘 쑥 냄새
뒤뚱거리는 지구 북극점 위
오로라 반짝, 사라지고

액화가스가 다 닳아버린 라이터를

---

31) Miranda Bruce-Mitford·Philip Wilkinson, 주민아 역, 앞의 책, 79쪽.
32) Gaston Bachelard, 정영란 역, 앞의 책, 201쪽.

주무르며, 하얗게 밤을 지새우는 사내
멀리 둥지를 두고 온 철새
강을 건너는 白夜에

—「白夜」(4; 18) 전문

인용 시에서 어둠의 공간은 인간의 질서와 자연의 질서가 융합된 의미 깊은 경험의 중심을 이룬다. 이 공간은 자연의 고유한 입지, 풍경, 공동체에 정의되기보다는 특정 환경에 대한 순간을 포착함으로써 인식된다. 지금 이 순간은 낮과 밤의 경계에 선 시간이지만 어둠이 더 우세해 곧 어두워질 시간이다. "벽시계 유리 속 시계추처럼 갇힌 사내"는 세상의 모든 것을 화폐의 가치로만 계산하고 규정짓는 도시 공간 속 남자이다. 그의 모든 것은 도시 질서와 경제의 정확성과 확실성, 명확성이 지배한다. 사내는 "일회용 라이터"를 켜지만 "불똥만 튀기다" 만다. 그리곤 "원고지 한 칸을 더 건너뛰지 못한 채 시신처럼 누워 있는 詩行"을 본다. 이 시에서 '불똥만 튀기다 꺼지는 일회용 라이터'와 '시신처럼 누워있는 시행' 그리고 '창가 나팔꽃 씨앗'과 '선인장 끝에 터지는 선혈 화분'은 욕망의 미완과 완성이라는 의미로 서로 대립한다. 그래서 이 나팔꽃과 선인장은 그의 욕망을 추동할 매개체로 작용한다.

멀리서 들리는 "발정하는 도둑고양이 소리"는 캄캄한 '동굴'에 들어 앉아 있는 화자의 지금에 대한 자각을 제공한다. "어두운 동굴 막장"은 캄캄한 밤 공간을 표상하는 기호로서 그가 그 속에 앉아 있다는 것을 짐작하게 한다. 이곳은 "남의 눈에 띄지 않은 채 바깥을 볼 수 있는 공간이며, 이 검은 구멍은 우주를 향한 안공(眼孔)"[33]이다. 즉 이 공간은 세상 밖을 똑바로 응시함으로써 자신이 나아갈 자유의 근거를 찾는 공간이다. 그래서 "번져오는 마늘 쑥 냄새"는 그에게 인내의 초극을 요구하지만 "북극점 위"는 뒤뚱거리고 "오로

33) Gaston Bachelard, 정영란 역, 위의 책, 209쪽.

라 반짝"이며 사라진다. 단군 신화를 차용하고 있는 이 시적 진술에서 '북극점'은 화자의 완벽한 변신·변화를 의미하며 그의 본성이나 원초의 모습을 회복하는 것을 이른다. 그런데 이 북극점이 뒤뚱거리고 오로라도 반짝이며 사라짐으로써 초월을 이룩하는 일이 화자에게 많은 고행을 요구하는 것임을 드러낸다.

그래서 "액화가스가 다 닳아버린 라이터"는 그가 꿈을 향해 나아가던 많은 시간을 내포하며 목표 지점에 다다르지 못한 번민과 고뇌를 반영한다. '철새'는 어떤 이상적인 세계를 그에게 연결해주는 매개적 기호로 작용하며 '둥지'는 원형 공간, 이상적이고 창조적인 공간, 생명의 공간이라는 의미 자질을 갖는다. 이곳은 그가 가장 완벽하게 자신의 존재로 거듭나는 공간이다. 그래서 '라이터'→'오로라'→'하얗게'→'백야(白夜)' 등은 그 둥지가 성스럽고 순결한 생명의 빛과 존재의 근원을 주는 어머니 모태와 같은 공간임을 암시하고 있다. 결국 존재가 시도하는 치열한 도약은 피안에 도달하고자 하는 의지를 암시한다. 이러한 정열적인 공간의 주의(注意) 집중 속에서 화자는 자신의 근원을 회복하고 그를 변화시킬 힘을 얻는다.

> 그는 아라비아 지하 벙커에 있지 않고 내 어금니 사이나 달팽이관 속에 숨어 산다 맹독 묻은 창을 품고 늑골 아래서 동면을 하다가 툭툭 발길질을 한다 해일처럼 넘쳐흘러 아무 울타리나 짓밟고 할퀴며 쏘다니다가 돌아오는 완전범죄자 그는 비무장 지대 너머에서 총부리를 겨누고 있지 않고 내 허파꽈리 속이나 발톱 밑에서 핵분열과 핵융합을 거듭한다 전철 안에서 졸고 있는 나를 뜨끔뜨끔 깨운다 그는 나를 포박하여 천지사방 끌고 다니다 아침마다 거울 앞에 세운다
>
> —「그 얼굴」(5; 42) 부분

인용 시에서 "아라비아 지하벙커"는 화자의 깊은 내면으로 자신의 무의식

조차 의식하지 못하는 곳이다. 그런데 그는 "내 어금니 사이나 달팽이관 속에 숨어" 있다. '내 어금니'와 '달팽이관'은 화자의 입과 귀를 표상하는데 그는 화자의 모든 일상을 간여하고 있다. 그는 "잊을 만하면 한 번씩 찾아와서 나를 갈아엎는 치통"[34] 같은 존재로서 화자의 무의식 너머에서 살면서 화자를 괴롭히는 "완전범죄자"이다. 그러다 예고도 없이 "핵분열과 핵융합을 거듭"하기 때문에 화자는 때로 고통스럽다. 그런데 그는 화자를 성가시게 하는 존재이면서도 화자가 몸담고 살아가는 사회의 환유적 공간인 "전철" 안에서 졸고 있는 그를 깨"우는 존재이다. 화자가 '경쟁 사회'에 대한 긴장감이 느슨해질 때마다 그가 살아가는 사회를 자각하게 한다.

여기에서 '거울'은 화자가 자아를 바라보게 하는 시적 계기로서 화자를 "무너뜨"리면서 키우고 있다. '그'는 "자신의 도플갱어(doppelganger), 즉 내면에 살고 있는 또 다른 자신"[35]이다. 화자를 "뜨끔뜨끔 깨우는" 반성적 '나'로서 화자를 질질 끌고 다니다 "아침마다 거울 앞에 세"우고 있다. 이때 내면의 또다른 '나'는 그 자신을 향한 정신적 가학을 통해 사회 속에서 타락한 '나'를 무너뜨리고 자신의 근원을 회복한다. 이 공간은 존재가 자기 주위의 모든 것에 대한 특별한 관심이 갑자기 일어나는 곳이다. 김석환의 시에서 자아성찰의 공간은 "영원한 문제가 나에게 제기되는 공간, 그것은 쉬거나 죽거나 또는 멀리 가라는 명령과 같은 공간, 보이는 공간을 가로지르는 제2의 공간은 세계를 투사하는 우리 자신의 방식을 매순간 구성하는 공간"[36]으로 기능한다.

---

34) 안도현, 『바닷가 우체국』, 문학동네, 1999, 78쪽.

35) Robert A. Johnson, 고혜경 역, 『당신의 그림자가 울고 있다』, 에코의서재, 2012, 32쪽. 도플갱어(doppelganger)의 사전적 의미는 꼭 닮은 사람, 생령이다. 그런데 Robert A. Johnson은 이 도플갱어를 자신의 거울 이미지 혹은 자신의 반대라고 정의한다. 그는 우리는 대부분 심리라는 내면의 집에 자기 혼자만 거주한다고 생각하는데 그렇지 않다고 선언한다. 우리 내면에는 이렇게 '다른 존재'의 '나'가 있다고 본다.

36) Maurice Merleau Ponty, 류의근 역, 앞의 책, 434쪽 참조.

이상에서 직접 경험을 통해 획득한 공간을 개념적으로 확장한 신화 공간이 어떻게 의식되고 있는지 살펴보았다. 이러한 공간에서 그의 시는 언제나 원형적 시간으로 회귀하는데 원형적 시간은 존재가 본래의 자아와 대면하는 때이다. 아침 햇빛이라는 공간의 중력에 이끌려 붓글씨를 쓰는 과정을 통해 자신의 본래적 '나'로 돌아가 재도약을 다지기도 한다. 이러한 공간은 특정 환경에 대한 순간을 포착하면서 인식된다. 특히 어둠의 공간에서 존재는 세상 밖을 똑바로 응시하면서 나아갈 자유를 찾는다. 자신을 향한 정신적 가학을 통해 사회 속에서 타락한 '나'를 무너뜨리고 자신의 근원을 회복하는 공간이다.

2) 근원의 회복과 자기 정체성의 확립

김석환 시에서 생의 조건을 향한 집요한 반항은 그의 시세계를 규정하는 중요한 특징이다. 그것은 인간의 최종적인 조건과 자신의 한계를 뛰어넘도록 부추기는 일정한 가치, 오의(奧義), 통찰(洞察)의 성격을 지니는 것이다. 생의 규칙에 따르는 것 같으면서도 그 규칙을 통과하지 않는 어떤 창조를 엮는 플롯(plot)인 셈이다. 그것은 자신을 끊임없이 부정하는 것이며 의식의 불온성을 극복하려는 끈질긴 의지로써 자신 밖의 저 너머로 가려는 본질적인 자유 의지이기도 하다. 그래서 그의 시는 이러한 무의미성을 버리기 위해 말(言)의 신성(神聖)한 침묵을 동요하게 한다.

김석환의 시적 사유는 언제나 경험 속에서 표현되는데, 이것은 경험 진리에 닿아 있다. 말하자면 "경험은 외부세계로 향한다. 보고 생각하는 것은 분명 자아를 넘어서는 곳에 이른다. 느끼는 것은 더욱 모호하다. 느끼는 것은…… 틀림없이 의도적인 것이다. 즉 그것은 무언가를 느끼는 것이다. 그러나 그것은 매우 낯선 의도(intentionality)이다. (……) 경험은 주어진 것(소여, the given)에 따라 행동하고 그 주어진 것으로부터 창조하는 것을 의미한다."[37]는 이-푸 투안의 논리와 상통하는 것이다.

김석환이 실존의 공간 속에서 자신의 생의 의미를 응시하고 재구성하는 작업은 그 자신을 재정립하려는 노력이다. 이것은 그에게 고착된 어떤 관념에도 속박당하지 않는 자유를 의미한다. 그것은 자신의 세계를 새로이 창조하고 그 유지와 갱신의 책임을 받아들이지 않으면 안 되는 고독이다. 그러나 이 고독이 그의 밖에 있는 어떤 것이 아니고 그의 삶 자체에 포함되어 있기 때문에 부정적인 것이 아니다. 그것은 그의 생의 결핍이 아니라 반대로 삶을 뜨겁게 완성하는 것을 의미한다. 그를 이끌어가는 시적 사유는 이렇게 그는 자신이 아무것도 아니라는 사실의 깨달음에서 시작된다. 무(無)에 던져진 그는 그것에 맞서서 자신의 근원을 회복하고 실존의 한계성을 극복한다.

> 누님의 맑은 안경알만큼 열린 하늘엔
> 밤새 별들 무리져 초롱이다 갔으리
> 전신의 힘을 다해 던져 올린 돌팔매는
> 끝내 그 높이에 이르지 못하고
> 스스로의 무게로 낙하해 버리고
>
> 젖는 줄도 모르게 젖어 오는 물보라
> 섬찟 느껴오는 한기
> 물소리
> 나의 무엇을 꾸짖는 것일까
> (……)
>
> 다만 돌아가
> 오래 독감을 앓아 보리라

—「옥계 폭포 소감」(1; 16~17) 부분

---

37) Yi-Fu Tuan, 구동회·심승희 역, 앞의 책, 24~25쪽.

화자가 서 있는 '어둠'의 공간은 산꼭대기에서 폭포가 쏟아지는 "옥계 폭포"인데 이 폭포는 김석환의 고향 근처에 있는 것으로 짐작할 수 있다. "누님의 안경알만큼 열린 하늘"은 골짜기에서 올려다본 조그만 하늘로 밤하늘 별들이 총총 떠 있다. 그는 어린 시절 그곳에 와서 놀던 때처럼 밤하늘을 향해 돌팔매질을 해보지만 이내 떨어진다. 이것은 고향의 고유함 안에서 어떤 위안을 받으려고 하는 화자의 심리를 암시한다. 그러나 그는 거기서 "젖는 줄도 모르게" 폭포의 물보라에 젖고 있다. 온몸에 한기(寒氣)가 느껴지지만 그것을 고향의 어떤 '힘'으로 경험하며 그를 꾸짖는 것이라고 여기는 것이다. 그래서 주변의 숲과 골짜기도 그가 혼나는 광경을 말없이 지켜보고 있다고 생각한다.

그래서 그는 "돌아가/오래 독감을 앓아보리라"고 다짐하는데 독감'은 그를 전의(轉依) 시켜줄, 견디며 앓고 싶은 병(病)이다. "자신을 정신의 눈(雪)구덩이에 던져보고서야 얻는, 정신의 경악에서 오는 행복을 경험하지 못하는 것"[38]에서 오는 극단의 선택인 것이다. 이처럼 김석환의 무의식 속에서 고향의 공간은 위안을 얻을 수 있는 유토피아적인 의미와 반성적 사유의 공간이라는 의미를 동시에 가지고 있다. 그가 근원을 회복해가는 과정은 이렇게 그의 의식에 괴로움을 지니는 고통스러운 것으로 나타난다. 이러한 의식은 「은행나무 곁에 서면」에서도 마찬가지로 드러난다.

> 은행나무 곁에 서면
> 홀연히 귀가 열린다
>
> 잎새마다 잠든 이슬이 깨어나면서
> 內海를 떠나는 고기떼

---

38) Friedrich Wilhelm Nietzsche, 장희창 역, 앞의 책, 182쪽.

부산히 지느러미 치는 소리

은행나무 곁에 서면
차라리 눈을 감는다

우람한 팔벌림 새로
쏟아지는 햇살과 하늘빛과
수직으로 날아오른 새들의 행방

은행나무 곁에 서면
왠지 목이 가려웁다

사나운 폭풍도 노래로 다스려 가고
잔바람에도 몸살 앓는
온몸으로 배우는 逆說法
은행나무 곁에 서면
가만히 옷깃이 여며진다

–「은행나무 곁에 서면」(1; 44~45) 부분

이 시에서 "은행나무" 한 그루는 시의 배경을 이루는데, 그 잎사귀가 "內海를 떠나는 고기떼"처럼 "부산히 지느러미 치는 소리" 들리는 공간으로 설정되어 있다. '나뭇잎 소리'는 공간의 모든 이미지와 그것의 생동성을 재현하고 은행나무에 수도자의 의미를 부여한다. 은행나무는 사나운 폭풍에 맞서기보다는 "노래로 다스"리는 유연성을 보인다. 한편으로 은행나무는 주어진 현실의 문제를 그만의 방식으로 풀어나가는 점에서 강직함을 드러내기도 한다. 동시에 "잔바람에도 몸살"을 앓는 부드럽고 잔잔한 감성의 소유자로 그려지기도 한다.

"쏟아지는 햇살과 하늘빛"은 열과 성을 다한 일상에서 은행나무가 자아를 정립하게 하는 천상적 이미지로 기능한다. 또한 "수직으로 날아오르는 새들"은 더 밝고 높은 가치의 세계인 그 천상적 가치를 향한 은행나무의 지향성을 상징한다. 화자가 "홀연히 귀가 열"리거나 "눈을 감"거나 "목이 가"렵거나 "옷깃이 여며"지는 것은 그 공간을 경험함으로써 그 "장소에 둘러싸여 그 일부가 되는 것"[39]이라는 의미를 지닌다. 화자는 은행나무가 있는 공간에서 새로운 깨달음을 얻고 자신의 근원을 회복하는 것이다.

> 본디 너는 하늘의 족속이었으나
> 이제 날개가 필요하지 않구나
> 네 심장 구석에
> 날벌레의 피가 아직
> 남아 흐르고 있을까
> 거대한 땅의 인력에 추락하여
> 쇠똥 향기에 취해
> 몸집보다 더 커다란 쇠똥을 굴리며
> 언덕길을 오르는 저 식욕
> 능숙한 발, 쇠똥구리
> 네 이름에 누가 똥칠을 했나
> 네 요람이요 최후의 성
> 기름진 일용할 양식을
> 누가 똥이라 일컫느냐
> 커다란 먹이가 천지를 가려
> 한 치 앞도 아득한데
> 날개조차 숨기고
> 천명이 다할 때까지 이어 갈
> 길고 긴 시지프스의 신화
>
> ―「쇠똥구리」(4; 87) 전문

39) Edward Relph, 김덕현 · 김현주 역, 『장소와 장소상실』, 논형, 2005, 116쪽.

쇠똥구리는 화자의 다른 몸으로서 멀리 날아가던 "하늘의 족속이었으나" 이제는 땅에서 살아가는 곤충이다. "날벌레의 피가 흐르고 있을까" 하는 것은 하늘로 날아가는 습성을 완전히 잊고 살아가는 쇠똥구리의 모습을 암시한다. 그는 이전의 삶과는 전혀 다른 삶을 사는 이방인이 되어 "쇠똥 향기에 취해" 쇠똥을 굴리는 것이다. 그가 자신의 몸집보다 더 큰 쇠똥을 굴려가서 식량으로 쌓아두고자 하는 '식욕'은 존재의 물질에 대한 지나친 탐욕을 암시한다.

그러나 '쇠똥'은 그의 "요람"이자 "최후의 성"이며 "기름진 일용할 양식"이었으므로 그가 행하는 최선은 자기 자신의 모든 생에 바치는 성스러운 경배가 된다. 그는 앞도 보이지 않을 만큼 커다란 쇠똥을 날마다 굴려야 하지만 그것은 "천명이 달할 때까지 이어갈/길고 긴 시지프스의 신화"에 불과하다. 그리하여 이것은 지상적인 유한한 존재이면서도 늘 천상의 세계를 꿈꾸는, 실존의 유한성에 구속된 채 살아가야 하는 인간 존재의 이중성을 보여준다. 알베르 카뮈는 이것을 일러 "확실히 성취할 수 있다는 희망이 바위를 밀어 올리는 한 고통은 그 자신의 운명을 능가하는 것"[40]이라고 선언한다.

> 부조리한 인간은 불꽃으로 타오르면서도 차갑게 얼어붙은 우주, 어디까지나 투명하면서도 한계가 있는 우주, 무엇하나 가능하지는 않으면서도 모든 것이 주어진 우주, 그것을 지나고 나면 붕괴한 허무 이외의 아무것도 아닐 것 같은 우주를 넘본다. 그때 그는 이러한 우주 속에서 산다는 것을 받아들이고, 그곳에서 힘과 희망의 거부를 추출하여 위안을 받을 길이란 결코 없는 인생을 집요하게 밝히겠다는 결의를 굳힐 수가 있는 것이다.[41]

이처럼 생을 향한 무모함은 인간이 경험하고 살 수 있는 자유의 원리가 되는 것이다. 시시포스(Sisyphus)가 거대한 돌을 들어 올려 산꼭대기를 향해 천

---

40) Albert Camus, 장재형·이정식 역,『시지프스의 신화』, 도서출판 다문, 1992. 189쪽.
41) Albert Camus, 장재형·이정식 역, 위의 책, 100쪽.

천히 신들의 거처로 나아가는 그 순간순간에 그는 운명의 면에서 보다 조금씩 우세해지기 때문이다. 쇠똥구리가 보여주는 무의미한 운명을 거스르는 일, 그것은 치열한 생의 저항을 의미한다. 그렇기 때문에 부조리한 실존의 공간에서 자신의 미래에 대한 쇠똥구리의 확신은 그렇게 자신의 근원을 회복하기 위한 끝없는 의지로 이어진다.

식탁 위에 올라 해독을 기다리는
난해한 난생 신화들
가도 가도 뿌리내릴 틈 하나 없이
굳어버린 포장도로뿐
외발로 버티며 떠받치는 하늘은
너무 넓고 무겁다 기우뚱
기우뚱 중심을 잡는 파라솔
아래 부화되지 못한 날짐승 알처럼
온기를 잃어가는 과일들
1000원 2000원 3000원 손때 절은
아라비아 숫자를 고관대작의 품석처럼
묘비처럼 앞세우고 바구니마다
위태롭게 탑을 쌓는 부부
봉지 가득 물소리 흙냄새를 담아 주고
수몰된 고향 사투리를 덤으로
얹어 주어도 좌판 밑에 남아 있는
미처 풀지 못한 하루치의 절망
주름진 껍질에 코를 대고 귀를 열던
달님도 성급히 구름 뒤로 숨고
아파트 창마다 곱던 별 차츰 이울고
후문 쪽 이면도로로 몰리는
어둠에 맞서 스스로를 태우며
달아오르는 향기로운 불씨들

그 앓니 시린 난생 신화

—「겨울 난생 신화」(5; 70~71) 전문

인용 시의 발상은 난생신화(卵生神話)의 이야기에서 그 모티프를 끌어오고 있다. 신화적인 이야기의 진행은 시적 화자가 시장 난전(亂廛)에서 사 온 과일을 바라보면서 시작된다. 이 "신화적 공간은 직접 경험을 통해 획득한 친숙하고 평범한 공간을 개념적으로 확장"[42]한 곳이다. 난생신화는 시장 난전에서 과일 장수가 "부화되지 못한 날짐승 알처럼" 과일을 쌓아놓은 데에서 그 의미가 부여되었다. "외발로 떠받치는 하늘"과 "기우뚱 중심을 잡은 파라솔"은 서로 등가적 의미를 지니고 있는데, 이것은 과일 장수가 시장 난전의 파라솔 아래 과일 바구니를 펼쳐놓고 장사를 하는 모습을 표상한 것이다. 이러한 모습 속에서 난생신화는 어렵고 고단한 생이라는 난생(難生)의 의미로 전이된다. 신화의 주인공은 수몰(水沒) 지역을 고향으로 둔 농부 부부이다. 이 부부는 과일을 팔 때 "봉지 가득 물소리 흙냄새를 담아주고" 떠나온 고향의 사투리도 덤으로 주지만 좌판 장사는 언제나 적자다.

그런데 "1000원 2000원 3000원 손때 절은/아라비아 숫자를 고관대작의 품석처럼/묘비처럼"이라고 진술하고 있다. 이것은 농부 부부가 플라스틱 바구니에 과일을 쌓아놓고 그 앞에 종이로 가격을 표시해 놓은 것을 이른다. 이것을 시적 화자는 '고관대작의 품석'과 '묘비'로 보고 있다. 그것은 화자가 농부 부부의 불우한 생을 주목했던 것이 아니라 조상과 가계(家系)를 잊지 않고 있는 그들의 신성한 고향 의식에 초점이 맞추어져 있다는 것을 의미한다. 그리고 "가도 가도 뿌리내릴 틈 하나 없이/굳어버린 포장도로뿐"인 도시의 "후문 쪽 이면 도로"는 그 부부가 살아가는 삶의 삭막한 현실과 소외를 암

42) Yi-Fu Tuan, 구동회·심승희 역, 위의 책, 143쪽.

시한다. 화자는 그들이 "어둠에 맞서 스스로를 태우"는 모습과 "달아오르는 향기로운 불씨들"을 보면서 고향을 떠나왔던 자신을 떠올린다. 그 '난생신화'는 화자의 앞니를 시리게 하는데, 그것은 화자가 농부 부부의 치열하고 고단한 삶을 보면서 느끼는 연민을 반영하고 있다.

이와 같이 김석환의 무의식 속에서 고향 영동의 공간은 존재가 위안을 얻을 수 있는 유토피아적인 곳이자 반성적 사유의 공간이라는 의미를 동시에 가지고 있다. 은행나무 서 있는 공간은 존재가 열과 성을 다하여 주체를 정립하고 천상과 소통하는 곳이다. 그러한 공간을 경험함으로써 화자는 공간의 일부가 된다. 주어진 현실 속에서 끈질기게 삶을 이어가고 있는 '쇠똥구리'를 통해 지상적인 유한한 존재이면서도 늘 천상의 세계를 꿈꾸는 인간 존재의 이중성을 보여준다. 그리고 무의미한 운명을 거스르는 일, 그것이 운명에 대한 진정한 저항이자 가치이며 자유를 얻는 길이라고 제시한다. 시장의 난전에서 과일을 파는 농부 부부의 모습 속에서 도시적 삶의 삭막함과 그것을 극복하는 치열함, 그리고 고향으로 돌아가고자 하는 의식도 드러낸다.

4부
초월공간과 생성의 탈주

1. 야생적 생명의 발화와 구현
1) 어둠의 공간과 야생적 생명성
2) 초월의식과 동화적 몽상

2. 변신 욕망과 해체되는 육체
1) 타나토스(Thanatos)와 재생의 희구
2) 죽음 체험과 공동체적 이상 실현

3. 초월 공간과 극한 탈주의 모색
1) 실존의 안티테제(Antithese)와 생명의 환희
2) 존재의 신성과 성화된 생명

초월 공간과 생성의 탈주

1. 야생적 생명의 발화와 구현

1) 어둠의 공간과 야생적 생명성

앞 장에서 살펴본 김석환 시의 공간의식은 존재의 '근원 탐색'이라는 생의 새로운 차원을 성취하려는 시적 전략이었다. 이러한 시적 태도에는 그의 치열한 꿈의 희구가 잠재되어 있다. 그러한 공간의식이 자신을 향한 성찰·통찰의 과정이었다면 이 장에서 살펴볼 것은 '어둠'의 공간에서 추구하는 욕망의 형질이다. 이 '어둠' 속에서 김석환 시는 운명적으로 선택된 필연을 거부하는 격렬한 '반항'의 모습을 보여준다. 이것은 고향과 집을 잃고 도시 공간 속의 실존으로 내몰린 채 자신이 정주할 공간을 찾아 헤매야 했던 그가 꿈을 쟁취하는 방식이다.

김석환의 시에서 '어둠'은 "대지(大地)의 뱃속에서 재생을 준비하는 태양, 고래의 뱃속에서 휴식하고 먹고 사는 요나"[1]로서의 의미를 갖는다. 이것은 그가 어머니의 뱃속 같은 안전한 도피처 '어둠'에서 우주 너머 생명의 양상들을 바라보면서 자신의 원초적인 꿈을 재발견하는 행위이다. 이렇게 그는 우주에 의해 생성된 '배(腹)' 안에서 물질적이고 활성적인 생체의 '빛'을 탐식한다. 그래서 이 '어둠'은 격렬한 성본능, 타오르지 않으면 안 되는 괴로운 꿈의 전하(電荷)로 변주된다. 그것은 '빛'을 낳는 존재의 격렬한 부활의 힘이다.

이와 같은 점은 모리스 메를로 퐁티의 '밤의 공간성'에 닿아있다. 말하자면 "밤은 측면이 없고 그 자체로 나와 접하며, 밤의 통일성은 mana의 신비적 통일성이다. 외침이나 먼 빛도 모호하게만 밤을 채울 뿐이다. 밤은 그야말로 전체로서만 생명을 가지고, 그것과 나 사이에는 평면도 표면도 거리도 없는 순수 깊이이다. (……) 내가 그것과 결합하게 되는 것은 밤 공간의 한가운데"[2]서이다. 그러므로 사물이나 생명체에 존재하는 초자연적인 힘을 지각하는 과정에서 김석환은 '어둠' 너머의 '꿈'을 본다. 결국 이 '어둠'의 공간은 뜨겁고 치열한 자기 초월의 공간으로 형상화되며 화자는 자기 '반란'을 시도한다.

불빛을 싣고 가는 특급 열차 소리가
멀어지면서 들판 가득 진해지는 어둠
어둠이 진해질수록
선명해지는 개구리 울음소리
마을에 풍토병 번지듯
들판 끝까지 번져가는
저 自然發話
누가 저 미물들에게
말하는 법을 가르쳐 주었나

---

1) Gaston Bachelard, 정영란 역, 『대지와 그리고 휴식의 몽상』, 문학동네, 2009, 163~164쪽.
2) Maurice Merleau Ponty, 류의근 역, 『지각의 현상학』, 문학과지성사, 2014, 428쪽.

차츰 노래가 되어 가는
저들의 서툰 문법
누가 저들의 노래를 멋게 할 것인가
워이 워이 을러 보아도
돌을 던져도 소용없는
저 아우성의 절정에서
서른 넘도록 장가 못 든
내 친구의 헤픈 잠꼬대가 섞여 들렸다

―「개구리 울음」(1; 32) 부분

위의 시에는 야생적인 '어둠'의 공간이 있는데 그곳엔 아무 가공도 되지 않은 꿈틀거리는 생명의 소리가 존재한다. 이 '어둠'은 '불빛' '특급 열차'가 암시하는 현대의 인위와 허위를 멀어지게 하는 힘이다. 이 공간에 '어둠'이 짙어지면 짙어질수록 "개구리 울음소리"가 선명해진다. 그 소리는 "자연발화(自然發火)"처럼 들판 끝까지 '불(火)'로 번져간다. '개구리 울음소리'라는 청각 이미지가 '불'이라는 시각 이미지로 변주되면서 이곳은 이제 낮의 세계, 밝음의 세계가 된다. 어둠에 맞서 일어나는 자연적인 종족 유지 본능은 처음에는 "서툰 문법"으로 운다. 이 '서툰 문법'은 개구리 울음소리가 적은 초저녁 시간을 암시한다. 그러다 그 '서툰 문법'은 돌을 던져도 을러보아도 막을 수 없는 절정의 아우성이 된다. 그 공간 속으로 은근슬쩍 서른이 넘도록 장가 못 든 "내 친구"의 잠꼬대도 섞여든다. 잠꼬대는 장가들고 싶은 친구의 성욕망을 암시하며 '어둠'의 공간은 시적 화자가 희망을 꿈꿀 수 있는, 욕망을 향유할 공간이 된다. 특급열차가 버리고 간 들판은 이렇게 세상의 관심 속에서 밀려나 있는 공간이지만 날마다 생명의 "불을 훔치고 있는 것"[3]이다.

---

3) Gaston Bachelard, 김병욱역, 『불의 정신분석』, 이학사, 2013, 74쪽.

아직도 검은 피가 흐르는
이 몹쓸 혈통을 어이하랴
기름진 먹이며 잠자리
그 간절한 사랑도 저버리고
떠나 온 이 반역의 죄
어둠이 짙어지면 오히려
밝아지는 이 도적의
심보를 어이하랴

한때는 누구네의 뒷간
옆이었을 게다 아파트 울타리
너머 개나리 숲에 둥지를 틀고
아직도 지상에 도착하지 않은
별의 발자국 소리에
털끝에 스미는 속삭임에
밤마다 발정을 하며
은밀히 종족을 늘려 가는
천박한 가계를 또 어이하랴

—「도둑고양이」(3; 76) 부분

위의 시의 공간은 아파트 울타리가 있는 한밤중인데 '도둑'이라는 의미 속에 고양이의 존재를 가두는 곳이다. 자신을 부정하는 "도둑고양이"의 사유의 힘은 도리어 지치지 않고 자신의 꿈 앞으로 나아가게 한다. 화자는 자신을 일컬어 "아직도 검은 피가 흐르는/이 몹쓸 혈통을 어이하"느냐고 자조한다. "검은 피"는 '미지, 무의식, 뒤, 그늘, 허위' 등 부정적 가치들을 내포하지만 이 시에서는 그와 반대로 피 끓는 '자유'[4]를 암시한다. 도둑고양이는 가만히 한 곳

4) David Fontana, 최승자 역,『상징의 비밀』, 문학동네, 2005, 85쪽.
고양이의 상징성은 가정적이라는 의미와 잔인함 그리고 붙잡기 어렵다는 뜻에서 자유를 뜻한다.

에 머물러 있지 않고 채이고 넘어지면서도 앞으로 나아가고자 하는 자기 부정과 갱신의 근성을 가지고 있다. 그래서 '나'는 "기름진 먹이며 잠자리/그 간절한 사랑"도 저버리고 떠나온 것이다. 그는 생을 반역하고 싶어 자신을 반역하는 것일 뿐 그에게는 이제 죄(罪)와 적(敵)의 의미는 사라진 지 오래인 것이다.

도둑고양이로 환유된 화자는 더럽고 추하고 외진 장소에 둥지를 트는 것을 두려워하지 않는다. 오직 "아직도 도착하지 않은/별의 발자국 소리에/털끝에 스미는 속삭임에/밤마다 발정을" 해야 하는 것이다. 이 '별의 발자국 소리'는 어떤 생의 화두(話頭)이며, '털끝에 스미는 속삭임'은 생의 진리나 깨달음에 다다른 경지를 뜻한다. 덧붙여 '발정'은 존재가 자신을 재창조하고자 하는 의지를 표상한다. 따라서 이 시의 문제의식은 타락한 실존적 상황에서의 단호한 결별과 인간다운 실존의 회복이라는 존재의 절절한 열망과 맞물려 있다.

그물을 던진다
하늘이 높아 깊어진 연못 속
거꾸로 잠긴 그림자 키워
구름을 헤집던 미루나무 숲
간간이 절망을 떨구며 잠든 밤
홀로 깨어나

반딧불 부산히 별빛 실어내리는
텃밭 어둑한 풀그늘에 숨어
스쳐간 시간의 영상을 재생하는
풀벌레 울음 그 천연사를 꼬아
촘촘히 그물을 엮어
투망질을 한다

두드려도 소리 내지 않던 결빙을 풀고
밀어 올리는 꽃대 끝마다
피는 향기의 근원은 어디인가

수면에 황혼이 물들면
별자리를 이루며 튀어 오르던 어족
그 비린내 풋풋하던 순은의 빛들
살아있는 밀실은 어디인가

—「야간 투망질」(2; 28~30) 부분

화자는 '어둠'에 와서 적극적인 자세를 갖고 "그물을 던"져 본다. 그물이 잠입하는 곳은 "하늘이 높아 깊어진 연못 속"인데 그곳은 깊은 우울과 불안으로 힘들던 화자의 과거를 의미한다. "거꾸로 잠긴 그림자"는 과거에 아파하던 그 자신이다. "구름을 헤집던 미루나무 숲/간간이 절망을 떨구며 잠든 밤"은 화자의 과거가 내재된 시적 공간이다. 이를테면 이것은 화자가 고향에서의 행복했던 어린 시절과 연이어 닥친 가족의 죽음으로 하여 먼 타지에서 그것을 슬퍼하며 회상하던 시간을 의미한다.

그러나 이러한 시적 진술에는 자신의 먼 옛날을 회상하고 있는 화자의 그리움이 들어있다. 그가 있는 곳은 텃밭의 바다, "반딧불 부산히 별빛 실어내리는" 곳이기 때문이다. "스쳐 간 시간의 영상을 재생하는" 것은 고향을 떠올리게 하는 그곳의 아름다움 밤 풍경이다. 그래서 삶의 빛나는 부분들은 그 사소하고 볼품없는 것들에 깃들어 있는 것이라 말하고 있다. 화자가 밤의 어느 공간에 앉아 "풀벌레 울음 그 천연사를 꼬아/촘촘히 그물을 엮어" 시도하는 투망질은 그의 고향에 대한 의식을 지워버리지 않으려는 의지를 반영한다.

그는 자신의 무의식에 가득한 고향의 '근원'으로 침잠하여 "별자리를 이루며 튀어 오르던 어족"을 만나는데 이것은 고향에서 뛰어놀던 아름다웠던 시간을 의미한다. "지리적 공간이란 본질적으로 인간에게 영향을 미치는 어떤 구체적인 시간 속에서 성립되는 것"5)이므로 화자는 그의 고향 심천(深川)을 가로지르는 저녁 강의 황혼을 이미지로 끌어들여 아름다웠던 고향을 추억하고 있는 것이다.

그러나 그는 문득 그곳에서 행복했던 기억 속의 불행을 떠올린다. "만 길 수심 속에/내 그림자 흔들리고 있"는 것은 그의 내면이 지난 기억의 상처로 다시 우울해진 것을 의미한다. 화자에게 고향은 이렇게 불행과 행복의 정서가 공존하고 있는 공간이다. 그렇지만 그는 풀벌레 울음이 주는 생동성 때문에 삶의 어둠에 대처할 수 있는 공격적 능력을 확보하고 그 환희의 무한함 속에서 초월의 의지를 다진다. 풀벌레가 소란히 울 때 그는 "홀로 깨어나 투망을 던"지며 그 순결한 자아의 실체인 고향의 이미지를 찾는다.

이상의 몇몇 작품들을 통해 '어둠' 공간의 욕망 추구에 대해 살펴보았다. 김석환 시의 공간적 상상력은 '어둠' 공간에 내재한 성 본능 속에서 자신의 원초적인 생명력을 복원한다. 거기에는 관능과 생명이 있으며 그것은 기존의 일상을 넘어서고자 하는 극한의 충동과 연관된다. 이러한 공간의식은 주로 기차 소리, 개구리 울음소리, 풀벌레 울음소리 등 소리에 의해서 드러난다. 그런데 '도둑', '투망(投網)' 등으로 형상화된 공간에서는 기존 일상의 질서와 규정을 어기는 반란이 시도된다. 즉 일상의 사회적 소외 속에서 불안한 존재가 어두운 심연을 응시하도록 만들고 초월을 시도하도록 추동하는 것이다. 이것은 김석환이 자신의 본래적 생을 회복하려는 정신적 고투를 반영한다. 그에게 '어둠' 공간은 자신의 고향을 돌아보는 계기로 작용한다. 행·불행이 공존하는 그의 고향은 언제나 그에게 힘을 주는 공간, 꿈을 꾸며 그가 잊지 않고 있어야 할 공간으로 제시된다.

---

5) Edward Relph, 김덕현 · 김현주 역, 『장소와 장소상실』, 논형, 2005, 55쪽.

2) 초월의식과 동화적 몽상

강고한 현실원칙과 규칙이 강제하고 있는 현실의 공간은 우주적 존재들의 자유로운 활동을 제약한다. 그래서 현실원칙에 대한 위반이 이루어지는 곳은 어둠의 공간으로 인식되기 마련이다. 이렇게 우주적 존재들의 자유로운 활동이 제약되는 공간, 자유를 강탈해가는 현실원칙이 지배하는 공간은 견고한 제약을 뜻하며 그들을 향한 난폭한 폭력으로 비유되기도 한다. 그러나 우주적 존재들은 이러한 모든 강제를 완강히 이겨내며 초월을 쟁취한다. 다른 한편으로 이 초월은 불이 나간 어둠의 공간에서 펼쳐지는 몽상의 세계에서 이루어진다. 이 경우 어둠의 공간은 어른들이 들려주는 아름다운 옛이야기 속에서 어린이들이 새로운 꿈을 꿀 수 있도록 무수한 '빛'이 되어 준다.

누가 자꾸만 개구멍을 뚫는가
쌍용아파트와 신동아아파트 단지
지번을 가르는 높다란 철조망
뚫으면 막고 막으면 뚫고 또 뚫고
-철조망을 허는 자는 엄벌에 처함
관리소장 붉은 경고문이 무색하구나
한글 해독도 못하는 아이들은
철없이 넘나들며 소꿉놀이를 즐기고
바람도 넘나들며 그네를 타고
머리 굵은 녀석들도 우루루
넘나들며 허공으로 공을 차 올리고
덩굴장미 의젓이 철조망을 넘는구나
쌍용아파트 주민들은 쌍용아파트 관리소에
신동아아파트 주민들은 신동아아파트 관리소에
관리비를 납부하는 동안 주인 몰래
개구멍을 넘나들며 간통을 즐기고

만삭이 된 개들의 진한 본능이여
잡목들 뿌리 뽑히던 어느 봄날
잡목숲 비우고 날아간
텃새들 깃털이 흩어진 하늘엔
해와 달이 태연히 뜨고 지고

—「개구멍」(3; 62~63) 부분

"개구멍"은 위반과 불법의 표증(表證)인데 그곳이 있는 공간은 "쌍용아파트와 신동아아파트" 사이의 "높다란 철조망"이 있는 곳이다. 이 공간은 위법(違法)과 적법(適法), 반(反)과 정(正), 죽음(死)과 삶(生), 왼쪽(左)과 오른쪽(右), 저기(彼岸)와 여기(此岸), 비밀(秘密)과 공개(公開), 동(動)과 정(靜)이 대립하고 있는 경계 지역이다. 그런데 인간이 쳐놓은 경계를 어린아이들, 바람, 청소년들, 덩굴장미 등이 모두 규칙을 위반하는 행위를 하며 넘어 다니는 것이다. "쌍용아파트 주민들"과 "신동아아파트 주민들"이 그들이 속한 관리소에 관리비를 납부하는 것은 '법'이라는 이름으로 우주 질서를 강제하고 있는 기성세대와 억압적 질서들을 표상한다. 이것은 자연 그리고 인간의 어린 세대들은 우주 안에서 무한한 자유를 추구하고 있는 데 반해 어른 세대들은 '법'이라는 이데올로기에 의해 자유가 거세된 채 살아가고 있다는 반성적 자각을 나타낸다.

그러나 즉물적이고 현실 도발적인 "간통을 즐기"는 개들은 자기의 "진한 본능을" 숨기지 않는다. 그것은 자기 존재의 정체성을 획득하려는 공격적 모험이며, 그가 현실에서 누려온 기존 테제(These)의 저항, 안티테제(Antithese)이다. "잡목들 뿌리 뽑히던 어느 봄날/잡목 숲 비우고 날아간/텃새들 깃털이 흩어진 하늘"은 인간의 잣대로 함부로 환경을 파괴하고 텃새들의 생까지 간섭하는 이 시대의 헤게모니(hegemony)에 대한 비판적 인식이 들어있다.

내 수확은 고작 그것들뿐이다
완전범죄를 노리고 잠복한 테러리스트
허상만 바스락거리는 가을
휴면계좌 비밀번호를 0101…
더듬듯 주말농장 빈 이랑을 헤집는다
호미 날 끝에 부서지는 끝물의 햇살
파라오의 미라처럼 파랗게 실눈을 뜨고
목이, 허리가, 뿌리가 찍히고 부러져도
하얀 피를 흘리며
완강히 저항하는 고구마

—「고구마를 캐며」(4; 65) 부분

인용 시에서 화자는 고구마가 지닌 생명성을 주목한다. 시의 배경은 고구마가 자신의 생을 완성하고 있는 어느 낮은 구릉의 밭으로 화자는 자신을 "완전 범죄를 노리고 잠복한 테러리스트"로 인식한다. 테러리스트(terrorist)는 정치적인 목적을 위하여 계획적으로 폭력을 쓰는 자여서 이 밭에서 고구마의 목숨을 빼앗으려고 하고 있다. 그러나 화자는 곧 "내 수확은 고작 그것들뿐"라며 수훈을 세울 수 없는, "허상만 바스락거리는 가을"의 현실과 마주한다. 이와 같은 시적 진술은 생명성을 잃어버린 화자가 생명력 넘치는 야생의 세계를 꿈꾸는 행위와 같다.

이러한 시적 인식은 "휴면계좌 비밀번호를 0101…"로 연속되면서 "허상만 바스락 거리는 가을"처럼 공허한 자신의 실존적 상황을 뚜렷하게 강화한다. 휴면 계좌는 빈 밭고랑을 형상화한 것으로 그 밭고랑을 헤집어보아야 아무것도 나오지 않는다. 그래도 밭을 매보지만 "호미 날" 끝에는 "끝물의 햇살"만 있을 뿐이다. 그런데 어떤 고구마 하나가 "파라오의 미라처럼 파랗게 실눈을 뜨고/목이, 허리가, 뿌리가 찍히고 부러져도" 꿈쩍 안 하고 "하얀 피를 흘리며/완강히 저항"을 한다. 존재의 가치는 그렇게 불의에 완강히 저항

해야 하는 것임을 환기시킨다. 테러리스트는 격렬하게 저항하는 이 고구마로부터 도리어 의식의 테러를 당한다.

일만 개 달이 뜨고
사금 일는 소리, 멀리
가까이 들리는
도봉산 골짜기
손거울만큼 열린 웅덩이
얕은 물에 겨우
피멍 든 발 때 절은 손
담근다 뼈를 찌르는
새벽 시린 물소리
일만 볼트 고압 전류
포위망을 뚫고 나온
탈주범처럼 남루한
산벚나무 고목
별 헤아리느라
무성히 돋은 잔가지
지우는 한 무리 별똥에
놀라 푸른 허공을 건너
귀가하는 가재 일가

—「감전」(5; 57) 전문

시적 공간인 "도봉산 골짜기"를 "일만 개 달이 뜨고/사금 일는 소리, 멀리/가까이 들리는" 곳으로 표현하고 있다. '일만 개의 달'과 '사금 일는 소리'는 "손거울만큼 열린 웅덩이"에 비친 달과 그곳에서 흘러넘치는 물소리이다. 그리고 한밤의 달빛이 불어오는 바람에 의해 물 표면에서 부서지고 있는 풍경을 연상하게 하는 이미지이다. 그래서 화자는 이 웅덩이로 흘러들어오는 물줄기에서 생성되고 있는 '사금 일는 소리'에 경쾌하고 순수한 가치를 부여하고 있다.

그리고 화자는 그 작은 웅덩이에 "피멍 든 발 때 절은 손/담그"는데 이것은 도시 공간에서 입은 그의 생의 상처를 씻는 행위이다. 그때 웅덩이의 물은 "일만 볼트 고압 전류"로 "뼈를 찌"르며 그를 놀라게 한다. 이 감전이라는 충격에는 '일만 개 달'의 위로라는 감미로움이 스며들어 그를 더 나은 미래로 이끈다. 그런데 "탈주범처럼 남루한/산벚나무 고목"의 나뭇가지 사이로 별똥별이 떨어진다. 그 '탈주범처럼 남루한 산벚나무'에는 그의 자아가 투영되어 있는데 웅덩이 속에는 떨어지는 꽃잎, 그 별똥별 빛에 놀라 "귀가하는 가재 일가"가 보이며 감전의 충격으로 다가온다.

정전된 밤이면
마을은 오히려 밝아졌다

서랍 깊숙이 묵혀 둔 한 자루씩의 초
그 응고된 기억들이 녹아 흐르고
동구나무를 흔드는 바람의 속삭임에
불빛이 간간히 흔들렸다

불꽃이 숨죽인 순간을 골라
뒷산에 숨어살던 산신령님
긴 턱수염이 어른거리고
옛날 할아버지가 기르던 호랑이의
울음소리도 들렸다
정전된 밤이면
마을은 오히려 밝아졌다

—「停電」(1; 34) 전문

가스통 바슐라르는 "시는 그 위대한 기능에 있어서 우리들에게 꿈의 상황을 되돌려 준다. 우리들이 태어난 집은 단순한 집채 이상의 것이다. 그들은 꿈의 집적체인 것"[6]이라고 한다. 우리는 누구나 아름다운 공간에 대한 추억을 몽상하고 그 몽상을 통해 우리의 꿈을 지키고 있는 그것들에 의해서 다시 멋진 꿈을 꿀 수 있다. 김석환 시에서 발견한 이러한 독특하고 동화적인 시적 몽상도 우리가 이전에 집이라는 공간에서 꿈꾸었던 아름다운 순간을 형상화하고 있다. "정전(停電)"이 된 공간은 이제 세속의 공간이 아닌 어둠 속에서 피어나는 꿈의 공간이 된다. "서랍 깊숙이 묵혀 둔 한 자루씩의 초"에서 "응고된 기억들이 녹아 흐"른다. 촛불은 "길게 뻗치며 끝이 뾰족해지는 불꽃 속의 무어라 말할 수 없는 생명의 미묘함! 삶과 꿈의 가치가 그때 결합하는 것"[7]이다. 그래서 그곳에 모여 앉은 화자는 상상의 문을 열고 은밀한 공간으로 들어간다. 그러면 "등구나무를 흔드는 바람" 소리만 가끔 들릴 뿐 아름다운 눈빛만 반짝거린다. 이윽고 "뒷산에 숨어 살던 산신령님"이 "긴 턱수염"을 하고 나타나고 "옛날 할아버지가 기르던 호랑이"도 사라진다. 그 아름다운 옛이야기 속에서 꿈을 꾸며 흘러간 순간을 상상한다. 인간은 "거기에서 자신의 존재와 생성을 본다. 불꽃 속에서 모든 공간이 움직이고 시간이 출렁"[8]이는 것이다.

이와 같이 '어둠'의 공간 의식은 적법(適法)을 가장한 위법(違法)이 난무하는, 인간이 함부로 파괴하고 있는 도시 생태계와 환경에 대한 비판 의식도 제시한다. 존재의 생의 가치는 불의에 완강히 저항해야 하는 것임을 알게 하는 공간이다. 산골짜기 물웅덩이에서 생성되고 있는 경쾌하고 순수한 가치와 그곳에서 살아가는 우주적 생명체에 대한 경이가 감전으로 다가오는 공간이다. 정전(停電)된 방에서 촛불을 켜놓고 옛이야기를 듣는 동화적이고 몽상적인 공간을 제시, 아름다운 꿈을 꾸던 어린 시절의 우리를 재현하고 있다.

---

6) Gaston Bachelard, 곽광수 역, 『공간과 시학』, 동문선, 2003, 93쪽.
7) Gaston Bachelard, 이가림 역,『촛불의 미학』, 문예출판사, 2004, 85쪽.
8) Gaston Bachelard, 이가림 역, 위의 책, 55~56쪽.

2. 변신 욕망과 해체되는 육체

1) 타나토스(Thanatos)와 재생의 희구

이 절에서는 존재의 '욕망' 추구의 한 방식으로 나타나는 고립 공간에서의 '변신 욕망과 해체되는 육체'에 대한 모색을 살펴보고자 한다. 김석환에게 고립 공간은 자기 자신을 파괴하고 생명이 없는 무기물로 환원시키려는 '죽음 충동', 즉 타나토스(Thanatos)[9]를 욕망하는 장소이다. '외진 골목', '깊은 산골짜기', '산비탈', '입산 금지 구역' 등 존재가 세계와 사회로부터 고립되어 있는 공간에서 기획되는 이러한 '죽음 충동'은 김석환의 정신에 고착되어 심한 정신 장애와 고통을 야기하는 욕망의 잔여를 채우기 위한 시적 시도로 제시된다.

이것은 김석환이 경험하는 불충분한 쾌락의 너머에서 그를 만족하게 하고 채우게 될 그 이상의 어떤 것 "주이상스(Jouissance)"[10]을 추구하는 것이다. 그의 시의 공간에서 시도하는 이러한 주이상스는 그의 "인생에 어떤 가치를 부여하는 본질 또는 속성"[11]에 이끌리는 의식이다. 그의 시에서 이것은 존재의 치열한 창조를 뜻하는, 자신이 처한 운명에 대해 응수하고 도전하면서 그 고통을 온전히 자신의 것으로 만드는 역설(paradox)적인 반항 의식이다. 즉 타자의 욕망에서 벗어나 자신의 진정한 주체를 찾고자 하는 의식이다. 이러한 무의식적 욕망은 환상을 통하여 나타난다. 이 "환상은 주체가 주인공이며 항상 소원-궁극적으로 무의식적 소원-의 성취를 대표하는 상상된

---

9) 타나토스(Thanatos)-자기를 파괴하려는 죽음에의 본능을 의미한다.

10) Sean Homer, 김서영 역, 『라캉 읽기』, 은행나무, 2007, 167쪽.
주이상스(Jouissance)는 라캉이 만든 조어이다. 이 주이상스는 쾌락과 고통의 결합, 또는 더욱 정확하게 고통 속의 쾌락을 의미한다.

11) Sean Homer, 김서영 역, 위의 책, 168쪽.

장면으로서 방어기제(Defensive Processes)들에 의해 다소 왜곡된 방식으로 표현"[12]된다. 그러나 이 환상은 "욕망의 대상이 아니라 그 무대이며 환상 공간들은 욕망들을 영사하기 위한 일종의 스크린과 같이 비어 있는 표면"[13]으로 나타난다. 결국 이러한 시적 시도는 자신의 고통스러운 육체의 소멸을 통해서만 뜨거운 생을 구축한다는 점에서 슬프고 아픈 싸움으로 제시된다. 그러나 이 싸움은 일상적이고 쓸쓸한 공간의 규정 아래 놓이면서도 그 규정을 넘어서는 초월에 대응한다.

돌을 던져 주오
물과 불로 내 살을, 뼈를 빚던
그 능숙한 손길로
나를 깨뜨려 주오
채울수록, 비울수록
더 깊어지는 허기
근원을 알 수 없는 이 지병을
가시게 해 주오
외진 골목 끝 담장 안에 던져진
몸, 몸의 질량이 덫이 되어
날지도 꺼지지도 못하는
숙명을 거두어 주오
시린 가슴 보슬보슬 쓸어 주던 봄비도
만 길 외로움으로 차오르는 걸
수심 밑바닥에 잠긴 달도
끝내 뼈까지 삭고 삭아
눈 먼 회리바람이 되어
나무숲을 헤매다 되돌아오는 천연동굴

12) Sean Homer, 김서영 역, 위의 책, 160쪽.
13) Sean Homer, 김서영 역, 위의 책, 162쪽.

키보다 더 긴 그림자를 지워 주오
밟아도 아프지 않는 흙으로
돌아가 잡초라도
덩굴풀이라도 키우게

—「항아리」(4; 12~13) 전문

'돌'은 화자의 '죽음 충동'을 해소하게 하여줄 강력한 도구이다. 그가 이렇게 '돌'에 의한 파괴를 간절히 욕망하는 이유는 그에게는 어떤 결핍이 존재하기 때문이다. 화자는 '항아리'인데 그가 항아리가 되기 위해서는 도예가가 본래 흙이었던 그를 물로 반죽하고 불로 구워야 한다. 그런데 "물과 불을 내 살을, 뼈를 빚던/그 능숙한 손길"로 그를 깨뜨려주길 갈구한다. 이는 반죽에 대한 최초의 경험, 불에 구울 때의 시간을 그리워하는 그의 무의식을 엿볼 수 있다. 이 도예가는 "엄마를 대체한 사랑의 대상"[14]으로서 어머니에 대한 무의식적 그리움이 '환상'[15] 속에서 '항아리'의 이미지로 나타나고 있는 것이다.

어머니와 이자적 관계를 회복하고 싶은 그의 욕망은 "채울수록 비울수록" 더 깊은 허기를 느낀다. 그 자신이 어머니를 그리워하면 할수록 어머니가 곁에 없다는 의식이 더 강렬해지며 이 의식은 "근원을 알 수 없는 이 지병"으로 이어진다. 도시 변두리의 고립 공간에서 살아가고 있는 그가 "날지도 꺼지지도 못하는 것"은 자신의 힘으로는 어머니 부재를 해결할 수 없다는 것을 뜻

14) 이승훈, 『라캉으로 시 읽기』, 문학동네, 2011, 227쪽.
15) 이 시에서 환상은 어떤 시적 상상을 통해 순수한 인간 존재의 조건을 초월하는 뚜렷한 현실 도피적 기능을 수행한다. 이때 환상은 우리 인간의 힘이 인간적인 것을 초월할 수 있음을 현시한다. 인간은 이 환상을 통해 이 지상 세계의 것이 아닌 하나의 세계를 창조하려 애쓴다. 이 환상은 초월적인 탐험으로부터 인간 조건의 전사(轉寫)로 방향을 돌리면서 '길들여지고' 인간화된다. 그래서 이 인간화 되는 과정 속에서 환상성은 그 본질이 가지는 이상적인 순수함에 접근하고, 늘 있어왔던 본래의 모습이 된다(Rosie Jackson, 서강여성문학연구회 역, 『환상성』, 문학동네, 2002, 29쪽 참조.).

한다. 숙명이라는 어쩔 수 없는 힘이 그를 억압하고 있기 때문이다. 그래서 그는 '던지다', '깨뜨리다', '가시다', '던져지다', '날다', '꺼지다', '거두다' 등의 동사 기호를 사용, 그를 격렬하게 변화시켜줄 어떤 초월적 힘을 갈망한다. 이 시에서 '봄비'는 세상 속에서 누리는 소소한 행복을 의미하지만 그것도 어머니의 부재를 대신할 수 없음을 암시하고 있다.

"수심 밑바닥에 잠긴 달"은 어머니 부재가 그의 정신에 고착되어 심한 정신 장애를 일으키고 있는 것을 말한다. 그래서 "나무숲을 헤매다 되돌아오는 천연 동굴"은 "자연의 묘지"16)로 돌아온 것 같은 상실의 고통이 그의 모든 일상을 지배하고 있음을 뜻한다. '허기', '지병', '날지도 꺼지지도 못하는 숙명', '수심 밑바닥에 잠긴 달', '눈 먼 회리바람', '긴 그림자'는 어머니 부재가 그에게 가하는 정신적 억압이다. 그만큼 어머니의 부재는 그에게 깊은 정신적 상처로 각인되고 있는데 그 고통의 반복에서 벗어나기 위해서 그는 '죽음 충동', 즉 고통스러운 자아 파괴를 욕망한다. 이러한 자아 파괴의 의식에는 어머니의 부재에 대한 시적 고통을 은폐하려는 혹은 그 실재계와 조우하려는 욕망이 스며들어 있다.

> 벌 나비 한 마리 날아오지 않는
> 저주의 가지 끝
> 악성 혹처럼 매달린 천형의 몸
> 태풍이 흔들다 가고
> 불화살이 살을 찌르고
> 가끔 길 잃은 쓰르라미
> 외로움을 울어주다 갈 뿐

---

16) Gaston Bachelard, 정영란 역, 『대지와 그리고 휴식의 몽상』, 문학동네, 2009, 230쪽. Gaston Bachelard는 '천연 동굴'을 인간의 최초의 거처이자 최후의 거처이며 자연의 묘지라고 하고 있다.

어느 동정녀 자궁 속 같은
망국의 궁궐 뒤뜰 같은
몸 안에 무성히 자라는 꽃술
그 무성의 내출혈
밤새 내린 이슬이 엿듣다 가고
별빛이 만삭의 배를 두드린다
꽃잎도 향기도 없는 무화과
이 낙인을 누가 지워줄 것인가, 누가
힘껏 장대를 휘둘러
온몸이 산산이 망가진 채
흙에 묻혀 썩게 할 것인가
깊어지는 이 만성 속앓이

—「무화과」(5; 13) 전문

무화과(無花果)는 '꽃이 없는 열매'라는 뜻으로 꽃이 피지 않으니 무화과에는 "벌 나비 한 마리 날아오지 않"는다. "악성 혹처럼 매달린 천형의 몸"은 혹부리 영감의 혹과 모양이 흡사한 무화과 열매를 형상화한 것이다. 이 시적 진술에서 화자가 자신이 처한 상황에서 벗어나고 싶은 절절한 욕망이 감지된다. '태풍'과 '불화살'은 무화과가 피어나고 있는 때가 한여름임을 알려주는 기호이며 동시에 그에게 가하는 세계의 억압이 매우 큼을 암시하고 있다. "동정녀 자궁"과 "망국의 궁궐 뒤뜰" 그리고 "몸 안에 무성히 자라는 꽃술"은 등가이다. 그런데 이러한 진술 속에서 그가 가지고 있는 꽃은 세상에 내놓을 수 없는 꽃으로 관찰된다. 아름답지만 천형에 의해 감추어야 하는 '꽃술'은 그의 정신적 내상(內傷)이자 내면의 억압 기호로 작용한다. 이 억압은 그에게 극단적이고 파괴적인 '죽음 충동', 즉 타나토스(Thanatos)를 욕망하게 하는 것이다.

'장대'는 그를 "산산이 망가"지게 하고 "흙에 묻혀 썩게 할" 연장이다. 이것만이 그가 가진 세속의 모든 것들을 파괴해줄 수 있다. 그래서 그는 이 '죽음'을 통해 다시 살게 되기를, 살아서 가지마다 꽃을 피우기를 열망한다. 그리곤 온몸에 가해지는 고통 속의 쾌락 끝에 그에게 가해졌던 천형에서 벗어나기를 욕망한다. 모순과 치욕을 거절하고 '죽음'을 선택, 진정한 실존을 되찾으려는 고독한 시적 모색이다. 그러나 체제에 얽매인 억압적 생은 "만성 속앓이"만 하고 있다.

이제 꿈꾸어야 할 곳은
높은 산정이 아니라
푸른 하늘이 아니라
해와 달도 찾지 못하는
깊은 산골짜기
산새도 날아오지 않는
고요 속에 쓰러져 썩어야겠다
허기진 나무 벌레야
목심 깊이까지 갉아 먹으렴
날개를 키우렴
곰팡균아 왕성히 번식하렴
불모의 바위 틈에 일천 년 누워
독버섯이라도
잡초라도 키워야겠다

—「나무의 꿈」(3; 12) 전문

'나무'의 "상상력은 대지와 하늘 사이에서 산다. 상상력은 대지 속에 그리고 바람 속에 산다. 상상된 나무는 알지도 못하는 사이 어느덧 우주의 나무가 된다. 한 우주를 한 몸에 압축하고 또 한 우주를 이루는 그런 나무가 된다."[17] 이처럼 '나무'는 언제나 "높은 산정"과 드높은 "푸른 하늘"에 가닿기를 꿈꾼다. 그런 최고 높은 곳에 이르는 것이 '나무' 생의 최종 목표이다. 그러나 이 시의 '나무'는 그런 것이 '나무'의 꿈이어서는 안 된다고 하고 있다. 이 시에서 화자는 이미 '높은 산정'과 '푸른 하늘'에 도착한 자이다. 이 시의 첫 행 "이제 꿈꾸어야 할 곳"에서 그것을 미루어 짐작할 수 있다.

지금 그는 "깊은 산골짜기"의 고립 공간의 "고요 속에 쓰러져 썩"고자 한다. "불모의 바위 틈에 일천 년 누워/독버섯이라도/잡초라도 키"우기를 욕망하고 있다. '죽음'을 충동하는 이러한 진술에서 '높은 산정'에 이미 오른 자의 허망함과 허무를 엿보게 한다. 이 정상은 더는 나아갈 곳이 없는 꼭대기여서 그가 가진 열정과 활력과 같은 것을 무기력하게 하는 곳이다. 그래서 '독버섯'이나 '잡초'라도 키우겠다는 진술은 재생의 생을 향한 간절한 갈망이 암시되어 있다. 이 '죽음 충동' 속에는 원시적 시간을 복원하려는 그의 책략이 깔려 있다. 그 시간은 유형화되고 정적(靜的)이었던 일상이 '죽음'을 획득하면서 다시 동적(動的)으로 치열해지는 일상이다. '죽음'을 통해 실존적 세계를 초월하는 것은 인간이 가야만 하는 길임을 암시한다.

> 봉황새 깃털처럼 고운 봉선화 꽃잎 뒤에 그 많은 살의를 숨겨 두었을까 한여름 내내 꽃 숲에 거미줄 엮어 걸어 두고 밤새 맺히는 은빛 밀어 헤아리던 무당거미 한 마리 날카로운 초가을 햇살에 찔려 씨방 터지자 날아오는 씨앗들에 놀라 뒷걸음치다 아예 참수대에 스스로 목을 들이미는 순교자처럼 거미줄 한가운데로 기어든다 정조준하여 백발백중 맞혀 달라 숨을 죽인다 죽어서 꽃그늘 진하던 뿌리 아래 묻히리라 봉선화 꽃으로 피어나 하늘로 훨훨 날아오르리라 먼 어제와 광활한 내일을 섞어 빚은 그 단단한 부비트랩 씨방 산탄이 날아오는 쪽으로 더듬이를 세운다
>
> —「봉선화와 무당거미」(5; 20) 부분

---

17) Gaston Bachelard, 정영란 역, 『대지와 그리고 휴식의 몽상』, 문학동네, 2009, 330쪽.

이 시는 무당거미가 봉선화 꽃밭의 고립 공간에서 거미줄을 치고 살아가는 풍경을 '환상'의 이미지로 담아내고 있다. 앞의 시들이 '죽음 충동'으로 고통을 겪고 있는 모습이라면 이 시는 '죽음'의 실천을 보여주고 있다. 봉선화 꽃밭, 무당거미 한 마리 "날카로운 초가을 햇살에 씨방 터지자 놀라 뒷걸음" 친다. 그러다 "아예 참수대에 스스로 목을 들이미는 순교자처럼 거미줄 한가운데로 기어"들어 온다. "정조준하여 백발백중 맞혀 달라 숨을 죽"인다. 무당거미는 죽어서 "꽃그늘 진하던 뿌리 아래 묻"혔다가 다시 "봉선화 꽃으로 피어나 하늘로 훨훨 날아오르"기 위해서다. 그래서 그는 "먼 어제와 광활한 내일을 빚은 부비트랩" 쪽으로, 즉 '죽음'의 산탄이 날아오는 곳으로 다가간다.

환상이 "무의식적 욕망"[18]이라고 한다면 이 시에서 화자가 설계하는 '죽음'은 '죽음'을 통한 실존의 적극적인 변용을 실천함으로써 획득되는 새로운 성취이다. 봉선화라는 이름은 꽃의 형상이 봉(鳳)의 모양과 흡사하다는 데서 온 것인데, 그가 하늘로 훨훨 날아가고자 하는 것은 봉황(鳳凰)새가 되려는 욕망이다. 이러한 시적 진술에서 다른 생을 탐식해야만 얻어지는 그 자신의 생은 회한과 환멸을 주는 생으로 그가 인지하고 있음을 뜻한다. 그래서 봉선화 씨방이 터지는 것을 형상화한 부비트랩[19]은 그가 자신의 생에서 빨리 벗어나고자 하는 무의식으로 감지된다. 화자의 욕망을 드러내며 은폐하는 간접적인 욕망의 충족이다. 환상이 "공상 위에서. 때로는 광란 위에서, 그리고 항상 희망 위에서, 무엇보다도 구원의 희망 위에서 이루어진다."[20]고 한다면 이러한 시적 태

---

18) Sean Homer, 김서영 역, 앞의 책, 159~160쪽.
라캉은 욕구(need)와 욕망(desire)을 엄격히 구분한다. 허기나 갈증과 같은 욕구는 충족될 수 있는 반면 욕망은 인간의 기본 욕구 너머의 충족될 수 없는 어떤 것을 가리킨다. 욕망은 바로 우리 존재의 핵심에 있고 그것은 본질적으로 결여(lack)와 관계된다. 욕망과 결여는 분리할 수 없을 정도로 서로 밀착되어 있다. 이러한 무의식적 욕망들은 환상을 통하여 나타난다. 환상은 욕망을 환각적으로 만족시키는 한 형식이다(Sean Homer, 김서영 역, 위의 책, 136~160쪽 참조.).

19) 부비트랩(booby trap)-건드리면 폭발하도록 임시로 만든 간단한 장치.

도는 우울한 실존을 벗어나려는 화자의 처연한 정신적 투쟁이다.

살펴본 것처럼 김석환에게 고립 공간은 '죽음 충동'과 '죽음'을 주는 곳으로 제시된다. 고립 공간에서의 '죽음 충동'은 화자인 '항아리'가 돌에 깨지고자 하는 갈망 속에서 시작된다. 화자는 이 '죽음'을 통해 '항아리' 속 '달'의 이미지로 나타나는 '어머니'라는 실재계와 조우하고자 한다. 고립공간에서 이 '죽음 충동'은 낙인과 천형의 생에서 벗어나 진정한 생을 모색하고자 하는 존재의 욕망 추구와 관련된다. 이것에는 김석환의 열정의 생을 향한 갈망이 암시되어 있다. 유형화되고 정적(靜的)이었던 일상이 '죽음'을 통해 동적(動的)으로 치열해지는 일상이다. 그래서 이 '죽음 충동'의 공간은 우울한 실존을 벗어나려는 김석환의 광폭한 정신적 투쟁을 의미한다.

2) 죽음 체험과 공동체적 이상 실현

김석환 시에서 '죽음'은 문학적 상상에 의해 이루어지는 전복의 세계이다. 즉 시의 환상은 "일반적으로 가능한 것으로 받아들여지는 것에 대한 명백한 위반에 기반을 두고 또 그것에 의해 지배되는 이야기"[21]이다. 사실에 반대되는 것을 오히려 사실로 변형시키는 서사적 이야기인 것이다. 그래서 시에서 '죽음'은 자연의 이치를 넘어서 이론적으로 설명할 수 없는 신비적인 것을 창조하는 것이 아니라 낯설고 다른 어떤 것으로 전도된 자연적 세계를 제시한다. 이때 '죽음'은 초월적인 탐험으로부터 인간 조건의 전사(轉寫)로 방향을 돌리면서 인간적인 것으로 길들여지고 다시 인간 또는 인간적인 것이 된다. '죽음'으로 전복되는 존재의 생은 문명 세계의 생태계 파괴에 대한 비판의 시선, 공동체를 향한 사랑을 실현하고자 하는 목적의식을 드러낸다. 그러

20) Kathryn Hume, 한창엽 역, 『환상과 미메시스』, 푸른 나무, 2000, 48쪽.
21) Rosie Jackson, 서강여성문학연구회 역, 『환상성』, 문학동네, 2002, 24쪽

나 때로 존재의 '죽음'은 '죽음'으로도 다 채우지 못한 꿈 또는 욕망에 대한 생의 회한을 표현한다.

> 지느러미 다 잘리고
> 꼬리 접고 내장 다 비우고
> 전기냄비 속에 누워 있다
> 말짱히 뜬 눈에 아직
> 수평선 위에 부서지던 별
> 초롱거린다 살이 익고
> 뼈가 익어가면서
> 온몸으로 내쉬는 마지막 숨결
> 뚜껑을 밀어 올리는 그 뜨거운 힘
> 어디서 비롯된 것일까
> 마늘 고추 묵은 김치, 세파보다
> 매운 기운 뼈 속으로 파고든다
> 다비식 숯불보다 더 붉게
> 익어가며 풀어지는
> 고등어의 종말
> 아침 식탁, 그 최후의
> 최초의 만찬 상으로 한 치씩
> 금빛 햇살을 불러들인다
> 실내 가득 번지며 출렁이는
> 두고 온 먼 바다의 비밀
> 비로소 머리를 편히 눕힌다
>
> —「고등어조림」(5; 14~15) 전문

'부엌'이라는 고립의 공간에 고등어가 "전기냄비 속에 누워 있"는 것은 이미 '죽음'의 세계에 진입하였다는 것을 의미한다. 그러나 그는 여전히 살아서 "말짱히 뜬 눈에 아직/수평선 위에 부서지던 별"을 보는데 "뼈가 익어가면서" '죽음'에 다가간다. 그래서 냄비 "뚜껑을 밀어 올리는 힘"은 '죽음'을 통해 자신에게 가하는 강제된 억압을 거절하면서 개인의 주체성을 회복하겠다는 의지이다. 이 새로운 생의 기획은 점점 "세파보다 매운 기운"을 "뼈 속으로 파고"들게 한다. 이렇게 과도한 고등어의 파괴적인 행위는 고통 속의 쾌락, 즉 주이상스(Jouissance)로 나아가는 과정이다.

그리고 "아침 식탁" 위에서 고등어의 살이 발라지기 시작한다. 그러나 그는 "최초의 만찬"이 시작되는 곳에서 "상으로 한 치씩/금빛 햇살을 불러들"이고 있다. 환상의 축제(Carnival)[22]가 시작된 것이다. 이것은 고등어의 살이 누군가의 입속으로 사라지는 것을 암시한다. 라캉에 의하면 "타자의 욕망과 향유에 의해 빼앗긴 나의 고유한 욕망과 향유를 되찾고자 하는 것"[23]을 '환상 가로지르기'라고 한다. 고등어가 자신의 몸이 낱낱이 해체되고 있는 아침 밥상에 '금빛 햇살과 "두고 온 먼 바다의 비밀"을 불러들이는 것은 '환상 가로지르기'를 통해 타자에 의해 잃어버렸던 자신의 욕망을 다시 찾으려는 시도라는 의미를 지닌다. 그는 남김없이 해체되어 가는 자신의 "죽음"을 위해 "비로소 머리를 편히 눕"히고 그 '죽음' 속에서 먼 바다로 헤엄쳐 간다. 즉 '고등어'는 도시적 일상의 세계가 가하는 사회적 억압 속에서도 자신의 생을 향한 초월의 계기를 치열하게 탐색하고 있다.

> 향기도 의미도 거세된
> 고딕 숫자들이 물결을 이루고
> 네온꽃이 만개하여
> 시들지 않는 거리에

---

22) Rosie Jackson은 환상에서 카니발(Carnival)은 일상생활의 법과 질서를 일시적으로 중지시키는 것이라고 하고 있다(Rosie Jackson, 서강여성문학연구회 역, 『환상성』, 위의 책, 26쪽.).

23) 김상환 · 홍준기 편, 『라깡의 재탄생』, 창비, 2009, 80쪽.

자욱히 안개라도 끼어다오
뿌리 잘린 채
트럭에 실려오던 그날
억새숲 흔들던 바람소리
계곡의 물소리
바늘잎마다 젖어 오는데

검은 매독의 기류여
나를 깊이 병들게 해주오 차라리
교차로 한가운데 꿋꿋이 서서
붉게 타고 싶어요
마지막 증인이 되고 싶어요

—「교차로의 소나무」(3; 86~87) 부분

도시 공간의 교차로는 빌딩, 상가, 아파트 등에서 발생하는 매연, 자동차 배기가스, 스모그(smog), 미세먼지 등으로 날마다 주변 환경이 황폐해져 가는 곳이다. 그래서 그곳 교차로에 심어져 있는 소나무는 매연의 독성으로 인해 날마다 죽어간다. 그에겐 꿈도 이상도 살아가야 할 이유도 잊어버린 지 오래다. 이 교차로의 주변은 "향기도 의미도 거세된/고딕 숫자들이 물결을 이루고/네온꽃이 만개하여/시들지 않는 거리"다. '고딕 숫자'는 인간다움, 즉 생의 의미를 잃어버리고 살아가는 사람들을 형상화한 기호이다.

소나무는 "자욱히 안개라도 끼어"달라고 하는데 '안개'는 대기 속의 오염물질이 안개와 뒤섞인 스모그(smog)를 일컫는다. 그는 매연 가득한 안개 속에 파묻히기를 자청함으로써 그 스모그에 의해 점점 숨도 쉬지 못할 만큼이 되기를 바라고 있다. 고통 속의 쾌락, 즉 고통 속 황홀의 경험, '주이상스'를 경험하고자 하는 것이다. 그는 이미 이러한 주이상스를 겪고 있음에도 더욱 고통스러운 '죽음'의 충동과 결합한 쾌락을 즐기고자 하는 것이다. 그러한

'죽음'으로의 이끌림은 그가 "트럭에 실려오던 그날"과 "억새숲 흔들던 바람소리/계곡의 물소리"를 잊을 수 있게 한다. 그러면 그 고통으로 하여 고향에서 뿌리 뽑힌 채 실려 오던 때를, 고향을 그리워하였던 모든 것들을 다 잊을 수 있다. 그래서 소나무는 "검은 매독의 기류"가 그를 더욱 "깊이 병들게" 하기를 갈망한다. "교차로 한가운데 꼿꼿이 서서/붉게 타고 싶"은데 그것은 도시의 매연과 스모그 등에 노랗게 죽어 있는 소나무의 모습이다. 그 황폐한 죽음을 통해 이 도시의 "마지막 증인이 되고"자 하는 것이다. 이 '증인'의 의도는 도시 공간 속 대기오염의 심각성을 자신의 '죽음'을 통해 도시를 살아가는 사람들에게 널리 알리겠다는 것이다. 즉 이 시는 도시 공간에서 살아가는 인간의 일상이 결국 '죽음' 속에 있는 것임을 환기시킨다. 대기 오염과 그것으로 인한 환경 파괴의 실체를 폭력적으로 제시하는데 그것이 인간을 위협하는 '죽음'이라고 경고한다.

> 가끔씩 산안개 자욱하게 피어오르고 철 따라 꽃잎을 흘려보내 오던 입산금지 구역 산골짜기 징용 갔다 돌아오는 아버지 봉두난발처럼 어지러운 가시덤불을 헤치고 물줄기를 거슬러 오른다 산도 내 그림자도 홀연히 지워지는 무법 지역을 지키고 다스리는 이 누구 바위 벼랑을 기어올라 막장에 이르러 고목 등걸에 걸터앉는다 어머니 앞치마처럼 누덕누덕 삭은 껍질 속으로 파고드는 불개미 떼의 행렬 뿌리 내린 어린 풀꽃을 키우는 다공질의 뼈 삐그덕 부서지는 소리가 온 산중의 고요를 흔든다 지나던 구름이 놀라 성급히 산능선을 넘자 칡덩굴이 새순을 키우고 보랏빛 꽃을 피워 흉물스런 주검을 덮어 가리고 있다.
>
> —「어떤 소멸」(5; 56) 전문

이 시는 김석환이 '죽음'을 통해 이루고자 하는 것이 제시되어 있다. "산안개 자욱하게 피어오르"는 것은 이곳이 이승의 세계가 아닌 천상의 세계임을 알게 해주는 단서이다. "입산금지 구역 산골짜기"인 이곳은 인간의 손길이 닿지 않은, 닿지도 못하는 성스러운 곳이다. "징용 갔다 돌아오는 아버지 봉두난발처럼 어지러운 가시덤불"이 있는 이 공간은 화자가 찾아가기가 쉽지 않은, 고통스러운 난관을 헤치고 가야만 닿는 장소이다. 그곳을 "지키고 다스리는 이는" 쓰러져 있는 "고목 등걸"이다. 그것은 말라죽은 나무를 베어내고 난 밑동을 이르는 것으로 "어머니 앞치마처럼"이라는 시적 진술을 통해 '어머니'로 변주된다. 이 어머니가 "불개미 떼"와 "어린 풀꽃" 등 우주 내의 생명체를 다 키우고 있다. "다공질의 뼈 삐그덕 부서지는 소리"는 이미 많이 썩은 상태의 고목 등걸이 갑자기 불어오는 바람에 의해 삐걱 소리를 내며 고요한 숲 속에서 쓰러지고 있는 순간의 소리다. 그리하여 나무의 주검이 '죽음'이라는 완성에 다가가고 있는 정황을 이른다.

자연이라는 세계 속의 '공동체'의 결속과 어울림을 암시한다. 칡덩굴은 "새순을 키우고 보랏빛 꽃을 피워" 고목 등걸의 "주검을 덮어 가리고 있"는 것은 '어머니'의 헌신에 대한 우주와 자연의 경의를 의미한다. 이 시에서 그려진 '죽음'은 사랑의 실천을 다 한, 고통도 모두 감내한 초극의 경지로서 시인이 '죽음'을 통해 그리고자 하는 진정한 가치이다.

> 나무들은 죽어서야 비로소 말문을 연다
> 관명도 성명도 흐릿한 묘비가
> 지키는 왕족 후예들의 무덤
> 아래, 기우는 해나 잠시 기웃대다 가는
> 비탈에 유기된 나무들 주검
> 연둣빛 잎 피워 그늘을 넓히고
> 꽃으로 단장하고 노래하던 낙천주의자
> 그 거친 껍질 속에 속앓이 흔적
> 겹겹으로 숨겨 놓았다니, 비바람에 썩고

씻기면서 더 도드라진 고행의 문양
상처 스스로 다스리던 자리마다
단단하게 맺힌 캣츠아이 보석
뒤틀린 옹이가 향기롭다
뽑힌 뿌리를 두드리면
하늘 떠받치고 한 생애를 지킨 침묵
깊은 쇠북소리로 깨어난다
죽어서도 편히 묻히지 못한 상것들
상주도 조문객도 없는 긴 장례식에
몇 점 꽃잎을 뿌리고 가는 바람
영원으로 넘어 가는 길이 너무 멀다
불개미 떼 파고들어 한창 성찬 중인
나이테와 나이테 사이, 뼈와 뼈 사이
그 정교한 문법을 따라 물결치는 상형문자
해독할 수 없는 시간의 화석을
흙 몇 줌 뿌려 덮어 준다.
새들은 높은 나뭇가지 골라
집 짓고 알 품느라 분주한 대낮에

—「나무들의 풍장」(5; 58~59) 전문

이 시의 배경이 되는 공간은 나무들이 "죽어서야 비로소 말문을" 여는 산비탈로서 근처에 "왕족 후예들의 무덤"이 있다. 이러한 이항 대립적인 공간의 대비를 통해 나무들의 고독한 생을 부각한다. 그러나 나무들에 있어 '죽음'은 생의 종결이라는 단순한 의미로서가 아니라 자신의 생을 이루었던 그 곡진한 슬픔의 원형을 들여다보는 계기로 작용한다. 나무들이 사후(死後)에 '말문'을 여는 것은 이룩하지 못하였던 미완의 욕망이 그들의 생에 존재하였음을 밝히기 위해서이다. 그래서 나무들의 생애를 이야기하고 있는 근저에는 환상적 상상력이 개입되고 있다. 이 "환상 공간은 욕망들을 영사하기 위한 일종의 스크린과 같이 비어 있는 표면"24)이 된다.

낙천주의자로 위장하였던 그 페르소나(Persona) 뒤의 속앓이 그리고 그들을 할퀴고 지나갔던 상처들이 "캣츠아이 보석"으로 빛을 발하고 있다. "하늘 떠받치고 한 생애를 지킨 침묵"도 "깊은 쇠북소리로 깨어"나고 있다. 우주적 존재들이 자신의 생을 향해 치달았던 처절하였던 욕망의 흔적이다. 그러나 나무들의 풍장이 치러지는 장례식장엔 "몇 점 꽃잎을 물고 가는 바람"이 조문객의 전부이다. "영원으로 넘어가는 길이 너무 멀다"는 것은 생의 소멸은 그 자체로 늘 외로우며, 그 외로움이 치열하던 자신들의 생을 위로하는 방식임을 암시한다.

생이란 자신의 주검 속으로 "불개미 떼 파고들"게 하여 맛있는 성찬을 제공하는 것이라는 진술은 '죽음'으로도 다 성취하지 못한 꿈 혹은 욕망에 대한 아쉬움을 반영한다. "그 정교한 문법을 따라 물결치는 상형문자"에서 그것을 다시 확인할 수 있는데, '상형문자'는 존재가 가진 무의식적 욕망을 보여주는 기표이기 때문이다. 그것을 화자는 "흙 몇 줌 뿌려 덮어"줌으로써 그들의 미완의 인생에 대한 연민을 보인다. 그러나 세상의 존재들은 여전히 자신의 이상을 향해 높은 곳으로 향하고 "집 짓고 알 품느라" 분주하다.

이상의 몇몇 작품들을 통해 고립 공간에서의 '변신 욕망과 해체되는 육체'에 대한 모색에 대해 살펴보았다. 김석환이 '죽음 충동'을 통해 겪는 주이상스는 도시 공간 속 대기 오염의 심각성을 보여주고 그것을 통해 환경 파괴에 대한 위기의식을 드러내고자 하는 시적 시도이다. 다른 한편 김석환이 시의 '죽음'을 통해 이야기하고자 하는 것은 공동체를 향한 실천적 사랑이다. 이러한 휴머니즘적인 사랑은 그가 실현해야 하는 생의 진정한 의의로 제시된다. 고립공간에서의 '죽음'은 김석환 자신의 생에 대한 회한과 연민의 무의식이

24) Sean Homer, 김서영 역, 앞의 책, 162쪽.

스며들어 있다. 생의 소멸은 소멸 그 자체로 쓸쓸하며 그 쓸쓸함조차 잊으려고 하는 것이 생을 위로하는 방식이라는 시적 인식을 내포하고 있다. 김석환이 시에서 보여주고 있는 고립 공간 속 '죽음 충동'과 '죽음'은 존재의 처연한 탈각에서 시작해 도시 환경, 공동체로 관심의 시선을 옮겨가고 있는 것이 특징이다. 고립 공간에서 나타나는 '죽음 충동'과 '죽음'은 결국 생의 진정한 가치를 지향하고 있다.

3. 초월 공간과 극한 탈주의 모색

1) 실존의 안티테제(Antithese)와 생명의 환희

김석환의 시에서 공간은 존재의 생을 향한 치열성과 의지 그리고 생의 숭고를 발견하는 과정이다. 그의 시에서 공간은 빈집, 빈 절터, 달동네, 폐수 하천 등 일상 속에서의 방치 공간이라는 표면적인 모습에도 불구하고, 생명의 경이로움을 자아내게 하는 역설(paradox)적인 공간으로 제시된다. 이것은 그가 공간 속에서 "그곳의 정체성을 구성하는 본질적인 요소들을 만나고(seeing) 이해하는 것"[25]이라는 의미를 지닌다. 그래서 그의 시에서 공간은 존재의 일상적인 생의 속박을 풀고, 자신의 내면의 밝음과 일치시키는 장소이다. 존재를 심리적으로 새롭게 하는 무수한 우주적 진리와 교감하게 하는 것이다. 그의 시의 공간이 드러내는 것은 생의 조건에 대한 집요한 반항을 통해 자신을 창조해가는 모습이다.

김석환 시에서 공간은 인간 조건을 계시하는 환유의 이미지로 이루어져

25) Edward Relph, 김덕현 · 김현주 역, 앞의 책, 126쪽.

있다. 그의 시의 공간에서 초월의 의미 구조는 생의 '어둠'과 '빛'이라는 수직적 축에 의해 구축된다. 공간에서의 초월은 생을 탈출하는 '바깥'이면서 그 내심에 치열한 환생을 품고 있는 '내일'이다. 그런데 우주적 존재의 초월과 피안을 향한 열망에는 치열함만 배어 있을 뿐 우울하거나 애달프지 않은 게 특징이다. 말하자면 이러한 탈주(脫走)의 의식에는 치열성만 감지될 뿐 고통과 슬픔, 번민의 징후는 발견되지 않는다. 오직 탈주만을 위해서, 생을 반역하고, 생에 무모하고, 생을 견디고, 생을 바꾸고자 했을 뿐이다. 이러한 초월 의식은 그동안 존재의 생을 끊임없이 미래로 내몰았던 힘이다. 그 격렬함 안에서 존재는 다시 뜨거운 생을 꿈꾸는 것이다.

1백 년 만이라든가
폭력적으로 내린 꽃샘 눈
무게에 주저앉은 빈집
아궁이를 지키다 압사한 어둠이
활활 빛으로 되살아나
비좁은 골목길로 번져 가네
누가 끊어진 지 오래된
전선을 다시 이었을까
뒷간 똥독 밑바닥에 잠복해 있던
한 가계의 비밀이
환히 흘러넘치네
달 그늘에 숨어 암샘을 하던
고양이가 몸을 풀었나 보네
어린 새끼들 울음 소리
개나리 잔가지에 맺히네
죄보다 무거운 형량을 견디던
죄수들이 떼 지어 탈옥을
시작하는 봄날 아침

골목엔 온통 사이엔 소리
당황한 햇살이 맨발로
그 뒤를 낱낱이 쫓아가네

―「빈집 개나리」(4; 110~111) 전문

이 시의 공간은 "빈집"으로 지칭되고 있는 오래된 폐가(廢家)이다. 그 공간에 1백 년만의 폭설이 내려 쌓여 있다. 그런데 "아궁이를 지키다 압사한 어둠이/활활 빛으로 되살아"나고 있다. '아궁이를 지키다 압사한 어둠'은 이렇게 폐가를 할 만큼 불길하고 어두운 과거, 즉 오랫동안 버려졌던 낡고 먼지 가득한 빈집의 시간을 암시한다. 한편으로 그런 과거와 시간을 묻고 있는, 눈이 내려 쌓인 빈집의 모습을 묘사하고 있다. 그런데 이곳에 활활 빛이 되살아나고 있는 봄의 불길이 온 우주에 "전선을 다시 이"은 것이다. "뒷간 똥독 밑바닥에 잠복해있던/한 가계의 비밀이 환히 흘러 넘치"는 것은 예전 측간(廁間)으로 사용하던 자리에서 꽃을 피워 만개한 노란 개나리를 이른다. '똥'이란 인간이 배설하고 있는 것임에도 인간이 가진 가장 더럽고 흉한 추(醜)로 치부되어 한쪽으로 감추어두었던 것인데 그곳에서 개나리는 "하나의 성스러운 램프가 되고 그 향기는 빛"[26]이 되고 있다.

그런데 한쪽에서는 "고양이가 몸을 풀어/어린 새끼들이 울음"을 울고 "죄보다 무거운 형량을 견디던/죄수들이 떼 지어 탈옥"하고 있다. 빈집, 그 쭉정이뿐인 '동굴'로부터 탈옥하고 있는 '죄수'는 이제 막 폭죽을 터뜨리는 개나리꽃으로서 춥고 캄캄하던 긴 겨울로부터 벗어나고 있다. 그 '탈옥'은 지난한

26) Gaston Bachelard, 이가림 역, 『촛불의 미학』, 문예출판사, 2004, 101쪽.
Gaston Bachelard는 열매를 달고 있는 나무들이 램프를 지닌 나무가 된다고 하고 있다. 이미지는 그때 정원의 시 속에서 아주 자연스런 것이 된다. 여름날 왕성한 발엽기에 일어나는 이와 같은 빛은 불의 양식이라고 정의한다(Gaston Bachelard, 이가림 역, 위의 책, 106쪽.).

현실을 거부하는 안티테제(Antithese)이며 3월 혁명이다. 경이가 넘치는 봄의 골목은 가진 것 없어도 환희와 개나리의 환호성이 가득한데 골목에는 "사이렌 소리"가 들리면서 봄의 생동을 더 경고한다. 그래서 봄은 이 골목을 나서서 사방으로 홍분과 현기증을 전이시키고 있다. "당황한 햇살"이 "그 뒤를 낱낱이 좇아"가는 봄날 모두가 밝은 빛의 충일을 향유한다. 폐가(廢家)로 남은 이 빈집의 의미는 "길에서 방황의 세월을 보냈던 사람이 자신의 삶을 성찰하는 장소이자, 은폐되었던 존재의 비의가 개진되는 것을 발견할 수 있는 장소"[27]라는 의미를 지닌다.

이사하면서 누가 잊고 갔나
옥상에 버려진 화분 몇 개

이름도 원산지도 모를
화초는 말라 죽고

애지중지 가꾸는 이 없어
화분 가득 당당한 바랭이

여기는 서라벌의 달이 뜨는
서울의 하늘 아래

옹녀의 오줌기운 서려 있는
기름진 흙이라고

화분마다 무성한
저 뿌리들의 시퍼런 증언

—「화분 속의 바랭이」(2; 58) 전문

27) 이형권, 『발명되는 감각들』, 서정시학, 2011, 121~122쪽.

이 시의 공간 옥상은 방치된 채 아무도 가지 않는 공간이다. 그런 공간에 누군가의 시선에 의해서만 자신의 생을 생이라 여겼던 "이름도 원산지도 모를/화초는 말라 죽고" 그 "화분 가득 당당한 바랭이" 피었다. 이 바랭이는 누군가에게 도와 달라 호소하지 않으며 살았던 존재의 용기(勇氣)를 상징한다. 그는 그가 가지고 있었던 것으로만 당당하게 세상을 향해 나아갔음을 가르쳐준다. 그의 이성은 그에게 한계를 일러주었음에도 오직 주어진 생을 반역하고자 했던 그 반항을 이야기한다.

화분 속이라는 시한부의 자유이지만 포기할 수 없었던 미래를 향한 무모한 탈주를 한다. 그리고 반드시 일어서겠다는 의지를 확신하면서 모든 정신을 쏟아 부었던 극한의 생을 보여준다. 그래서 그의 생은 세상의 생이 아니라 새로운 생을 향하여 앞으로만 나가야 한다. "서라벌의 달이 뜨는 서울의 하늘"에서 서라벌과 서울은 서로 등가 관계를 맺는데, 서울이라는 도시의 오랜 역사를 암시하고 있다. "웅녀의 오줌 기운 서려 있는" 것은 "모든 종족의 무의식 속에 깊이 묻혀 있는 원형"28) 의식이다. '웅녀'는 단군 신화에 나오는 인물로서 '오랜 인내'를 상징한다. 그 웅녀처럼 오랜 고난을 견디고 역사적인 공간 서울에서 당당하게 뿌리 내린 바랭이의 자부심이 "화분마다 무성"히 피어있는 것이다.

> 자꾸만 무디어지는 부리를 갈고갈아
> 늙은 오동나무 잠을 깨우던
> 켜켜이 감긴 비밀을 캐묻던
> 딱따구리
> 그 무모한 노동으로
> 켜는 점등

---

28) Gaston Bachelard, 정영란 역, 『대지와 그리고 휴식의 몽상』, 문학동네, 2009, 319쪽.

시린 하늘에 따, 다, 닥, 반, 짝
별자리로 박힌 메아리
뒤늦게 무리지어 되돌아오는가
팽팽해지는 가지

목심까지 파고 들어가
막장에 둥지를 튼 딱다구리
알이 알알이 부화하는가
비릿한 숨소리 가득한

빈 절터를 홀로 지키는 오동나무

—「오동꽃 피면」(4; 39) 부분

이 시의 공간은 딱따구리가 오동나무를 쪼고 있고 산사의 흔적이 겨우 남아 있는 "빈 절터"이다. 딱따구리는 이곳에서 "무디어지는 부리를 갈고갈"아 "늙은 오동나무 잠을 깨"우고 있다. 그 늙은 오동나무는 폐허의 절터를 홀로 지키고 있는데 그것은 신화, 설화, 옛날, 근원, 태초, 근본, 진리, 무의식, 에토스(ethos)[29], 에포스(epos)[30], 존재, 불씨 등을 내포하고 있다. 그곳에서 '부리를 갈고갈아' 온 딱따구리는 자신의 정체성(identity)을 잃지 않으려 고투하는 그의 내면을 반영한다. 그런데 딱따구리의 "무모한 노동"이 드디어 점등을 하여 "시린 하늘에 따, 다, 닥, 반, 짝" 하면서 "별자리로" 메아리가 박히고 있다. 그리하여 그곳은 참고 견뎌서 획득된 "사바세계"[31]의 세계로 전환된다. 인간의 생이란 이토록 무모해야만 한 화두에 가닿을 수 있음을 알게 한다.

딱따구리가 오동나무를 쪼던 그 청각적 이미지가 점등된 별자리의 시각

---

29) 에토스(ethos)-사회 집단이나 민족 등을 특징짓는 기풍이나 관습.
30) 에포스(epos)-전설로 전해지는 서사시(敍事詩).
31) 법정,『산에는 꽃이 피네』, 동쪽나라, 1998, 60쪽.
사바세계는 역경을 이겨내지 못하면 그 꽃을 피워내지 못하는 세계이다.

적 이미지로 전환되면서 그의 오랜 고행의 시간이 아름다운 생동성을 부여받는다. 이렇게 "성스러운 것은 실재적인 것 자체이며 동시에 힘이 있는 것이고 효험이 있으며 생명과 번식의 원천"[32]인 것이다. "팽팽해지는 가지"는 나무 쪼는 소리의 성스러움을 암시하는데 이 딱따구리는 "목심까지 파고 들어가/막장 둥지를 튼"다. "알이 알알이 부화"하는 것은 딱따구리가 어떤 진리의 세계에 가닿고 있음을 의미한다. "비릿한 숨소리"는 드디어 긴 화두의 답을 푼 것을 의미한다.

이 시는 딱따구리가 늙은 오동나무를 쪼아 둥지를 틀고 알을 부화시키는 모습을 통해 생의 진리에 가닿으려는 인간의 고행(苦行)을 보여준다. 이렇게 무모한 것을 시도하는 것은 인간이 자신의 생의 존엄성에 바치는 경의라고 한다. 인간의 심오한 사고는 계속적인 생성 가운데 있으며, 진정한 생은 그러한 시도 가운데 진리와 결합되고 추구된다고 한다. 이것이 인간만이 할 수 있는 존재의 치열한 반항(resistance)이며, 뜨거운 창조임을 드러내주고 있다.

> 못 다 부른 노래를 터뜨리네, 끝내
> 옷이 다 벗겨져 늑골이 드러난 사내
> 바위 절벽까지 떠밀리고 끌려 와
> 무릎을 꿇고 기다리네
> 하늘만 우러러 자라온 제 몸
> 그대로 형틀이요 죄라네
> 네 본적이 어디냐, 행적을 자백하라
> 뼈 깊이 얼음을 박던 그 겨울 눈보라
> 거친 껍질 속에 숨겨둔 눈물
> 비릿한 향기를 피우네
> 실핏줄이 터져 범람하는 하얀 피

32) Mircea Eliade, 이은봉 역, 『성과 속』, 한길사, 2010, 60쪽.

제 주검을 스스로 덮네
그 얇은 囚衣를 헤집어
가지 사이에 서식하는 산비둘기
불려가는 이 누구인가
절뚝이며 지나온 산길
아래 마을엔 황사만 자욱하네
발 디딜 틈 하나 허락지 않던 골목으로
유언처럼 한 무리 은하를 쏟아 붓는
산벚꽃 나무, 등이 굽어 있네

—「산벚꽃 나무, 그늘에서」(4; 56) 전문

산속엔 눈보라 치는 겨울인데 그곳에 "옷이 다 벗겨져 늑골이 다 드러난 사내"가 절벽 바위틈에 매달려 있다. 그는 '산벚꽃 나무'로서 막다른 "바위 절벽까지 떠밀리고 끌려 와"서 "못다 부른 노래"를 터뜨리고 있으나 "무릎을 꿇고 기다"릴 수밖에 없다. 쓸쓸하게 돌아가는 길이 두려워 오직 "하늘만 우러러 자라온 제 몸"이었으나 한 발 헛디디면 그대로 떨어지는 벼랑이 그의 몸을 "형틀이요 죄"가 되게 한다. 그 벼랑 끝에서 다시 "네 본적"을 묻고 "행적을 자백하라"고 다그치는 눈보라는 사내에게 "뼈 깊이 얼음을 박"는다. 죽음이 때로 안식임을 알리는 격한 고문을 한다. '산벚꽃 나무' 생의 거친 껍질 속에 숨겨둔 회한의 눈물이 흐른다. 그러나 이내 "비릿한 향기"를 피운다. 이러한 시적 진술은 격렬한 자연의 고문을 생의 의지로 제련(製鍊)하는 '산벚꽃 나무'의 집념을 암시한다. 온통 눈보라뿐인 바위 절벽에서 살아가는 한 사내의 의지는 인간으로 하여금 "자연의 위력에 견주어 볼 수 있는, 그래서 그것에 대하여 저항 능력을 발견하도록"[33]해주는 칸트의 숭고에 닿아 있다.

---

33) Immanuel Kant, 김상현 역, 『판단력 비판』, 책세상, 2006. 108쪽.
임마누엘 칸트는 저항을 불가능하게 만드는 자연의 위력은 우리를 자연적 존재자로 간주한다면 우리의 신체적 무력함을 인식하도록 해주지만, 그와 동시에 우리를

그런데 자연의 불가항력적인 위력 앞에 속수무책이 된 채 "제 주검을 스스로 덮는" 사내의 "그 얇은 囚衣를 헤집어/가지 사이에 서식하는 산비둘기"가 있다. '산비둘기'는 '산벚꽃 나무' 가지에서 오래 서식하다 그의 囚衣를 헤집어 고난과 고통을 무화시켜줄 존재이다. 산벚꽃 나무가 "신이 거하는 저 높은 곳으로 무거운 것을 이끌어 올라갈 수 있게"[34] 도와주는 매개자가 되는 것이다. 산벚꽃 나무는 이 비둘기에 의해 하늘 높이 상승하는 영혼의 날개를 단다. "유언처럼 한 무리 은하를 쏟아" 부으며 현실을 초극하는 것이다.

이와 같이 김석환은 공간 속의 빈집, 그 쭉정이뿐인 '동굴'로부터 탈옥하고 있는 '죄수'를 통해 생의 고투를 담아내고 있다. 화분 속이라는 시한부의 자유 속에서도 미래를 향한 무모한 탈주를 감행하는 바랭이의 모습을 통해 인간 존재의 뜨거운 생의 초월을 구현한다. 딱따구리가 늙은 오동나무를 쪼아 둥지를 틀고 알을 부화시키는 모습으로 생의 진리에 가닿으려는 인간의 고행(苦行)을 보여준다. 이것이 인간만이 할 수 있는 존재의 격렬한 반항(resistance)이며, 창조임을 드러내 주고 있다. 자연의 불가항력적인 위력 앞에서 속수무책이 된 채 제 눈발을 덮는 '사내'의 모습 속에서 인간의 숭고한 저항력을 보여 준다.

그 위력으로부터 독립된 것으로 판정하는 능력과 자연을 압도하는 우월성을 발견하도록 해준다고 본다. 우리가 우리 안에 있는 자연보다 우월하며, 그럼으로써 우리 외부의 자연보다 우월하다는 것을 의식할 수 있는 한, 숭고성은 자연의 사물에 있는 것이 아니라 오직 우리의 마음속에 있다는 것이다. 그래서 우리의 능력을 시험하는 자연의 위력을 포함해서 우리의 내부에 이러한 감정을 일으키는 것들은 모두 '숭고'라고 본다. 또한 그는 미개인에게조차 가장 큰 감탄의 대상이 되는 것은 어떤 일에 대해 겁내지 않고 공포를 느끼지 않는 인간, 위험에 굴하지 않으면서도 동시에 아주 신중하고 강건하게 자신의 일에 임하는 인간이라고 정의한다. 이것이 우리 인간이 가진 정신 능력의 숭고성이라는 것이다(Immanuel Kant, 김상현 역, 위의 책, 109~110쪽 참조.).

34) Gaston Bachelard, 정영란 역, 『공기의 꿈』, 이학사, 2008, 136쪽.
Gaston Bachelard는 날개의 힘은 본성적으로 솟구칠 수 있다는 것이며, 이 날개는 신성한 것에 가장 적극적으로 참여한다고 본다.

2) 존재의 신성과 성화된 생명

김석환 시에서 공간이 주는 제약이 심할수록 존재의 반발 의지 또한 강렬해지는데 그곳은 조상에게 받았던 모든 것을 버려야 하는 곳으로 제시된다. 그러나 이러한 배척과 배제는 그 본성을 이어가야 하는 창조적 생을 의미하면서 조상의 뜻을 지켜나가고자 하는 김석환의 내밀한 정신적 지향을 보여준다. 김석환이 시적 출발에서 감행하였던 방랑의 행로는 도시로의 정착으로 귀결된다. 오랜 공간적 모색 끝에 정착한 도시는 여전히 그에게 불안과 소외를 감각할 수 있는 곳으로 나타나지만 처음으로 방랑을 떠나던 「허수아비의 잠」과는 양상이 다르다. 도시 공간은 힘겨운 도시 생활 속에서도 범본(範本)의 생을 요구하는 '조상'의 전언을 실천하는 곳으로 제시된다. 달동네의 저녁 밥상에서 보이는 '어머니'의 사랑은 우리가 살아가는 생에 대한 경배 의식이 들어있다. 인간의 생은 거룩하고 성스러운 우주의 섭리이자 어머니의 사랑이라는 의미를 부여하고 있다.

> 더듬어 보아도 허공뿐
> 감아 오를 여린 새끼줄 하나 없네
> 온몸에 돋는 耳目口鼻
> 길 되어 길을 열어가네
> 그 겨울 밤 새워 내린 폭설도
> 다 잠재우지 못한
> 칼바람도 끝내 가르지 못한
> 돌, 그 거친 피부 속에 숨은 빛
> 길어 올려 완강한 어둠을
> 지우며 가는 길
> 어미 아비가 가르쳐준 문법을 버리고
> 자음 모음 새로 피우고 엮어
> 이어 가는 新龍飛御天歌

마디마디 푸른 불꽃, 물길이네
하늘 땅 동서남북
온몸이 길이네

—「돌나물」(4; 17) 전문

화자가 맞닥뜨리고 있는 공간은 '허공'이라고 지칭이 된 벼랑이다. "온몸에 돋는 耳目口鼻"는 그 '허공'을 걸어가야만 하는 위태롭거나 절박한 지경의 긴장을 나타낸다. 그러한 긴장을 안고 그는 지금 그의 "길을 열"어 가는데 '폭설'과 '칼바람'은 그를 압박하는 실존의 억압이다. "돌, 그 거친 피부 속에 숨은 빛"은 그를 에워싸고 그에게 부딪치며 그를 어디론가 향하게 하였던 절대를 지향하는 의지를 의미한다. 그 격렬한 의식이 완강한 생의 "어둠을/지우며" 길을 가고 있다. 그런데 시제(詩題) 「돌나물」은 '돌'(무생물)+'나물'(생물)이라는 대립적인 기호로 결합한 것인데 '돌'에 내재한 검은 태양[35]이 '빛'으로 구현되기를 바라는 욕망이 스며들어 있다.

화자가 "어미 아비가 가르쳐준 문법을 버리고/자음 모음 새로 피우고 엮"는 것은 전대(前代)의 것에 대한 완전한 배척과 배제이다. '新龍飛御天歌'를 "새로 피우고 엮"기 위한 준비이다. 화자가 '新龍飛御天歌'를 엮는 것은 꿈을 와해시키는 힘에 맞서는 그의 생을 향한 '반항'을 의미한다. 그러한 투쟁 끝에 "마디마디 푸른 불꽃, 물길"이 되고 있는데 이는 돌나물이 새파랗고 싱싱하게 자라는 이미지이다. 이것은 그가 위험을 무릅쓰고 치열하게 추구하였던 '꿈'의 모습이라는 의미와 연관된다. '반항'라는 이름의 치명적인 환희, "모든 것이 거기에 환원하는 흰 불꽃"[36]이다. 운명의 필연성이라는 두려움

35) Carl Gustav Jung, 한국융연구원 C. G. 융 저작 번역위원회 역, 『꿈에 나타난 개성화 과정의 상징』, 솔, 2006. 139~140쪽.
Carl Gustav Jung은 돌을 어두운 빛, 빛을 만들어내는 것, 검은 태양이라고 하고 있다.
36) Gaston Bachelard, 이가림 역, 『촛불의 미학』, 문예출판사, 2004, 99쪽.

과 공포를 넘어섰던 그는 이제 "동서남북" 길을 만들고 있다.

어느 죄 많은 조상 탓에
내 삶이 이다지도 통속적인가
거품이 부글대는 폐수 속에
무성한 뿌리 잠긴 채
난파선처럼 흔들리는
가벼운 육신의 질량

저승보다 더 어두운 수심 속에
침몰하여 함께 썩지 않기 위해
귀를 세우고 팔을 벌리고
바람으로 헛배라도 부풀려야 하는가

범아재비물벼룩물방개새우송사리피라미……
부끄럼 모르고 입맞추며 살았다는
옛 전설이 물안개로 피었다 사라질 뿐
해와 달도 끝내 발길을 끊은
죽음의 마을 나의 현주소에서

어둠을 길어 올려
푸른 불꽃을 피우는
은밀히 종족을 늘려가는

—「부레옥잠」(3; 82~83) 부분

도시 변두리 공간의 생활 하천, 그곳이 부레옥잠의 거처이다. 부레옥잠이

즙이나 수액을 빨아들이는 줄기는 촛불이 스스로 끌어당긴 액체로 자신을 유지하는 것과 같으며, 흰 불꽃에 해당하는 것은 이파리들을 달고 있는 큰 가지와 가느다란 가지들이다. 그리고 나무의 마지막 목표인 꽃과 열매는 모든 것이 거기에 환원되는 흰 불꽃이다.

"거품이 우글대는 폐수"에 "무성히 뿌리를 잠그"고 살아야 하는 숙명은 신화의 전형(典型, archetype)이다. '뿌리'는 "종족의 무의식 속에 깊이 묻혀 있는 원형"37)이며 "더없이 깊은 자신의 과거로 더없이 먼 무의식 안으로 자기 자신을 이루었던 모든 것 너머로 데려가는 이미지"38)이기 때문이다. 그래서 이 '뿌리'에는 지금의 그를 그이게 한 어머니의 어머니 그리고 그 어머니의 어머니가 주는 통속(通俗)이 있다.

숨도 못 쉴 만큼 더러운 물속에 사는 것이어서 화자는 "죄 많은 조상을 탓"하지만 조상이라는 '뿌리'는 그에게 범본(範本)을 요구한다. 그에게 늘 씩씩하게 살아갈 것을 요구하는 강권의 통속이다. 죽음이 삶보다 더 가까이에 닿아 있는 오염된 현실 속에서도, 속수무책 휩쓸려야만 하는 시류 속에서도 기어이 '어둠'을 헤쳐 나가라고 전언한다. 그래서 "썩지 않기 위해/귀를 세우고 팔을 벌리고/바람으로 헛배라도 부풀려야"하는 자신의 역설적 존재를 인식한다.

'거품'과 '폐수'는 시류에 휩쓸려 가는 아류적인 삶을 통칭하지만 그 속에 잠긴 뿌리는 그에게 끝내 살아남을 것을 요구한다. 그러나 그 오염된 물속에서 힘겹게 살 수밖에 없는 그는 "난파선처럼 흔들리는" "가벼운 육신"일 뿐이다. 세상 속에서 산다는 것은 그렇게 늘 고통스러운 일이라고 하고 있다. 그래서 "버마재비물벼룩물방개송사리피라미…"가 "입 맞추고 살 부비며 살았다는" "옛 전설"은 그와 함께 살아가는 여러 이웃과의 관계에 대한 인식이다. 여러 이웃을 띄어쓰기를 하지 않고 붙여 씀으로써 배려와 양보를 찾을 수 없는 이웃과의 관계를 보여준다. 세상을 살아가기 위해 서로 아웅다웅하는 모습이다. 그러나 다른 한편으로 이러한 시적 진술은 이웃들과 화해와 조화를 이루며 살아가야 한다는 것을 암시한다. 그렇지만 이곳은 "해와 달도 발길을 끊은" 마을, 세상의 관심에서 비켜나 있는 암흑의 마을이다. 그는 이

37) Gaston Bachelard, 정영란 역, 『대지와 그리고 휴식의 몽상』, 문학동네, 2009, 319쪽.
38) Gaston Bachelard, 정영란 역, 위의 책, 323쪽.

렇게 암울한 생의 어둠 속에서도 "푸른 불꽃을 피우는/종족을 늘려"간다. "인간 정신의 소명은 실존과 죽음에 반항하는 데 있기 때문"[39]이다.

달이 뜨지 않는 달동네
창문마다 3등성 등불이 곱네
발목 저린 가로수
서둘러 어둠 속으로 숨네

하루치의 영수증과
거슬러 받은 동전 몇 닢
딸랑거리는 안주머니, 늘 허기진
짐승이 되어, 밥
앞에 머리를 숙이네

우주의 중심은 어디?
식탁 한가운데 오른 밥
천수답에 잠긴 하늘에서 건져 올린 달
어머니 물 항아리에서 건진 별
거울보다 더 환하게, 아프게
눈을 찌르는 무색무취의 빛

고가도로를 과속으로 달려와, 밥
앞에 무릎을 꿇네
뜨겁게 서려오는 하얀 김
얼굴 붉어지네

밥이 무거운 法이네

―「밥이 法이다」(4; 32~33) 전문

39) Gilbert Durand, 진형준 역, 『상상계의 인류학적 구조들』, 2007, 624쪽.

달도 뜨지 않는 달동네는 "창문마다 3등성 등불이" 곱지만 세상의 '어둠'이 골목마다 가득한 공간이다. 긴 낮을 돌아서 온 어둠은 이 쓸쓸하고 불우한 달동네의 "발목 저린 가로수"를 숨겨준다. 달동네는 "하루치의 영수증과/거슬러 받은 동전 몇 닢"만 있는, 내일을 기약할 수 없는 동네로서 그 동네 사람들은 밥 앞에서 늘 "허기진 짐승"이 된다. 그러나 화자는 "우주의 중심은 어디?"냐고 묻는데 그곳은 "식탁 한가운데 오른 밥"이다. 그곳에 어머니가 "천수답에 잠긴 하늘에서 건져 올린 달"로 뜨고 있다.

그 어머니는 "물 항아리에서 건진 별"이 되어 도시 생활에 지친 그에게 환하고 따뜻한 사랑을 준다. 늘 하루 치의 생을 살아가는 그이지만 '어머니'가 곁에 있으니 그가 이 달동네에서 사는 것은 문제될 것이 없다. 어머니의 사랑이 깃든 밥은 "거울보다 더 환하게" 그리고 "아프게" "눈을 찌르는 무색무취의 빛"이 되어 주는 것이다. "고가도로를 과속으로" 달리며 도시 변두리에서 살아가고 있는 그이지만 밥을 마련해 주는 어머니가 있어서 "밥 앞에 무릎을 꿇"는다. 그의 모든 것을 감내할 수 있도록 힘을 주는 어머니가 밥 속에서 "하얀 김"으로 피어오르기 때문이다. 그것은 삶을 지탱해 주는 우주의 섭리, 어머니의 사랑이 가득한 그 밥을 향한 경건한 경배의식이다. 그래서 그는 "얼굴이 붉어"지며 달동네의 어둠 속에서 엄숙하고 소박한 제의에 늘 참여하는 것이다. "밥이 무거운 法"이라는 진술에는 생에 대한 치열성, 진지성, 준엄성이 들어있다. 또한 그러한 생의 태도가 우리 인간이 자신의 거친 생을 순치(馴致)하여 초월에 이르게 하는 방식이라는 직관이 깔려 있다.

이상에서 다룬 몇 편의 작품에서 존재의 신성과 성화된 생명의 의식이 나타나는 공간에 대해서 살폈다. 김석환이 "어미 아비가 가르쳐준 문법을 버리고/자음 모음 새로 피우고 엮"는 것은 전대(前代)의 것에 대한 완전한 배척과 배제이다. 그래서 그가 '新龍飛御天歌'를 엮는 것은 자신의 꿈을 와해시키는 그의 생을 향한 치열한 '반항'을 의미한다. 또한 폐수 속의 부레옥잠은 그를 그렇게 살도록 한 "죄 많은 조상을 탓"하게 하지만 조상이라는 '뿌리'는 그에게 범본(範本)의 생을 요구하는 것임을 깨닫는다. 그에게 '밥'은 언제나 그의 모든 것을 감내할 힘을 주는 어머니이다. 밥이란 인간의 생을 지탱해 주는 우주의 섭리이자 어머니의 뜨거운 사랑이라는 신성함을 계시한다.

5부

김석환 시에 나타나는 공간의식의 시사적 의의

김석환 시에 나타나는 공간의식의 시사적 의의

공간을 뜻하는 "독일어 'raum'은 그리스어로는 '코라(κώρα)'로 번역되며, 코라는 '코레오(κωρέω)'에서 나온 말이다. '코레오'는 '공간을 주다', '자리를 만들다', '비키다', '물러나다'를 의미"[1]한다. 김석환 시에 나타나는 '공간'의 본질도 이렇게 시적 주체가 거주 공간의 실존 속에서 체득하는 감각들과 무의식, 기억들이 한데 섞여 규정되는 삶의 자리로 기능한다. 김석환 시에서 '공간'의 의미는 특별하고 구체적인 곳,[2] 정확한 좌표로서의 위치,[3] 지역과

---

1) Otto Friedrich Bollnow, 이기숙 역, 『인간과 공간』, 에코리브르, 2011, 32쪽.

2) '곳'은 공간 속의 고정된 점, 특히 지표면의 특정한 점을 의미한다. 이 개념은 촌락, 마을(Ortschaft)을 지칭한다. 주소(Ortsangabe), 주거지(Wohnort), 출생지(Geburtsort), 항성의 위치(Ort), 궤적, 어느 글을 인용한 곳(Ort)의 의미로도 쓰인다(Otto Friedrich Bollnow, 이기숙 역, 위의 책, 47쪽.).

3) 위치(Stlle)-위치는 동사 'stellen(세우다)'에서 나온 말로 그대로 '서 있게 만든다'의 뜻이다. 이 뜻이 파생되어 '어느 장소에 가져가다, 세우다, 놓다, 내려놓다'의 뜻이 들어있다. 위치는 경작지(Ackerstelle), 공사장(Baustelle), 정류장(Haltestelle), 잠자리(Schlafstelle)라는 뜻으로 일반화 되었다. 위치는 자리(Platz)와 뜻이 같다. 자리는 제 위치를 말한다. 위치라는 말은 문학으로도 뜻이 전이되어 인용한 곳(angeführter

장소[4]라는 의미를 포괄하고 있다. 말하자면 김석환 시의 공간은 "누군가가 존재하는 장소이고, 사람들이 기억하는 장소나 경관으로 인식하는 지리적 실재로서의 의미"[5]를 지닌다.

김석환 시에서 공간의식은 크게 두 가지 양상으로 나타난다. 하나는 언제나 시적 주체를 공간의 고유함 안으로 이끌어 그 안에서 안온하게 머물게 하는 고향의식이고, 다른 하나는 미지의 세계를 찾아 나섬으로써 성취되는 초월의식이다. 김석환 시에 나타나는 '고향'의 공간의식은 막막한 실존의 영역을 벗어나기 위해 고향을 떠나는 '방랑'으로부터 시작된다. 그의 시에서 시적 주체는 고향을 떠나 도시 공간에 귀속되지만 그곳의 환경에 순조롭게 적응하거나 동화되지 못한 채 살아간다. 그렇기 때문에 고독하고 우울한 시적 주체는 존재의 근원인 고향으로 회귀하려는 지향성을 드러낸다. 그러나 이러한 시적 지향은 과거의 시간에 머물고자 하는 퇴행적 태도라기보다는 시적 주체의 미래를 새로이 구성하게 해주는 세계 개시(開示)로서의 능동적 성격을 지니는 것으로 볼 수 있다. 그런 점에서 고향을 떠나면서 시작된 '방랑'은 역설적으로 '고향'의 재생이라는 일차적 의미를 포함하면서, 동시에 세계 개시의 존재 미학을 함유하는 것이다.

한편으로 그의 시는 존재가 고향으로 달려가야만 하는 실천과 운명이 전제되어 있다. 이 실천과 운명은 근원적인 의미에서 언제든 고향으로 돌아갈 것이라는 존재의 의지를 암시한다. 이것은 김석환 시의 고향에 대한 공간의식은 시인의 자전적인 경험의 의식에서 분리될 수 없음을 말해준다. 고향은 조상들의 땀이 있고, 조상들이 목숨을 바쳐 지킨 땅이므로 고향으로 돌아가

Ort), 인용문의 출처(Belegstelle), 성경의 출처(Bibelstelle)를 뜻하기도 한다(Otto Friedrich Bollnow, 이기숙 역, 위의 책, 47~48쪽 참조.).

4) 장소(Fleck)는 흔히 곳이나 위치와 겹치는 개념이다(Otto Friedrich Bollnow, 이기숙 역, 위의 책, 53쪽.).

5) Edward Relph, 김덕현 · 김현주 역, 『장소와 장소상실』, 논형, 2005, 32쪽 참조.

그의 조상처럼 고향을 지키고자 하는 의식이 들어있다. 김석환 시에 나타나는 귀향 의식은 그가 고향을 자신의 본래적 정체성으로 인식하고 있음을 환기하는 것이기도 하다. 즉 고향은 존재의 실존적 정체성을 구성하는 근원적 요소로서 그의 시의 독특한 미학적 지점을 형성한다.

공간은 인간의 삶이 전개되는 곳이어서 고대로부터 시의 중심적 화두가 되어 왔다. 특히 우리 현대시[6]에서 '고향'에 대한 탐색과 추구는 1920년대부터 시작되었는데, 이 시기 김소월의 시는 우리 시사(詩史)에서 '고향'에 대한 탐구와 모색의 처음에 있다. 특히 "집 없고 길 없는 설움과 고향 상실에 대한 비애를 잘 형상화하여 식민지 시대의 정서를 압축"[7]하였다는 평가를 받고 있다. 시가 "리얼리즘과 모더니즘의 형식으로 추구되던 1930년대"[8]에 들어와서 공간, 특히 고향에 대한 공간의식은 백석과 정지용의 시로 이어지고 있다. 백석의 시 속에서 그려지고 있는 공간은 "낡은 고향과 지나간 날에 대한 그리움이라는 차원을 넘어서 그 속에 담긴 인간적인 것의 회복을 간절히 소망하는 의식"[9]으로 나타난다. 정지용에게 '고향' 공간은 "근대적 삶을 경험하고 온 그에게 원형적인 공간으로서의 의미를 상실한 공간"[10]으로 드러난다.

시는 시가 가진 상징과 메타포(metaphor)로 하여 여러 해석의 길이 열려 있지만 김소월, 백석, 정지용 시의 주요 고향의식은 '상실', '훼손', '낡음', '부

---

6) 우리나라 시의 현대화 과정은 3·1 운동 이후 자유시 추구를 처음으로 시도한 데에서 찾을 수 있다. 자유시 모색은 1920년 신체시부터 시작되었다. 신체시는 구어체를 지향하면서 시조, 가사, 창가 등이 지니고 있었던 행 단위의 정형적인 틀을 깨뜨렸다. 이후 우리 문학은 순문학운동으로 전환하면서 신문, 잡지, 동인지 등을 통한 발표 양식의 변화와 함께 자유시가 중심적인 시의 형식이 되었다(박철희·김시태 편, 『한국현대문학사』, 시문학사, 2005, 116~136쪽 참조.).

7) 김윤식 · 김우종 외 편, 『한국현대문학사』, 현대문학, 2014, 153쪽.

8) 박철희 · 김시태 편, 앞의 책, 211~219쪽 참조.

9) 권영민, 『한국현대문학사』, 민음사, 2002, 573~574쪽.

10) 권영민, 위의 책, 580쪽.

정'이라는 의미에 닿아있다. 여기에는 그들과 그들의 고향 사이에 일정한 '거리 두기'가 존재하고 있다. 이를테면 그들에게 있어 고향은 이제 "유년시절의 장소이며, 그들이 거기에 나타나도록 불러들이는 환경"[11]이 아니다. 이들에게 고향은 어느새 낯설고 황량한 타향으로 인식되어 있다. 반면에 김석환 시에서 찾을 수 있는 고향의식은 언제든 고향으로 돌아갈 것이라는 귀향의지가 필연(必然)으로 전제되어 있다. 고향으로 돌아가 조상 대대로 지켜왔던 땅을 자신도 반드시 지켜가야 한다는 뿌리 의식이 강하다. 이러한 의식에서 토속적이고 샤머니즘적인 요소를 찾을 수 있다. 동시에 이러한 귀향의식의 집요함에서 나고 자랐던 공간에 대한 인간의 애착의 정서를 살필 수 있다.

김석환의 시에서 '서울 민들레'는 고향을 떠나 도시로 이주하여 사는 현대인의 보편적 삶을 드러내는 은유이다. 또한 그것은 민들레가 대도시 서울에 뿌리내리고 삶을 영위해나가는 것이 사실은 목숨을 내걸 만큼 어려운 것이라는 현실을 드러낸다. 시인은 이러한 고통스러운 실존적 상황을 개인적인 경험에 국한하지 않고 우리 시대의 보편적 삶과 연관하여 사유한다. 즉 '이차돈'이나 '논개'라는 역사 속 순교자의 이름을 차용하는 것이 한 예인데, 민들레의 서울에서의 뿌리내림이 한 개인의 실존적 삶에 그치는 것이 아닌 공동체를 위한 것이라는 보편적 상황을 보여준다. 고향을 구성하는 여러 사물이나 이미지들은 옛 기억 속 경험들을 결합해주는 매개체가 된다. 옛이야기를 통해 그려지고 있는 상실과 허기, 고통과 질곡의 삶은 역설적으로 자신의 가계(家系)를 이어가고자 하는 존재의 강렬한 '뿌리 의식'을 동반한다. 따라서 이러한 현실적 상황의 대척점에 위치한 원형적 공간으로서 고향은 자신의 정체성이자 공동체의 혼(魂), 그리고 궁극적 가치와 생의 최종적 권위를 부여하는 공간이다. 이것은 그에게 고향은 그 자신이 거기에 소속될 뿐만 아니

---

11) Edward Relph, 김덕현 · 김현주 역, 앞의 책, 46쪽.

라 자신과 동일시되어 한 '몸'이라는 특별한 시적 의의를 획득하게 한다.

오장환은 "1930년대 후반 우리 모더니즘 시의 한 특성으로 이른바 데카당스의 미학"12)을 추구하였다. 고향은 그의 시의 가장 근원적인 공간으로 탐색 되지만 "나는 성씨보와 같은 관습이 필요치 않다고 선언함으로써 스스로 자신을 억누르고 있는 허울 같은 유교적 관습과 전통을 부정"13)하였다. 그가 "지식인으로서의 자신과 자신이 속한 민족의 처지를 동일한 차원에서 인식하고 있음을 말해주는 것"14)이라는 의미를 지닌다. "진정한 모더니즘은 정치적"15)이라는 관점에서 보면 오장환의 고향에 대한 낡은 인습과 전통 부정의 의식에는 진보의 개념이 적용된다. 여기에는 변화, 개혁, 혁신, 모색의 의미가 동시에 들어있다. 김석환은 고향을 그의 혼(魂), 정체성, 몸(體)으로 인식하고 있는데 이것은 재생, 계승, 전승, 구축, 정립의 의미를 가진다. 이를테면 오장환은 공동체를 향해 전통을 벗어버린 새로운 공동체를 주문하고 있는 반면에 김석환은 공동체가 지켜왔던 언어, 신화, 꿈, 열정, 성향 등을 이어가려는 노력을 보이고 있다.

한편 김석환에게 고향은 모성의 생명성이 존재하는 공간이다. 그의 시에서 모성 공간은 다른 공간과는 다른 그의 고유한 시의 영혼이라는 의미를 지닌다. 충북 영동의 '심천(深川)'에서 나고 자란 그에게 그곳은 서정의 기원으로서 그의 시학이 출발하는 원적(原籍)을 이루는 곳이다. 그의 시에 형상되는 '심천'의 이미지는 그의 무의식 속에 투영되어 있는 영원한 어머니이며, 근원적이고 본래적인 나와 대면하게 하는 서정의 공간이다. 예컨대 '무중력'

---

12) 이승훈, 『한국 모더니즘 시사』, 문예출판사, 2000, 169쪽.
오장환의 데카당스는 세기말 상징주의 미학이 아니라 그 미학의 현대적 변용으로서의 개념이고, 한마디로 부정성의 개념으로 요약된다.
13) 권영민, 앞의 책, 615쪽.
14) 권영민, 위의 책, 618쪽.
15) 이승훈, 앞의 책, 173쪽.

이 작용하는 '물'(수중)의 공간은 '수몰된 고대왕궁'이거나, 이와는 대립적인 '대기권 밖, 우주선'이 있는 곳으로 표상되어 양의성을 가진다. 그리하여 고향은 폐쇄성과 구속을 주면서도 개방성과 자유를 주는 공간으로 나타난다. 즉 '물'의 공간은 갇힌 상태이지만 그 유동적 성향으로 인해 그를 안온하게 하여 주는 공간이면서 무한한 자유를 보장해주는 공간이다. 이러한 '무중력'은 외물(外物)과 자아, 객관과 주관 또는 물질계와 정신계 어디에도 치우침 없는 균형 상태의 자아를 지향하도록 시적 자아를 이끈다.

모리스 블랑쇼에게 글쓰기의 본질은 '바깥'과 '밤(어둠)'의 세계로의 이끌림[16]인 것처럼, 김석환 시에서 불 꺼진 방의 어둠은 원초적 자아와 고향을 몽상하게 만드는 공간이다. 어둠은 근면하고 생산적인 낮의 이성적 자아가 물러나고 타자인 나를 만나는 곳이다. 밤은 이성적 자아의 활동을 정지시키고 근원적인 고독의 경험을 제공하며, 시인으로 하여금 원초적 자아와 만나게 해준다. 이를테면 김석환 시에서 불 꺼진 방의 어둠은 고향에 대한 이미지를 생산하며 시 쓰기의 근원으로 침잠하게 한다. 김석환 시에서 고향은 정전(停電)된 방에서 촛불을 켜놓고 옛이야기를 듣는 동화적이고 몽상적인 방의 이미지로 나타난다. 불 꺼진 어둠의 공간은 세속의 공간, 확실성과 목적성, 유용성과 창조성, 합리성과 근면성의 세계에서 벗어나 본래적 자아와 만나게 해준다. 낮의 현실 원칙이 지배하는 공간이 아닌 어둠의 부재 속에서 피어나는 꿈의 공간이 된다.

1950년대 서정주는 순수서정시를 지향하며 고향의식을 드러내고 있다. 그는 유년 체험이 가득한 '질마재'라는 기억의 공간을 여성성에서 모성성으로 전환시키는 공간으로 제시한다. 그의 시에서 "모성이 가지고 있는 자궁의 역할은 생산의 의미도 있지만 인간이 늘 회귀하고 싶은 욕망의 대상이며 그

---

16) Maurice Blanchot, 박혜영 역, 『문학의 공간』, 책세상, 1990, 223~234쪽 참조.

것은 고향과 동일시"[17]하는 것으로 나타난다. 서정주가 '질마재' 공간을 통해 드러내고 있는 공간은 김석환의 모성 공간과 그 의미가 상통한다. 이들의 공간의식은 모두 고향 '질마재'와 '심천'이라는 고향을 주요 모티프로 하고 있다는 점, 존재의 근원으로의 회귀라는 의미를 지니고 있다는 점, 유토피아적인 공간을 형성하고 있다는 점이 그것이다. 그러나 서정주의 모성 공간은 구체적 인물을 내세워 "태곳적의 내밀한 행복으로 돌아가는 회귀"[18]라는 공간을 구축하고 있는 데 반하여 김석환의 모성 공간은 '물'이라는 상징과 비의(祕義)를 동원, 그곳에서 어떤 힘과 위로와 위안을 받는 공간으로 나타난다. 말하자면 서정주의 모성 공간은 '다산(多産)의 어머니'와 '안정적이고 따뜻하게 보호되는 세계'로의 의미를 지니지만 김석환의 모성 공간은 그를 지탱해주는 어떤 '신성한 혼'이자 '사랑의 어머니', '꿈의 어머니'로서의 의미를 지닌다는 점이 서로 다르다.

김석환 시에서 보여주는 공간은 현재와 과거의 이미지를 중첩하면서 시의 풍경을 구성하는 것이 특징이다. 이 이미지 속에서 현재 공간은 '서울'이라는 도시 공간으로 나타난다. 이 공간은 자주 창문이 흔들리는 곳으로 나타나는데 불안이 엄습하는 곳으로 인식된다. 과거 공간은 존재가 나고 자란 공간, 슬픔의 공간으로 드러난다. 그런데 이 과거 공간은 그의 경제적 궁핍이나 가족사의 상처 혹은 상실감이 아프게 존재하는 '운명'의 공간으로서 정신적 외상의 은폐지이기도 하다. 이 공간은 고향에서 겪었던 그의 불행이 그를 '방랑'으로 내몲으로써 그로 하여금 '서울'이라는 낯선 공간으로 떠나게 하였음을 알게 하는 단서를 제공한다. 그가 기억하는 옛 추억은 그가 사는 변두리 아파트까지 따라와 그를 침울하게 만드는 슬프고 고통스러운 것이다. 이

17) 박소유, 『서정주 시의 공간의식 연구』, 대구카톨릭대학교대학원박사학위논문, 2006, 78쪽.

18) Otto Friedrich Bollnow, 이기숙 역, 앞의 책, 47~48쪽 참조.

러한 개인사적 슬픔은 때로 그의 무의식에 고착된 정신적 외상(Trauma)으로 작용한다. 그래서 이 우울은 영원히 충족할 수 없는 생의 결핍으로 작용하여 그의 시 쓰기의 기초를 이룬다.

고향을 노래한 시에서 자신의 자전적이고 체험적인 정신적 외상(Trauma)을 드러내고 있는 시인으로는 1960년대 전통적 서정시를 추구한 박용래가 있다. 그는 유년시절에 겪은 누이의 죽음으로 정신적 외상을 경험하였는데 "이러한 정신적 충격으로 세상을 바라보는데 정면으로, 창문을 활짝 열고 직시하지 못하고 반쯤 폐쇄된 상태에서 사물을 관찰"[19]하였다. 이러한 이유로 그는 "유습(遺習)이 온전한 촌락공동체의 정한을 눈물로 노래하지 않"[20]았다. 박용래가 초산(初産)의 산고(産苦)로 죽은 누이를 잃은 상실의 고통은 그의 시 「九節草」에서 잘 드러난다. 김석환의 시 「뻐꾸기」에서 느끼는 심상과 유사하다. 이들 시에서 보이는 유사성은 누이나 어머니를 잃은 아픔의 근원이 서로 비슷하다는 이유도 있지만 이것은 떠나온 고향에 대한 개인적인 상실의 아픔도 비슷하다는 데서 그 이유를 찾을 수 있다. 따라서 김석환 시에 나타나는 정신적 외상과 그로부터 기인하는 존재론적 고통은 개인적인 것이기도 하지만, 그것은 고향을 상실한 우리 시대의 보편적 정서를 표상하는 것이기도 하다.

김석환 시에 나타나는 '초월'의 공간의식은 미지의 세계를 찾아 나서는 '방랑'을 통해 찾아지고 추구된다. 이러한 '방랑'은 정처를 정하지 않은 떠남이라 언제나 그에게 고립과 고독을 준다. 불확실한 미래로 향해 가는 그의 '방랑'의 여정은 불안의식을 자주 드러내는 특성을 가진다. 도시 공간에서 아침 출근 시간에 쫓기며 넥타이를 매는 사내는 현대 사회라는 '올가미'에 걸린

19) 송기한 · 김현정 편, 『대전 · 충청 지역의 고향시』, 도서출판 다운샘, 2004, 382쪽.
20) 이승하 외, 『한국 현대시문학사』, 소명출판, 2007, 287쪽.

남자를 표상한다. 이 '올가미'는 한 사내를 향한 사회와 사회 집단의 '강제적 속박'을 뜻한다. 어두운 실존의 동굴은 시적 주체의 운동성을 약화시키지만 도시의 아침 공간으로 진입하면서 강제적 속박에서 벗어나고 싶은 생을 향한 갈구를 가속화한다.

도시 공간은 승객이 모두 떠나 아무도 없는 '창동역'이라는 전철역 근처를 보여준다. 샐비어 꽃 붉게 타고 있는 플랫폼과 고압선, 구름이 미취업자의 실업 위기감과 막막함, 내면의 불안, 심리적 균열을 음울하게 드러내고 있다. 도시 공간에서 살아야 하고 살아가야만 하는 현대인의 고독을 심도 있게 표상하고 있는 것이 특징이다. 그러나 도시 공간 속의 존재가 느끼는 '허기'는 존재의 치열한 생의 모색으로 나타난다. 도시 공간에서의 '유랑'은 그곳과 연관된 의미들을, 그 의미에 내재한 위험성을 알아가는 것을 의미한다. 그래서 시에 보이는 '허기'는 도시의 이중성에 맞서는 생의 긴장으로 제시된다. 도시 공간이 시적 주체에게 가하는 압제를 애써 거역하려는 반역의 심리이라는 의미를 가진다. 어떻게든 이 공간에서 살아야겠다는 존재의 심화된 생의 저항과 생의 치열한 추구가 들어 있다.

1930년대 "도시시적 발현의 한 중요한 선구 사례로 기록"[21]되고 있는 김광균은 「와사등」을 통해 경성 사람들에게 소속될 수 없는 자신의 고립감과 소외감을 드러냈다. "비애의 원인이 설명되어 있지 않으므로 알 수는 없지만 군중 속의 고독, 자본주의나 물질문명에 동조할 수 없는 시인의 거부감에 기인"[22]하고 있다. 김광균이 도시 공간에 대해 가졌던 고립감, 불안감, 소외감, 고독은 도시 공간에 적응·동화되기 위하여 겪었던 김석환의 불안감과 소외감, 고독[23]과 매우 유사하다. 그러나 김광균은 도시 공간에 적응하는 것에

---

21) 임영선, 『한국 현대 도시시 연구』, 국학자료원, 2010, 98쪽.
22) 임영선, 위의 책, 99쪽.
23) 김광균은 아버지의 돌연한 죽음으로 하여 가족의 생계를 책임지기 위해 고향을 떠

대하여 매우 소극적이고 거부적이었던 것에 반해 김석환은 도시 공간에 적응하기 위하여 매우 적극적이었다는 점이 다르다. 김석환이 가진 이러한 시적 추구는 고통의 일상을 넘어서고자 하는 의지와 연관되어 있다. 김석환이 도시 공간에 대해 가지는 공간의식은 어떤 경우에도 생에 대한 체념의 양태가 보이지 않는다. 이것은 김석환이 도시 공간에 그의 새로운 공간을 개척하고 있음을 의미한다.

김석환 시에서 시원의 공간은 선인들의 불꽃 같은 생의 열정, 집념, 사상, 용기 등이 깃든 공간이어서 김석환에게 생의 기획과 원칙을 재정립하게 하는 곳으로 제시된다. '사기점골'은 할아버지 살던 때 사기그릇을 만들어 팔던 사기점(沙器店)이 있었던 곳이다. 사금파리들이 흩어져 있는 그곳에서 그는 그곳에 부유하고 있는 사기장이의 치열한 욕망, 사기장이가 이루고자 했던 꿈의 활기 그리고 무언가 중요한 것에 연결되고 있는 것 같은 고양된 느낌, 시간의 밖에 있다는 느낌을 경험한다. 김석환은 그 장소가 주는 유대감, 어떤 계시 같은 순간순간의 느낌을 체득하면서 반성을 동반하는 생의 기획과 추구를 다진다.

'산막골'의 시원 공간은 김석환이 '빙어 떼의 풋풋한 빛'을 보려고 향하는 곳이다. 이것은 '지하철에서 분실한 내 얼굴'로 상징되는 도시 공간에서 상실하였던 자신의 근원을 찾으려는 시도로 나타난다. 본래의 그 자신을 찾고자 하는 그의 강렬한 의지를 읽을 수 있다. 두려움이 엄습하는 산골의 외진 공간에서 그가 기어이 이루고자 했던 것은 무엇인가를 깨닫고자 찾아가는 것이다. 이러한 공간의 구도는 구도(求道)적인 성찰, 천상을 향한 상승 의지로

나 도시로 왔다. 김학동 외, 『김광균 연구』, 국학자료원, 2002, 57~58쪽.
김석환도 어머니, 아버지, 할머니 등의 죽음으로 인해 고향을 등지고 도시로 왔다. 그래서 이들이 낯선 도시에 대해 가지는 유·이민 정서, 이질적인 느낌은 서로 동일하다 할 수 있다.

연결되면서 모험 세계로의 지향 공간을 형성한다. 이 공간은 여러 상징적인 비의(秘義)를 동원, 생을 반추하고 새로운 상승의 계기를 마련할 수 있는 근거를 제공한다. 인간의 조건이란 끊임없이 자기 자신을 뛰어넘는 것이며 그것이 본래의 우리로 복귀하는 것이라는 의미를 지닌다.

1950년대 '모더니즘'을 표방하고 도시시에 대한 시적 탐구를 추구했던 김수영은 "오늘날의 시가 골몰해야 할 가장 큰 문제는 인간의 회복"[24)]이라고 지적한다. 이승훈은 김수영의 시적 모색을 "역사와 이성이 죽어간다는, 죽어있다는 이성 비판적 태도의 하나"[25)]로 보고 그것의 한 예로 시 「국립도서관」을 든다. '국립도서관'은 현대(現代) 속의 고대(古代)를 표상하는 것인데, 우리 것에 대한 단절이라는 의미가 들어 있다. 우리가 일상에서 잊거나 놓치고 있는 민족정신, 정체성, 전통에 대한 복원을 주문하는 시적 요구인 것이다. 이를테면 이것은 우리는 우리의 정신과 우리의 것을 이어가는 것만이 정당하고 당당한 이 시대의 생존법이라는 의미를 지닌다.

그런데 이러한 시적 추구는 김석환이 시원 공간을 찾아가 선대(先代)의 전통 속에서 새로움을 찾는 것과 닿아 있다. 그 의식의 기저에는 김수영과 김

---

24) 김윤배, 「김수영 시 연구」, 인하대학교대학원박사학위논문, 2003, 23쪽.
김수영은 오늘날의 우리들은 인간의 상실이라는 가장 큰 비극으로 통일되어 있고 이 비참의 통일을 영광의 통일로 이끌어야 하는 것이 시인의 임무라고 하고 있다. 언어를 통해서 자유를 읊고 또 자유를 사는 것이라는 논리이다. 또 그 새로움이 문제되는 것이어서 모든 시의 기준은 새로움에 있는 것이므로 새로움은 자유이고 자유는 새로움이라고 하고 있다.

25) 이승훈, 앞의 책, 210쪽.
이승훈은 김수영의 「국립도서관」 평하면서 "고향이란 무엇인가? 그것은 삶을 지탱하는 토대, 혹은 동경의 땅일 것이다. 물론 물적 공간이기보다는 정신적 공간을 의미하며, 그렇다면 피폐한 고향이란 정신적으로 기댈 곳이 없는 삶을 의미할 것이다. 그러나 왜 책인가?"하고 있다. 시 「국립도서관」에서 언급되는 '책'은 본문에서 "방대한 서책"을 지칭하는데 김수영은 이런 시적 진술을 통해 우리의 전통과 민족혼을 계승·발전 시켜야 하는 것이 이 시대 지식인이 해야 할 책임이자 의무를 지적한 것이라고 할 수 있다.

석환 모두 공동체를 향한 시인의 사명이 들어있음으로 유사성을 읽을 수 있기 때문이다. "시는 사회적 혹은 공동체적 언어에 의지하는 것"[26]이므로 김석환의 시원 공간에서의 시적 탐색은 민중의 언어를 읽고, 옮기고, 전해야 한다는 시인의 사명이 들어있는 것이다.

한편 '원목 저목장(原木 貯木場)'이 있는 시의 공간은 원목(原木)들이 바닷물에 잠겨 있는 곳이다. 이곳의 나무는 소금 농도 진한 바닷물 속에서 오래 절여지기를 자청하고 있다. 바다에서 '죽음'과의 대립을 빚는 시적 주체는 존재의 위기를 드러내는 공간으로 극기를 통해 천상으로 향하고자 한다. 나무는 소금물 속의 극한과 극기의 생을 거쳐야 진짜의 재목(材木)이 되는 것으로 제시된다. 이 바다에서 '수몰(水沒)'은 '원목'의 새로운 창조, 새로운 생명, 미래를 향한 꿈과 욕망을 암시한다.

김석환 시는 하늘로 날아오르는 습성을 완전히 잊고 땅에서 살아가고 있는 '쇠똥구리'를 보여준다. 그가 쇠똥을 굴리는 것은 실존을 향한 치열성이라는 의미가 암시되어 있다. 생이라는 본능에 이끌리는, 세계와의 대결이 치열해지는 공간이다. 날개를 가진 족속이었지만 쇠똥구리는 땅에서 자신의 실존을 위해 최선을 다하고 있다. 생을 향한 최선은 인간이 경험하고 살 수 있는 가장 뜨거운 자유라고 선언한다. 무의미한 운명을 거스르는 일, 그것이 생의 진정한 저항이며 가치라는 의미를 지닌다.

김석환 시의 공간의식은 딱따구리가 오동나무를 쪼고 있는 빈 절터에서 추구된다. 시는 무모한 노동 끝에 하늘의 별을 점등하는 딱따구리를 보여준다. 무모한 것을 시도하는 것은 인간이 자신의 실존에 바치는 뜨거운 경의라고 진술하고 있다. 이것이 인간만이 할 수 있는 존재의 생을 향한 격렬한 반항(resistance)이며 뜨거운 창조임을 구현하는 세계를 드러낸다. 세계와 고립되

---

26) Octavio Paz , 김홍근 · 김은중 역, 『활라 리라』, 솔, 2001, 56쪽.

었던 공간의 완강함은 꿈의 공간으로 나아가려는 향일성을 통해 극복된다.

1960년대 김수영은 시가 추구해야 할 것으로 '불온한 문학'을 든다. 그는 "모든 실험적 문학은 필연적으로 완전한 세계의 구현을 목표로 하는 진보의 편에 서지 않을 수 없게 되는 것이다. (……) 그것은 두말할 것도 없이 문화적 본질이 꿈을 추구하는 것이고 불가능을 추구하는 것이기 때문"[27)]이라고 규정한다. 이승훈은 김수영의 이러한 시쓰기를 일러 "김수영은 사물을 제대로 보려는 태도에서 출발한다. 이런 보기는 사물의 우둔성과 명석성을 동시에 보려는 노력과 통하고, 이런 노력은 충분히 새로운 정신, 그동안 우리 시가 놓치고 있었던 현대적인 정신, 말하자면 아이러니 정신"[28)]이라고 본다. 김수영의 '불온한 문학'은 그가 밝히고 있는 것처럼 '꿈'과 '불가능'의 추구이다. '주어진 실존에 반역하는 것', '승리할 수 없는 꿈에 무모할 수 있는 것', '극한과 극기에 대한 용기'를 시에 제시하고 있는 문학인 것이다. 그것은 "나날의 삶을 사랑하고 싸우고, 또 그것을 넘어서려는 우리 내부로부터 나오는 절실한 체험과 욕망, 즉 내재적 초월의 힘이다. 이 힘은 시적 사유 그 자체가 지니고 있는 '꿈과 자유', 현실에 대한 '부인과 전복의 힘'을 의미"[29)]한다.

김석환은 초월 공간에서 극한, 극기, 무모함을 추구하는 것으로 자신의 '꿈'과 '불가능'에 도전한다. 이러한 점에서 김수영의 아이러니 정신과 그 뜻이 닿아 있다. 그러나 김수영의 초월 추구는 민중(民衆)과 세계를 향해 외치는 "절규"[30)]이지만 김석환은 존재의 꿈을 향한 저항이어서 '치열'하다는 점이 다르다. 그럼에도 김석환은 인간다운 꿈의 실현을 위한 시적 투쟁으로 구체화하고 있다는 점에서 차별적인 아이러니 문학을 선보이고 있다.

---

27) 김현, 「자유와 꿈」, 『거대한 뿌리』, 민음사, 2007, 154쪽.
28) 이승훈, 앞의 책, 217쪽.
29) 이찬, 『20世紀 後半 韓國 現代詩論 硏究』, 고려대학교대학원박사학위논문, 2004, 125쪽.
30) 김현, 앞의 글, 143쪽.

김석환의 시에서 도시 변두리의 공간은 '수락산 자락 신개발지구'를 위해 철거를 시작하고 있는 폐허의 공간이다. 그곳을 자생한 바랭이, 강아지풀, 나무 그리고 토종개들이 지키고 있다. '철거'와 '구축'이라는 이항 대립적인 공간을 보여주어 우리 인간이 함부로 파헤치는 생태계 파괴를 경고·고발한다. 그러면서 폐허 속에서도 그들의 땅을 지키고, 개척하는 우주적 존재들의 강인한 생명의 의지를 보여주는 공간적 특성을 드러낸다.

소나무 서 있는 공간은 도시 공간의 교차로를 보여준다. 이곳은 빌딩, 상가, 아파트 등에서 발생하는 매연, 자동차 배기가스, 스모그(somg), 미세먼지 등으로 날마다 주변 환경이 오염·황폐되어가는 곳이다. 매연의 독성으로 인해 날마다 죽어가는 소나무가 도시의 피폐함을 드러낸다. 도시 공간 속 대기 오염의 심각성을 보여주고 그것을 통해 환경 파괴에 대한 우리의 자각을 이끌어 내는 공간적 구조이다. 산안개 자욱하게 피어오르는 산골짜기는 모성적인 사랑과 헌신을 감득할 수 있는 공간이어서 김석환이 '죽음'으로 이루고자 하는 것이 제시되어 있다. 이곳은 인간의 손길이 닿지 않는 '입산금지 구역'으로 그곳을 지키고 다스리는 고목 등걸을 통해 어머니의 사랑을 실현하는 공간을 보여준다. 어머니는 이 우주 내의 생명체를 다 키우며 그 나무의 주검은 '죽음'을 통해 사랑의 완성을 실천한다. 한편 그 공간의 '칡덩굴'은 자연이라는 세계 속 공동체의 결속과 어울림을 보여준다. 이 칡덩굴이 고목 등걸의 주검을 덮는 것은 어머니의 헌신에 대한 우주와 자연에 대한 경의를 암시한다. 이것은 김석환이 시 속 '죽음'을 통해 추구하고자 하였던 생의 진정한 가치이자 미학적 의의라는 의미를 지닌다.

1980년대 민중시의 급격한 대두 속에서 대도시 삶을 배경으로 상상력의 자유로움을 실험하며 도시적 감각의 시를 써온 최승호는 "문명의 폭력에 노출된 여러 대상을 비판하고 그 황폐성을 고발하며, 그 속에서의 인간의 실존을 이야기"[31]하고 있다. 그의 시 「회저」를 보면 시적 주체는 "새로운 세계의 창조를 위해 스스로 썩어지기를 원하는데, 이 혼돈의 밤은 '오르지(orgy)'를 연상하게 한다. 오르지는 혼란이나 재통합을 의미하는 집단의식으로서 재생이나 농요의 의례와 밀접하게 관련"[32]되어 있다. 1980년 후반에 역시 실험적인 도시시를 써온 유하는 세속 도시의 욕망의 풍경에 대한 반성적 인식을 거리의 풍경을 통해 드러낸다. 그의 시적 사유는 "욕망의 부정, 혹은 욕망의 피안을 향하는 것이 아니라, 어떤 훼손되지 않은 건강한 욕망의 세계를 지향하는 것이다. 그는 이미지의 연쇄와 대비라는 방법론을 통해, 관능으로 출렁거리는 욕망의 거리와 원초적인 공간을 동시에 보여주고 있다."[33]

1990년대의 이문재는 "물질문명 시대의 시인은 문명비판자이면서 또한 상실한 자연을 추구하는 자"[34]이다. "그가 지향하는 흙에 대한 그리움은 원초적 생명력의 회복이며, 미래 사회가 추구해야 할 가장 중요한 생산적 관점이다. 이와 같이 그의 시편이 지향하는 세계는 원초적 생명력을 간직한 흙의 세계이다. 그의 시편에서 원초성이 훼손되지 않은 '오지'나 '극지'는 바로 그러한 생명의 땅을 상징"[35]한다. 최승호, 유하, 이문재의 도시시 특징을 살펴보면 최승호는 '자연의 재생', 유하는 '훼손되지 않은 건강한 욕망의 세계', '원초적 생명력의 회복'이 시의 중심 의식임을 알 수 있다. 공통적인 것은 모두 자연의 회복, 문명의 회복, 근원의 회복을 지향하고 있다. 김석환의 생태 비판적 시를 살펴보면 그도 역시 문명의 비판, 자연의 복원에 초점이 맞추어져 있으나 이들과는 조금 다른 차이를 보인다. 김석환은 인간과 같은 공간을 공유하며 살아가는 우주적 존재들과 함께 살아가는 법을 제시하고 있기 때문이다.

---

31) 임영선, 앞의 책, 142쪽.
32) 장정렬, 『한국 현대 생태주의 시 연구』, 한남대학교대학원박사학위논문, 1999, 117쪽.
33) 이광호, 『위반의 시학』, 문학과 지성사, 1993, 308쪽.
34) 김홍진, 『현대시와 도시 체험의 미적 근대성』, 푸른사상, 139쪽.
35) 김홍진, 위의 책, 142쪽.

김석환의 시에서 야생의 생명을 노래하는 생태적 경향의 시는 문명의 도시 공간에서 자기의 정체성을 잃고 불안과 소외를 안고 살아가는 현대인의 모습을 자연 속에 투영하고 있는 것이 아니라 스스로 생태계 피해자인 도시 속의 '자연'이 됨으로써 이 시대가 가하는 생태계 파괴를 더 극적으로 보여주고 있다는 특징을 지닌다. 이를테면 김석환의 시는 자연과 환경의 파괴로 인해 인간에게 가해지는 환경오염과 거기서 오는 폐해에 주목한 것이 아니라 스스로 우주적 피해자가 됨으로써 환경에 대한 관심 범위를 온 우주에까지 확대하고 있다. 다른 한편으로 김석환의 생태계에 대한 시선은 공동체에 대한 관심이다. 산골짜기의 '고목 등걸'이 보여주는 것은 온몸으로 사랑을 실천하는 우주적 존재들을 향한 어머니의 모습이다. 공동의 세계, 공동체의 세계에서 어머니의 이타(利他)의 사랑은 포용적이고 평화로운 공간적 특성을 드러낸다. 훼손되지 않은 자연에서 발견하는 사랑의 공간이 가장 성스러운 곳임을 제시함으로써 이 시대 환경에 대한 문제를 묻고 있다.

전체적으로 김석환 시의 공간의식은 '고유함'으로 규정되는 '고향'과 '낯선 것'으로 규정되는 '도시'의 의미 안에서 사유되고 있다. 이것을 요약해보면 다음과 같다. 먼저 '고향의 의미와 귀향'이라는 의미를 지니는 '고향의식'은 공간의 본질과 귀향, 모성과 꿈의 원천, 정신과 몸의 거주지, 정신적 외상의 은폐지로 나타난다. '방랑과 초월의 시도'라는 의미를 지니는 '초월의식'은 불안과 고독의 극복, 자아 성찰과 새로운 생의 기획, 초월을 위한 저항과 숭고, 이타(利他)를 위한 반역으로 나타난다. '고향의식'을 살펴보면 그에게 고향은 '수호자'로서의 의미를 지닌다. 고향으로 돌아가면 '수호자'로 하여 평화로이 있게 되고, 평화롭게 되며, 소중하게 보살핌을 받을 수 있는 공간이다. 또한 고향은 '고향'이라는 거대한 울타리에 자유롭게 머물러 있을 수 있는 안정과 안전을 보장받을 수 있는 공간이다.

그런데 특징적인 것은 이러한 공간의식에는 공동체를 향한 의식이 강하게 나타난다는 점이다. 이러한 의식은 김소월, 백석, 정지용에서 보였던 고향 상실 의식이나 고향 공간을 전면 부정하였던 오장환의 의식에서도 찾을 수 없다. 또한 서정주의 다산(多産)과 따뜻하게 보호되는 세계로서의 의미와도 차별적이다. 고향을 자신의 혼(魂), 정체성, 몸(體)으로 인식하고 있는 내면의 기저에는 '조상'은 그의 과거와 현재와 미래의 거대한 자신이라는 의식이 들어있다. 그러므로 토속적이고 샤머니즘 적인 요소를 발견할 수 있는 '조상'은 어떤 전통을 표상한다는 점에서, '나' 아닌 '우리'의 지향성을 발견할 수 있다는 점에서 미래지향적인 가치체계를 지닌다.

그런데 이러한 차별성에서 다시 발견하는 것은 고향의식은 시대적 특징을 지니고 있다는 점이다. 일제 침략기 시대의 고향 의식은 '고향 상실'이 보편적인 시의 정서였다가 시대가 안정되어갈수록 점점 고향에 대한 주체 의식이 강해지고 있음을 알 수 있다. 전통에 대한 관심, 그리고 그것을 이어가려는 의식도 더욱 심화하여 가고 있음을 확인하게 되는데 이러한 공간의식의 가치 틀은 '한국 공간의식의 현대성 모색'이라는 명칭이 부여될 수 있다.

또한 고향은 정신적 외상(Trauma)을 주는 공간으로 나타나고 있음에도 그 상처를 내면에 '그리움'으로 간직하고 있는 모습이 특징적으로 나타난다. 정신적 외상은 생활공간에서의 외상과 다른 모습으로 나타나는데 누이를 잃은 박용래의 슬픔과 부모와 할머니를 연이어 잃은 김석환의 슬픔에서 찾을 수 있는 것은 그들이 겪었던 상처는 '그윽한 슬픔'으로 제시된다는 점이다. 몹시 아프지만 생각하면 그리움도 몹시 심한 그런 정서이다. 이러한 심리는 그가 고향을 '어머니의 공간'으로 인식하는 데서 다시 확인하게 된다. 상처가 고통스러운 것이라면 고향에 대해 배척과 거부의 의식이 표출되었을 것인데 그의 고향 의식에는 그런 의식은 발견되지 않는다. 따라서 이것은 공간에 대한 의식의 새로운 가치판단이라는 측면에서 공간의 모든 정형화된 진리 규범을 전복하는 공간의식의 새로운 규범이라는 의미를 지닌다.

김석환의 '초월의식'은 도시 공간에서의 적응 의지가 소극적이었던 김광균에 비해 김석환은 적극적이었던 것에서 공간의식의 차별성을 가진다. 도시 공간에서의 체념과 비애의 정서가 발견되지 않는 그의 공간의식은 그가 도시 공간에서 개인적인 공간을 적극적으로 구축하였음을 의미한다는 점에서 창조적인 공간을 개척하였다고 볼 수 있다. 김석환이 시원 공간을 찾아가 선대(先代)의 것에서 새로움을 찾고자 하는 시적 태도는 전통에 대한 복원을 주문하였던 김수영의 초월의식과 유사하다. 이것은 김석환이 현대가 지향하는 시정신을 적극적으로 시에 담아내고 있음을 의미한다. 민중의 언어를 찾아내고 밝히며 전해야 한다는 김석환의 자아 성찰적 사명은 과거와 현재보다는 미래 지향에 더 우월한 가치를 부여한다는 점에서 현대성의 가치를 발견한다.

김석환에게 도시 공간에서 극한과 무모함을 초월성의 원리에 따라 사유한다는 것은 자신의 생을 향한 '꿈'과 '불가능'을 재현하는 시적 추구를 의미하는 것뿐만이 아니라 김수영의 '아이러니 정신'을 수용하고 있는 것을 뜻한다. 그렇지만 김석환은 자신을 창조해가는 인간의 모습을 시에 구체적으로 보여주고 있다는 점에서 시의 주체적인 현대성을 모색하고 있다. 여기서 현대성은 존재가 주어진 한계를 극복해나가는 시적 추구를 통해 현대시가 가질 수 있는 시의 유효성과 의미를 새롭게 제시하는 것을 이른다.

최승호, 유하, 이문재의 도시시 특징은 자연과 문명, 근원의 회복을 지향하고 있다. 그러나 김석환은 자연과 환경의 파괴로 인해 인간에게 가해지는 환경오염과 거기서 오는 폐해에 주목한 것이 아니라 스스로 환경의 피해자가 됨으로써 환경에 대한 관심 범위를 온 우주와 세계에까지 확대하고 있는 것이 특징이다. 김석환의 생태계에 대한 시선은 공동체에 대한 관심이다. 공동의 세계, 공동체의 세계에서 보여주는 어머니의 이타(利他)의 사랑은 포용적이고 평화로운 공간적 특성을 드러내고 있는데 현대가 요구하는 새로운 진리 규범과 사회적 실천을 공간의식으로 모색하고 있다는 점에서 현대성을 지니는 새로운 의의를 발견한다. '초월의식'에서 다시 두드러지는 것은 '공동체' 의식이다. 고향의식에서도 살필 수 있었던 '공동체' 의식은 우리에게 사회적 실천행위로서의 가치 체계를 보여준다. 또한 이러한 사회적 실천 행위의 공간이 우주의 세계로 확대, 적용하고 하고 있다는 점에서 미래의 가치 체계를 제시하고 있다.

김석환의 시의 공간의식은 고향의 공간과 도시 공간에서의 생의 추구가 뚜렷하게 구분되어 나타나고 있다는 점이 기존의 공간의식과 차별성을 가진다. 또한 도시 공간에서 살아가는 시적 주체의 귀향 의지는 자신의 생의 '초월'로 변주되고 있는 특징을 지닌다. 김석환 시의 공간의식은 고향은 인간에게 영향을 미치는 무의식, 의식, 인식, 경험, 의도와 긴밀하게 연관을 맺으며 이것이 인간의 근원적이고 보편적인 애착의 정서로 나타난다는 것을 보여준다. 또한 김석환 시의 공간의식은 공간에 대한 이론적 근거를 시라는 시인의 체험적 정서를 통해 구체적으로 규명해냈다는 점에서 미래의 공간의식에 대한 진리 규범을 새로이 규정해주고 있다.

결론

결론

이 책은 김석환 시에 나타난 공간의식의 양상을 조명하는 것을 목적으로 출발하였다. 김석환 시에 대한 그 동안의 연구는 주로 단편적인 수준이나 개론적인 수준에서 진행됐다. 이러한 시의 논의마저 주로 추억, 허기, 상실, 자연 등의 관점으로 조명한 단평에 그쳐 시인에 대한 총체적인 연구라 하기에는 미흡하다. 이와 같은 문제의식 아래에서 이 책은 공간의식으로 김석환 시의 전체적이고 구체적인 정서와 사상, 문제의식을 규명해낸다는 목적을 두고 분석을 진행하였다. 결론적으로 지금까지 논의한 내용을 간추리면 다음과 같다.

제2부 '이주의 공간과 불안의식'에서는 김석환이 고향을 떠나 도시 공간에 정주하는 과정의 불안과 자아 상실, 실존 속에서의 '허기' 의식을 조명하였다. 김석환 시에 나타나는 공간의식은 막막한 실존을 벗어나기 위해 '방랑'을 떠나면서 시작되고 있다. 이러한 '방랑'은 정처를 정하지 않은 떠남이어서 언제나 그에게 고립과 고독을 준다. 그러나 공간은 그의 고향을 지키고 발견하기 위해 '방랑'을 자처한다.

그의 시는 어떤 공동체적 상황에 포위된 개인의 내면 의식에 초점을 맞추고 있다. '서울' 공간에 뿌리내리는 것이 개인을 위한 것이 아닌 공동체를 위한 것으로 나타나고 있다. '고향'이라는 과거는 그를 고립시키는 게 아니라 미래를 새로이 구성하게 한다는 점에서 '방랑'은 '고향'의 재생이라는 의미론적 비밀을 감추고 있다.

도시 공간 속에서 자아 상실에 대한 자각은 김석환이 생에 대한 치열한 열망을 인식하는 과정이다. 예컨대 그의 시에서 역전 지하도 노점에서 중년 여인의 거울을 사는 일은 그의 정서와 사상 그리고 자의식을 들여다보는 근원과 자아 탐색의 과정이다. 그는 거울 속에 위태롭고 고달픈 실존의 내용을 실으면서 슬픔의 원형이 자전적인 경험의 의식에서 벗어날 수 없는 '고향'임을 인지하고 있다. 본래의 자신의 모습을 찾아야 한다는 강박은 좌절당한 현재를 벗어나려는 투쟁 의식으로 나타나고 있다.

김석환이 근원의 상실을 깨닫는 곳은 모두 도시 공간이다. 이곳은 자신의 의지와 상관없이 어떤 타력(他力)에 의해 이주한 공간으로 정주의 과정이 여전히 진행 중이어서 늘 불안하고 우울한 공간으로 제시된다. 그는 도시 공간에서 자신의 근원과 자아에 대한 명료한 성찰에 도달하도록 하는 동기(動機)로서의 성격을 강화하고 있다. 그는 그 지각의 의식을 자신의 근원 상실에 대한 성찰에 머무르지 않고 '고향'으로의 귀향이라는 과제를 향해 나아갔다는 점이다. 이것은 더 나은 자신으로서 생의 주체성을 향해 나아가는 시적 갱신이자 저항으로 드러나고 있다.

또한 공간에서의 '유랑'은 도시 공간에서 안전한 정주 공간을 마련하기 위한 생의 갈구와 연관되고 있다. 이것에는 도시 공간에서 살아가야만 하는 현대인의 고독이 짙게 배어 있다. 그의 시에서 '허기'는 그의 가계(家系)에 대한 의식을 각인하게 하는 고향의 공간이다. 고향의 본질은 신성하여서 그에게 '고향'이라는 가장 고유한 정체성을 확인시킨다. 따라서 그는 고향의 공간에서 미지의 내일을 채워줄 정신과 힘의 반향을 듣는다. 그러므로 '허기'는 그의 유랑을 지탱할 하나의 '의식'이라는 미학적 의의를 지닌다.

이 '허기'는 도시의 이중성에 맞서는 생의 긴장으로 제시되는데 주어진 현실에서 생을 정련하며 비로소 진정한 자아를 찾고자 하는 과정이다. 세속과 멀어진 낯선 공간에서 모든 '나'를 버려야 한다는 정신적 요구가 "산골의 비밀"이었음을 깨닫게 하는 것이기도 하다. 이것은 생의 결핍이나 허기가 그를 추동하는 힘임을 보여주고 있다. 그런데 '허기'는 그가 살았던 소백산 먼 두메산골로부터 시작되고 있는데 정신적 외상(Trauma)과 연결되고 있음을 알게 한다. 이러한 슬픔의 원체험은 여전히 현재화된 풍경으로 나타나고 있다.

제3부 '원형 공간과 자기 정체성 확립'에서는 원형 공간에서 자신의 정체성을 찾아가는 과정을 중심으로 논의하였다. 김석환의 시 속에서 시원 공간의 여러 삽화(揷話)적 이미지는 그를 인도하며 깨달음의 경지로 나아가게 한다. 개인적인 경험에 바탕을 둔 시원 공간 속의 여러 이야기는 그가 자신의 조상이면서 후손임을 깨닫는 계기를 제공한다. 그 공간 속에서 자신은 어머니의 보호 아래에서 이룩된 것임을 깨닫고 사랑과 감동도 발견한다. 이것은 자신의 조상들이 살았던 장소에서 위안과 위로를 받고자 하는 의식과 함께 후손으로서 자신의 가계(家系)를 반드시 이어가겠다는 의지가 동시에 들어 있다. '고향'은 그의 의식이 떠나지 않는 자신의 일부라는 특별한 미학적 의의를 갖는다.

시원 공간은 고향, 사기점골, 산막골, 절골, 폐허, 고향 등 주로 형태가 상실되어 가거나 상실된 공간이다. 그러나 이 과거의 공간은 그가 개인적으로 체험하는 모든 것을 초월하게 하는 곳이다. 김석환 시에서 시원 공간은 선인들의 불꽃같은 생의 열정이 깃든 공간이어서 화자에게 생의 기획과 원칙을 재정립하게 한다. 불모의 땅 이라고 여기는 폐허의 공간에서 그 땅을 지키고 개척하고 생을 일으키는 우주적 존재들을 본다. 그리고 시인의 자신의 근원을 새로이 탐색하기를 요구받는다.

특히 모성 공간은 치열한 생의 내용을 지니는 다른 공간의식과는 달리 고유한 '시의 영혼'이라는 의미를 지니고 있다. 심천(深川)에서 나고 자란 그에게 그곳은 서정의 기원이면서 시학의 출발점이다. 이 공간은 '심천'의 강과 긴밀히 연관되어 포근한 '어머니'의 이미지를 중심으로 전개된다. 한편으로 이 공간은 도시 공간을 살아가는 시적 주체의 비정하고 냉혹한 실존을 지워주고 위로와 위안을 주는 어머니의 사랑이 있는 공간이다. 김석환은 '어머니'가 있는 이 공간에서 피폐한 실존을 위로받고 새로운 꿈을 추구해 나간다.

때로 여성의 사랑도 중첩되어 나타나서 존재의 구원을 이루게 한다. 이 모성 공간은 도시 공간에서 찌든 시적 화자의 내면을 처음의 상태로 되돌려주는 '무중력'이 내재되어 있다. 도시 공간의 폐쇄성과 구속을 벗어나게 하는 개방과 자유의 공간이라는 의미를 지니고 있다. 또한 이곳은 스스로 극한의 실존을 자청하는 극기의 공간이다. 그래서 기다림과 끈질긴 인내가 요구되는 고통스러운 고행을 기어이 이겨내고 꿈을 이룩하는 공간이다. 섬에 자생한 미루나무 군락지를 수도자들이 수도하는 모습으로 제시함으로써 이곳을 자아 성찰의 공간과 성스러운 곳이라는 의미를 함께 부여하고 있다.

직접 경험을 통해 획득한 공간을 개념적으로 확장한 신화 공간에서 김석환의 시는 원형적 시간으로 회귀하는 의식을 지닌다. 이 원형적 시간이란 존재가 본래의 자아와 대면하는 때로 간주된다. 아침 햇빛이라는 공간의 중력에 이끌려 붓글씨를 쓰는 과정을 통해 자신의 본래적 '나'로 돌아가 꿈의 재도약을 다지는 존재의 의식은 실존에 대한 치열한 싸움의 의미를 동반한다. 어둠의 공간으로 제시되고 있는 이 공간은 존재가 세상 밖을 똑바로 응시하면서 자신이 나아갈 자유를 찾는다.

반면 이 공간은 존재가 자기 자신에 대한 관심이 갑자기 일어나는 곳이다. 이 공간은 존재에 대한 영원한 물음이 제기되면서 세계를 투사하는 존재의 의식을 매순간 구상하는 곳이다. 이때 존재는 자신의 모든 것을 전의(轉依)시켜줄 병(病)을 앓고자 한다. 개인을 실존적으로 위협하고 불안하게 하는 현실적 상황 속에서도 힘겨운 실존을 이어가고 있는 '쇠똥구리'를 통해 생을 향한 최선은 인간이 경험하고 살 수 있는 자유의 원리임을 나타내준다. 무의미한 운명을 거스르는 일이 생의 진정한 저항이며 가치라고 제시한다. 고향을 떠나지 않고 있는 농부 부부의 모습 속에서 자신의 고향으로 돌아가고자 하는 의식을 드러낸다.

제4부 '초월공간과 생성의 탈주'에서는 야생적 생명들이 발화하는 생명성의 구현과 자신의 죽음을 통해 거듭나고자 하는 시를 중심으로 논의하였다. 김석환 시의 공간적 상상력의 독특함은 '어둠' 공간의 격렬한 성 본능 속에서 자신의 원초적인 생명력을 복원하는 데 있다. 거기에는 강렬한 관능의 세계와 완강한 생명의 세계가 있으며 모두 일상을 넘어서고자 하는 극한의 충동과 연관된다. 이러한 공간의식은 주로 기차 소리, 개구리 울음소리, 풀벌레 울음소리, 물소리, 옛이야기 소리 등 소리에 의해서 추구되며 치열한 욕망을 드러낸다는 특징을 지니고 있다. '도둑', '투망(投網)', '개구멍', '테러리스트(terrorist)', '감전(感電)', '정전(停電)' 등 기존 일상의 질서와 규정을 어기며 시도되는 생에 대한 반란이다.

이것은 김석환이 자신의 본래적 생을 회복하려는 정신적 고투를 반영하고 있다. 그에게 '어둠' 공간은 자신의 고향을 돌아보는 계기로 작용하는 것이다. 행·불행이 공존하는 고향은 언제나 그에게 힘과 꿈을 주며 그가 잊지 않아야 할 공간이다. 한편 그의 공간 의식은 적법(適法)을 가장한 위법(違法)이 난무하는, 인간이 함부로 파괴하고 있는 도시 생태계에 대한 비판 의식도 제시한다. 정전(停電)된 방에서 촛불을 켜놓고 옛이야기를 듣는 동화적이고 몽상적인 공간을 제시하며 아름다운 꿈을 꾸던 어린 시절을 재현하고 있다.

김석환에게 고립 공간은 '죽음 충동'과 '죽음'을 주는 곳이다. 고립 공간에서의 '죽음 충동'은 시적 화자인 '항아리'가 돌에 깨지고자 하는 갈망 속에서 시작된다. 그리고 이 '죽음'을 통해 '항아리' 속 '달'의 이미지로 나타나는 '어머니'라는 실재계와 조우하고자 한다. 이 '죽음 충동'은 낙인과 천형에서 벗어나 진정한 내일을 모색하고자 하는 내면의 욕망 추구와 관련된다. 유형화되고 정적(靜的)이었던 일상이 '죽음'을 통해 동적(動的)으로 치열해진다는 미학적 의의가 부여된다. 그래서 이 공간은 우울한 실존을 벗어나려는 김석환의 정신적 투쟁을 엿보게 한다.

그리고 김석환이 '죽음 충동'을 통해 겪는 주이상스는 도시 공간 속 대기 오염의 심각성을 보여주고 그것을 통해 환경 파괴에 대한 위기의식을 드러내려는 시도이다. 한편 '죽음'을 통해 이야기하고자 하는 것은 공동체를 향한 실천적 사랑이다. '죽음 충동'은 생에 대한 회한과 연민의 무의식이 스며들어 있다. 생의 소멸은 소멸 그 자체로 쓸쓸하며 그것조차 잊으려고 하는 것이 생을 위로하는 방식이라는 인식을 내포하고 있다. 결국 '죽음 충동'과 '죽음'은 존재의 처연한 탈각에서 시작해 도시 환경, 공동체로 관심의 시선을 옮겨가며 생의 진정한 가치를 지향한다.

김석환은 빈집, 그 '동굴'로부터 탈옥하고 있는 '죄수'를 통해 실존의 저항을 보여 준다. 그리고 화분 속이라는 시한부의 자유 속에서도 미래를 향한 무모한 탈주를 감행하는 바랭이의 모습을 제시, 인간 존재의 끝없는 '초월'을 구현하고 있다. 또한 딱따구리가 늙은 오동나무를 쪼아 둥지를 틀고 알을 부화시키는 모습으로 진리에 가닿으려는 고행(苦行)을 보여주고 있다. 이것이 인간만이 할 수 있는 존재의 격렬한 반항(resistance)이며, 뜨거운 창조임을 드러낸다. 또한 자연의 불가항력적인 위력 앞에서 속수무책이 된 채 눈발을 덮는 산벚꽃나무를 통해 인간의 뜨겁고 숭고한 저항력을 보여 준다.

전대(前代)의 것에 대한 완전한 배척과 배제를 통해 자신의 꿈을 와해시키는 생을 향한 치열한 '반항'을 보여 준다. 그러나 이것은 그 본성을 이어가야 하는 창조적 생을 추구하는 것이어서 조상의 뜻을 지켜나가고자 하는 김석환의 내밀한 정신적 지향을 알게 한다. 또한 폐수 속의 부레옥잠은 조상을 탓하지만 조상이라는 '뿌리'는 그에게 범본(範本)의 생을 요구하는 것임을 깨닫는다. 그에게 '밥'은 언제나 그의 모든 것을 감내할 힘을 주는 어머니이다. '밥'은 인간의 생을 지탱해 주는 우주의 섭리이자 어머니의 뜨거운 사랑이라는 신성함을 계시하고 있다.

제5부 '김석환 시에 나타나는 공간의식의 시사적 의의'에서는 앞서 논의한 내용 바탕으로 김석환 시에 나타나는 공간의식이 한국 현대 시사에서 차지하는 위상과 가치, 의의와 특성을 규정하였다. 김석환의 시의 공간의식은 '고유함'으로 규정되는 '고향'과 '낯선 것'으로 규정되는 '도시'의 의미 자장 안에서 사유되고 있다. '고향의 의미와 귀향'이라는 의미를 지니는 '고향의식'은 공간의 본질과 귀향, 모성과 꿈의 원천, 정신과 몸의 거주지, 정신적 외상의 은폐지로 나타난다. '방랑과 초월의 시도'라는 의미를 지니는 '초월의식'은 불안과 고독의 극복, 자아 성찰과 새로운 생의 기획, 초월을 위한 저항과 숭고, 이타(利他)를 위한 반역으로 나타난다.

전체적으로 '고향의식'을 살펴보면 그에게 고향은 '수호자'로서의 의미를 지닌다. 고향으로 돌아가면 '수호자'로 하여 평화로이 있게 되고, 평화롭게 되며, 소중하게 보살핌을 받을 수 있는 공간이다. 또한 고향은 '고향'이라는 거대한 울타리에 자유롭게 머물러 있을 수 있는 안정과 안전을 보장받을 수 있는 공간이다. 고향을 자신의 혼(魂), 정체성, 몸(體)으로 인식하고 있는 내면의 기저에는 '조상'은 그의 과거와 현재와 미래의 거대한 자신이라는 의식이 들어있다. 그러므로 토속적이고 샤머니즘적인 요소를 발견할 수 있는 '조상'은 어떤 전통을 표상한다는 점에서, '나' 아닌 '우리'의 지향성을 발견할 수 있다는 점에서 미래지향적인 가치체계를 지닌다.

고향은 정신적 외상(Trauma)을 주는 공간으로 나타나고 있음에도 그 상처를 내면에 '그리움'으로 간직하고 있는 모습이 특징적으로 나타난다. 이것은 공간에 대한 의식의 새로운 가치판단이라는 측면에서 공간의 모든 정형화된 진리 규범을 전복하는 공간의식의 새로운 규범이라는 의미를 지닌다.

다음으로 김석환의 '초월의식'은 도시 공간에서의 적응 의지가 소극적이었던 김광균에 비해 김석환은 적극적이었던 것에서 공간의식의 차별성을 가진다. 도시 공간에서의 체념과 비애의 정서가 발견되지 않는 그의 공간의식은 그가 도시 공간에서 개인적인 공간의 구축을 의미한다는 점에서 창조적인 공간을 개척하는 존재의 의지를 제시하고 있다.

김석환이 시원 공간을 찾아가 선대(先代)의 것에서 새로움을 찾고자 하는 시적 태도는 전통에 대한 복원을 주문하였던 김수영의 초월의식과 유사하다. 이것은 김석환이 현대가 지향하는 시정신을 적극적으로 시에 수용하고 있음을 의미한다. 민중의 언어를 찾아내고 밝히며 전해야 한다는 김석환의 자아 성찰적 사명은 과거와 현재보다는 미래 지향에 더 우월한 가치를 부여한다는 점에서 현대성의 가치를 발견한다. '초월의식'에서 다시 두드러지는 것은 '공동체' 의식이다. 고향의식에서도 살필 수 있었던 '공동체' 의식은 우리에게 사회적 실천행위로서의 가치 체계를 보여준다. 또한 이러한 사회적 실천 행위의 공간이 우주의 세계로 확대, 적용하고 하고 있다는 점에서 미래의 공간의식을 제시하고 있다.

김석환 시의 공간의식은 고향의 공간과 도시 공간에서의 생의 추구가 뚜렷하게 구분되어 나타나고 있다는 점이 기존 시의 공간의식과 차별성을 가진다. 또한 도시 공간에서 살아가는 시적 주체의 귀향 의지는 자신의 생의 '초월'로 변주되고 있는 특징을 지닌다. 김석환의 공간의식은 고향은 인간에게 영향을 미치는 무의식, 의식, 인식, 경험, 의도와 긴밀하게 연관을 맺으며 이것이 인간의 근원적이고 보편적인 애착의 정서로 나타난다는 것을 보여준다.

이 책은 김석환 시에 나타나는 공간 의식을 밝히는 데 주목하였다. 지금까지 그의 시에 대한 연구는 단편적인 차원에서 논의가 있었으나 시에 나타나는 공간에 대한 의식 양상을 다룬 연구는 전무하였다. 따라서 본 연구는 김석환 시에 나타나는 공간의식이 자아 인식과 사유 공간의 수준을 넘어 미학과 시사적 차원까지 접근을 시도했다는 점에서 그 의의를 두고자 한다. 김석환에게 '고향'은 실존을 살아가는 몽환(夢幻)과 열정의 에너지이면서 의식의 원적(原籍)으로 기능하고 있다. 김석환에게 '고향'은 그의 조상이자 어머니이며 그 자신으로 나타나는데 그의 공간의식은 '고향'의 공간이 인간의 정서에 얼마나 많은 영향을 미치는가에 대해 살필 수 있는 중요한 단서를 제공한다. 김석환 시의 공간의식은 공간에 대한 이론적 근거를 시(詩)라는 시인의 체험적 정서를 통해 구체적으로 규명해냈다는 점에서 공간의식의 새로운 의의를 부여하고 있다. 그의 전반적인 시세계를 보다 다양한 시각으로 살펴보지 못한 것에 대해서는 다소의 아쉬움이 있다. 이것을 차후의 과제로 남겨둔다.

참고문헌

1. 기본자료

김석환, 『深川에서』, 시온출판사, 1987.
______, 『서울 민들레』, 푸른숲, 1995.
______, 『참나무의 영가』, 도서출판 도움이 , 1999.
______, 『어느 클라리넷 주자의 오후』, 문학과경계사, 2004.
______, 『어둠의 얼굴』, 푸른사상, 2011.

2. 학위논문

권혁재, 「김명인 시의 공간인식 연구」, 단국대대학원박사학위논문, 2011.
김윤배, 「김수영 시 연구」, 인하대학교대학원박사학위논문, 2003.
김종태, 「정지용 시 연구」, 고려대대학원박사학위논문, 2002.
김홍진, 「서정주 시의 원형 이미지 연구」, 한남대대학원석사학위논문, 1992.
류지연, 「백석 시의 시간과 공간의식 연구」, 명지대대학원박사학위논문, 2002.
류지현, 「徐廷株 詩의 空間 想像力 硏究」, 고려대대학원박사학위논문, 1997.
박소유, 「서정주 시의 공간의식 연구」, 대구카톨릭대대학원박사학위논문, 2006.
서진영, 「1960년대 모더니즘 시의 공간의식 연구」, 서울대대학원박사학위논문, 2005.
유한근, 「現代詩에 있어서의 空間 問題」, 동국대대학원석사학위논문, 1980.
이 찬, 「20世紀 後半 韓國 現代詩論 硏究」, 고려대대학원박사학위논문, 2004.
조명숙, 「1930년대 모더니즘 시의 장소성 연구」, 아주대대학원박사학위논문, 2015.
장정렬, 「한국 현대 생태주의 시 연구」, 한남대대학원박사학위논문, 1999.

3. 일반 논문 및 평론

김재홍, 「대지적 사랑과 우주적 조응」, 『현대문학』, 1975. 5.

김　현, 「자유와 꿈」, 『거대한 뿌리』, 민음사, 2007.

김홍진, 「부정과 전복의 시학」, 『부정과 전복의 시학』, 역락, 2006.

______, 「상자 속 인형의 허기와 변신의 꿈」, 『현대시와 도시 체험의 미적 근대성』, 푸른사상, 2009.

______, 「현대시의 도시 체험 확대와 일상성의 성찰」, 『현대시와 도시 체험의 미적 근대성』, 푸른사상, 2009.

나소정, 「김석환 초기 시의 기호학적 연구」, 『문학비평연구』 제3집, 2008.

신종호, 「서정주 시에 나타난 성적 공간의 상징성 연구」, 『숭실어문』 제12집, 숭실대학교숭실어문연구회, 1995.

유창근, 「상실과 공허와 이별의 미」, 『深川에서』, 시온출판사, 1987.

이규배, 「멀리 두고 온 우물」, 『문학과 의식』, 2013 여름.

이영지, 「김석환 시의 친화력」, 『창조문학』, 2002 봄.

이은봉, 「고독한 자아, 진정한 生을 찾아서」, 『어느 클라리넷 주자의 오후』, 문학과경계사, 2004.

이형권, 「한국시의 이데올로기와 시사적 의의」, 『어문연구』 제66권, 어문연구학회, 2010. 12.

임승빈, 「자아 찾기, 혹은 향수의 시학」, 『서울 민들레』, 푸른숲, 1995.

조형호, 「바람의 공간 미의식 연구」, 『서강어문』8집, 서강어문학회, 1992.

천수호, 「어둠과 합일하는 시정신과 '듣는 자연'의 정서」, 『시에티카』 2012 상반기, 2012.

천영숙, 「도시 너머에서 발견한 생명과 사유」, 『시와정신』2012 봄, 시와정신사, 2012.

홍문표, 「정겨운 지방의 언어」, 『深川에서』, 시온출판사, 1987.

J. Hillis Miller, 정영섭 역, 「설화」, Lentricchia, F.·McLaughlin, T., 정정호 외 역, 『문학연구를 위한 비평 용어』, 한신문화사, 1996.

4. 단행본

권영민, 『한국현대문학사』, 민음사, 2002.
김상환 · 홍준기 편, 『라깡의 재탄생』, 창비, 2009.
김왕배, 『도시, 공간 생활세계』, 한울, 2000.
김윤식 · 김우종 외, 『한국현대문학사』, 현대문학, 2014.
김종진, 『공간 공감』, 효형출판, 2011.
김준오, 『도시시와 해체시』, 문학과비평사, 1993.
김학동 외, 『김광균 연구』, 국학자료원, 2002.
김형효, 『구조주의 사유체계와 사상』, 인간사랑, 2008.
김홍진, 『부정과 전복의 시학』, 역락, 2006.
_____, 『현대시와 도시 체험의 미적 근대성』, 푸른사상, 2009.
박선애, 『1930년대 후반 문학과 신세대 작가』, 한국문화사, 2004.
박성배 · 윤원철 역, 『깨침과 깨달음』, 예문서원, 2002.
박철희 · 김시태 편, 『한국현대문학사』, 시문학사, 2005.
법　정, 『산에는 꽃이 피네』, 동쪽나라, 1998.
______, 『무소유』, 범우사, 1999.
부산대학교 한국민족문화연구소 편, 『로컬리티, 인문학의 새로운 지평』, 혜안, 2009.
송기한·김현정 편, 『대전·충청 지역의 고향시』, 도서출판 다운샘, 2004.
신상성·유한근 공저, 『한국 문학의 공간 구조』, 양문출판사, 1986.
안도현, 『바닷가 우체국』, 문학동네, 1999.
유종호, 『한국근대시사』, 민음사, 2011.
이광호, 『위반의 시학』, 문학과 지성사, 1993.
이승하 외, 『한국현대시문학사』, 소명출판, 2007.
이승훈, 『한국 모더니즘 시사』, 문예출판사, 2000.
______, 『라캉으로 시 읽기』, 문학동네, 2011.
이영빈, 『한국현대시의 정신 논리』, 아세아문화사, 2002.
이진경, 『근대적 시·공간의 탄생』, 그린비, 2010.
______, 『근대적 주거 공간의 탄생』, 그린비, 2011.
이형권, 『발명되는 감각들』, 서정시학, 2011.

임영선,『한국 현대 도시시 연구』, 국학자료원, 2010.
정진규 편,『나의 詩, 나의 시쓰기』, 토담, 1995.
최문규,『죽음의 얼굴』, 21세기북스, 2014.
한국문학평론가협회 편,『문학비평용어사전 하』, 국학자료원, 585쪽, 2006.
한상연,『시간과 공간』, 대완도서출판사, 1988.

5. 국외 저서

Aristoteles, 천병희 역,『시학』, 문예출판사, 2002.
Bachelard, G., 이가림 역,『물과 꿈』, 문예출판사, 1998.
__________, _______,『촛불의 미학』, 문예출판사, 2004.
__________, 곽광수 역,『공간의 시학』, 동문선, 2003.
__________, 김병욱 역,『불의 정신분석』, 이학사, 2007.
__________, 정영란 역,『공기의 꿈』, 이학사, 2008.
__________, _______,『대지와 그리고 휴식의 몽상』, 문학동네, 2009.
Blanchot, M., 박혜영 역,『문학의 공간』, 책세상, 1990.
Bleicher, J., 이한우 역,『해석학적 상상력』, 문예출판사, 1989.
Bollnow, O. F., 이기숙 역,『인간과 공간』, 에코리브르, 2011.
Bruce-Mitford, M.·Wilkinson, P., 주민아 역,『기호와 상징』, 21세기북스, 2010.
Camus, A., 장재형·이정식 역,『시지프스의 신화』, 도서출판 다문, 1992.
________, 이가림 역,『시지프의 신화』, 문예출판사, 2012.
Crang, M. · Thrift, N., 최병두 역,『공간적 사유』, 에코리브르, 2013.
Durand, G., 진형준 역,『상징적 상상력』, 문학과지성사, 1983.
_________, _______,『상상계의 인류학적 구조들』, 2007.
Eliade, M., 이은봉 역,『성과 속』, 한길사, 2010.
Fontana, D., 최승자 역,『상징의 비밀』, 문학동네, 2005.
Frank, K·Schneekloth L., 한필원 역,『공간의 유형학』, 나남, 2012.
Freud, S., 임홍빈·홍혜경 역,『정신분석강의』, 열린책들, 2004.
Frye, N., 임철규 역,『비평의 해부』, 한길사, 2004.

Guerin, L. W., 외, 최재석 역, 『문학비평의 이론과 실제』, 한신문화사, 2000.
Heidegger, M., 최상욱 역, 『횔덜린의 송가 <이스터>』, 동문선, 2005.
Homer, S., 김서영 역, 『라캉 읽기』, 은행나무, 2007.
Hume, K., 한창엽 역, 『환상과 미메시스』, 푸른 나무, 2000.
Jackson, R., 서강여성문학연구회 역, 『환상성』, 문학동네, 2002.
Johnson, A. R., 고혜경 역, 『당신의 그림자가 울고 있다』, 에코의서재, 2012.
Jung, C. G., 한국융연구원 C. G. 융 저작 번역 위원회 역, 『원형과 무의식』, 솔, 2003.
________, 한국융연구원 C. G. 융 저작 번역위원회 역, 『꿈에 나타난 개성화 과정의 상징』, 솔, 2006.
Kant, I., 이명성 역, 『순수이성비판』, 홍신문화사. 1987.
______, 김상현 역,『판단력 비판』, 책세상, 2006.
Kazantzakis, N., 강은교 역, 『영혼이며 불꽃이여』, 월인재, 1981.
Lacan, J., 권택영 역, 『욕망이론』, 문예출판사, 2004.
______, 맹정현·이수련 역, 『자크 라캉 세미나 11』, 새물결, 2008.
Lemaire, A., 이미선 역, 『자크 라캉』, 문예출판사, 1998.
Lentricchia, F.·McLaughlin, T., 정정호 외 역, 『문학연구를 위한 비평 용어』, 한신문화사, 1996.
Nietzsche, F. W., 장희창 역, 『차라투스트라는 이렇게 말했다』, 민음사, 2007.
Paz, O., 김홍근·김은중 역, 『활과 리라』, 솔, 2001.
Ponty, M. M., 류의근 역, 『지각의 현상학』, 문학과지성사, 2014.
Relph, E., 김덕현·김현주 역, 『장소와 장소상실』, 논형, 2005.
Ricoeur, P., 양명수 역, 『악의 상징』, 문학과지성사, 1994.
Schelling, F. W. J., 한자경 역, 『철학의 원리로서의 자아』, 서광사, 1999.
Schroer, M., 정인모·배정희 역, 『공간, 장소, 경계』, 에코리브르, 2010.
Smith, J. H., 김종주 역, 『라깡과 자아 심리학』, 도서출판 하나의학사, 2008.
Tuan, Y. F., 구동회·심승희 역, 『공간과 장소』, 대윤, 2011.
新宮一成(신구 가즈시게), 김병준 역, 『라캉의 정신분석』, 은행나무, 2007.

김석환 시 깊이 읽기

초판 1쇄 인쇄일 | 2018년 5월 28일
초판 1쇄 발행일 | 2018년 5월 30일

지은이 | 박은선
펴낸이 | 정진이
편집장 | 김효은
편집/디자인 | 우정민 박재원 장여
마케팅 | 정찬용 이성국
영업관리 | 한선희 우민지
책임편집 | 정구형
인쇄처 | 국학인쇄사
펴낸곳 | 국학자료원 새미(주)
등록일 2005 03 15 제 406-3240000251002005000008 호
경기도 파주시 소라지로 228-2 (송촌동 579-4)
Tel 442-4623 Fax 6499-3082
www.kookhak.co.kr
kookhak2001@hanmail.net

ISBN | 979-11-88499-42-7 *93810
가격 | 18,000원

* 이 도서의 국립중앙도서관 출판예정도서목록(CIP)은 서지정보유통지원시스템 홈페이지(http://seoji.nl.go.kr)와 국가자료공동목록시스템(http://www.nl.go.kr/kolisnet)에서 이용하실 수 있습니다.(CIP제어번호:2018015321)